**CONHECIMENTO
DO INFERNO**

**OBRAS DE ANTÓNIO LOBO ANTUNES**
MEMÓRIA DE ELEFANTE, 1979 | OS CUS DE JUDAS, 1979 | **CONHECIMENTO DO INFERNO**, 1980 | EXPLICAÇÃO DOS PÁSSAROS, 1981 | FADO ALEXANDRINO, 1983 | AUTO DOS DANADOS, 1985 | AS NAUS, 1988 | TRATADO DAS PAIXÕES DA ALMA, 1990 | A ORDEM NATURAL DAS COISAS, 1992 | A MORTE DE CARLOS GARDEL, 1994 | O MANUAL DOS INQUISIDORES, 1996 | O ESPLENDOR DE PORTUGAL, 1997 | LIVRO DE CRÓNICAS, 1998 | EXORTAÇÃO AOS CROCODILOS, 1999 | NÃO ENTRES TÃO DEPRESSA NESSA NOITE ESCURA, 2000 | QUE FAREI QUANDO TUDO ARDE?, 2001 | SEGUNDO LIVRO DE CRÓNICAS, 2002 | BOA TARDE ÀS COISAS AQUI EM BAIXO, 2003 | EU HEI-DE AMAR UMA PEDRA, 2004

# ANTÓNIO LOBO ANTUNES

Obra Completa
Edição *ne varietur* *

## CONHECIMENTO DO INFERNO

Romance
14.ª edição

Fixação do texto por Agripina Carriço Vieira
* Edição *ne varietur* de acordo com a vontade do autor
Coordenação de Maria Alzira Seixo

DOM QUIXOTE

**Publicações Dom Quixote**
Rua Cintura do Porto
Urbanização da Matinha - Lote A - 2.º C
1900-649 Lisboa - Portugal

Reservados todos os direitos
de acordo com a legislação em vigor

© 1980, António Lobo Antunes
© 1983, Publicações Dom Quixote

**Design:** Atelier Henrique Cayatte com a colaboração de Rita Múrias
**Revisão:** Francisco Paiva Boléo
**1.ª edição:** 1980
**14.ª edição (1.ª ed. *ne varietur*):** Novembro de 2004
**Depósito legal n.º:** 218 547/04
**Paginação:** Fotocompográfica, Lda.
**Impressão e acabamento:** Gráfica Manuel Barbosa & Filhos
ISBN: 972-20-2713-1

*Conhecimento do Inferno*
Romance
14.ª edição

**Fixação do texto por**
Agripina Carriço Vieira

**Comissão para a edição *ne varietur***
Agripina Carriço Vieira
Eunice Cabral
Graça Abreu

**Coordenação**
Maria Alzira Seixo

Para a Tita e para o João de Melo
— Amigos encontrados à esquina de um livro

We do not believe any good end is to be effected by fictions which fill the mind with details of imaginary vice and distress and crime, or which teach it... instead of endeavoring after the fulfillment of simple and ordinary duty... to aim at the assurance of superiority by creating for itself fanciful and incomprehensible perplexities. Rather we believe that the effect of such fictions tends to render those who fall under their influence unfit for practical exertion... by intruding on minds which ought to be guarded from impurity the unnecessary knowledge of hell.

The Quarterly Review, 1860.
Da crítica ao romance de GEORGE ELIOT
***The Mill on the Floss.***

**1.**

O mar do Algarve é feito de cartão como nos cenários de teatro e os ingleses não percebem: estendem conscienciosamente as toalhas na serradura da areia, protegem-se com óculos escuros do sol de papel, passeiam encantados no palco de Albufeira em que funcionários públicos, disfarçados de hippies de carnaval, lhes impingem, acocorados no chão, colares marroquinos fabricados em segredo pela junta de turismo, e acabam por ancorar ao fim da tarde em esplanadas postiças, onde servem bebidas inventadas em copos que não existem, as quais deixam na boca o sabor sem gosto dos uísques fornecidos aos figurantes durante os dramas da televisão. Depois do Alentejo, evaporado na paisagem horizontal como manteiga numa fatia queimada, as chaminés que se diriam construídas de cola e paus de fósforo por asilados habilidosos, e as ondas que se diluem sem ruído na praia no crochet manso da espuma, faziam-no sempre sentir-se como os bonecos de açúcar nos bolos de noiva, habitante espantado de um mundo de trouxas de ovos e de croquetes espetados em palitos, a imitar casas e ruas. Estivera uma vez com a Luísa em Armação de Pêra e quase não conseguira sair do hotel surpreendido por aquela insólita mistificação de bastidores que toda a gente parecia tomar a sério, lubrificando-se de cremes fingidos sob um holofote cor de laranja, manejado de um buraco de nuvens por um electricista invisível: confinado à varanda do quarto por um absurdo que o assustava, contentava-se em espiar, embrulhado num roupão de banho que o aparentava a um boxeur vencido, em que as marcas dos socos se substituíam pelos lanhos da gilete, o grupo da família lá em baixo, em torno de um monte de sandálias e chinelos, à laia de escuteiros disciplinados à roda do seu fogo ritual. De noite, uma ventoinha ferrugenta expelia na sua direcção o hálito doce e morno de um contra-regra diabético, e uma constelação de luzes suspendia-se por fios de arame de barcos de lata, reduzidos à geometria sem espessura do perfil. Deitado na cama, abraçado à Luísa, via as cortinas agitarem-se na claridade fosforescente de uma aurora de celofane, e perguntava-se a si próprio, intrigado, se o amor que fazia não passava de um exercício frenético dedicado a um público inexistente, para quem articulava as suas réplicas de gemidos numa convicção patética de actor. E agora, tantos anos depois, que partia sozinho da Balaia na direcção de Lisboa, esperava, quase sem querer, encontrar-me contigo no jardim, no meio de estrangeiras loiras, trágicas e imóveis como Fedras, em cujos olhos vazios habita a solidão resignada das estátuas e dos cães. Sentar-me-ia num banco, entre as varizes sem ternura de uma alemã velha e as coxas entrelaçadas de um casal de adolescentes à deriva numa jangada de haxixe, sorrindo para ninguém a alegria de uma dimensão desconhecida, até ver-te de repente, do outro lado da praça, com um cesto de verga ao ombro, de cabelo repartido ao meio num penteado de squaw, a avançar para mim como a menina do anúncio dos colchões Repimpa, que os óculos de Greta Garbo reciclavam.

 A impessoalidade uniforme dos hotéis produzia nele uma exaltante sensação de liberdade: nenhum objecto seu assinalava os móveis como a urina dos cachorros a casca das árvores. Os longos corredores repletos de portas numeradas traziam-lhe à ideia fantasias de bordel caro, do mesmo modo que as pequenas mercearias da sua infância se haviam transformado em supermercados gigantescos semelhantes a estações espaciais, e comprazia-se a imaginar, trotando pela passadeira, de quarto em quarto, homens mergulhados de bruços a ofegarem sobre pares de joelhos perfumados de Madeiras do Oriente, antes de se lavarem com sabonete Ach Brito nos jactos contraditórios do polibã. Os empregados da recepção oficiavam entre livros e chaves numa dignidade de padres. Sujeitos de cachimbo dormitavam os filetes do almoço com mantas de jornais estrangeiros esquecidos nos colos magros. E sentia-se, ao entrar na porta giratória, imprevisível como uma bolinha de roleta, tão capaz do pleno de uma norueguesa como da jogada perdida de uma esplanada frente à praia, ruminando azedumes diante do gás do ginger-ale.

    Ao fim do dia lambia a tua pele como as vacas o côncavo das rochas, essa teia de aranha esbranquiçada que o sol estende no ventre em desenhos concêntricos como o alcatrão na areia da vazante, e se prolonga até aos pêlos do púbis num gosto inesperado de marisco. O mar de cartolina mudava a pouco e pouco de cor à aproximação da noite, iluminado por um filtro roxo que confere ao quinane melancolias de tercetos de Borda D'Água. As últimas pessoas abandonavam a praia a cambalearem de cestos, sombrinhas e bancos, num êxodo cabisbaixo de refugiados de guerra, perseguidas pelas nuvens lilases do crepúsculo, lustrosas como bochechas contentes. Os candeeiros revelavam arbustos de plástico em que ralos de corda trinavam a folha-de-flandres monótona das asas. E eu deixava lentamente de te ver, dissolvida no escuro que entrava pela janela do quarto em ímpetos irresistíveis de bafo de alho, obrigando-me a buscar-te às apalpadelas à laia de quem procura o interruptor da luz, na esperança de que o teu sorriso abrisse uma frincha clara nas trevas da almofada, e os teus gestos trémulos de polvo se aproximassem dos meus numa tímida reptação de ternura.

    Saía da Quinta da Balaia na direcção de Lisboa, do aldeamento de amêndoa e clara de ovo da Balaia onde pessoas de plástico passavam férias de plástico no aborrecimento de plástico dos ricos, sob árvores semelhantes a grinaldas de papel de seda que a pupila verde da piscina reflectia no azul de metileno da água. Amanhecera algumas vezes nessas casas de maçapão com o eye-liner do sol a sublinhar as pálpebras das persianas e a conferir aos lençóis desfeitos o tom de papel pardo amarrotado das montanhas dos presépios, e circulava descalço na tijoleira do chão como no interior de um bolo de luz, à procura na cozinha de uvas tão pesadas como as dos quadros dos pintores espanhóis, cuja carne branca lhe deixava na boca o gosto espesso do sangue. No céu que se aparentava a um rio de mãos abertas, nuvens redondas baloiçavam docemente penduradas por fios de nylon dos grampos transparentes do ar, à laia das chaves dos quartos no vestíbulo de um hotel. Na relva envernizada, um tio em calções lia o jornal, de súbito sem a dignidade do fato, a pompa da gravata, a tosse competente do inverno, cruzando as pernas magras como talheres num prato, a fitar os pássaros caligráficos desenhados nos cadernos de duas linhas dos ramos. Amanhecera algumas vezes no silêncio de uma casa imóvel, pousada como uma borboleta morta entre as sombras sem corpo da noite, e olhava, sentado na cama, os contornos difusos dos armários, a roupa ao acaso nas cadeiras como teias de aranha cansadas, o rectângulo do espelho que bebia as flores como as margens do inferno o perfil aflito dos defuntos. Vinha cá fora observar os insectos em torno das lâmpadas no silêncio de ventre secreto do verão, de ventre morno e secreto de mulher do verão, sentia o doce cheiro putrefacto do levante na pele, escutava o rumor desordenado das acácias e pensava Estou numa lavra de girassol da Baixa do Cassanje entre os morros de Dala Samba e da Chiquita, Estou de pé na planície transparente da Baixa do Cassanje voltado para o mar longínquo de Luanda, o mar gordo de Luanda da cor do óleo das traineiras e do riso livre dos negros, pensava Estou na quinta do avô perto dos bancos de azulejo e dos galinheiros em repouso, se eu fechar os olhos penas brancas, soltas, descer-me-ão no interior do crânio numa leveza de neve, e acocorava-se no alpendre, incrédulo, sob as estrelas de vidro do Algarve, coladas ao cenário do tecto de acordo com uma geometria misteriosa. E, como sempre acontecia no decurso das insónias, os malucos da infância, os ternos, humildes, indignados, esbracejantes malucos da infância principiavam a desfilar um a um pelas trevas, numa procissão ao mesmo tempo miserável e sumptuosa de palhaços pobres iluminados de viés pelo foco oblíquo da memória, ao som da música antiga do gramofone do sótão, a gemer uma valsa reumática sobre cavalos de pau, cobertos do lodo baço do pó:

Havia Monsieur Anatole, o gravador francês de que o pai lhe falara, Monsieur Anatole a quem ele atribuía, sem saber porquê, a cabeleira branca e a íris cor de chumbo de Marc Chagall, aguarelando relógios com asas, violinistas cegos e amantes abraçados, Monsieur Anatole que escrevia o romance Livre Plus Que Social, e respondera a um médico, ao perguntarem-lhe se tinha filhos, num desdém enojado:

— Docteur, je ne fabrique pas de cadavres.

Havia os malucos de Benfica, o senhor idoso que abria de repente a gabardine à porta da escola a exibir o trapo do sexo, o bêbado Florentino sentado no passeio, à chuva, numa postura grandiosa, a insultar as pernas rápidas das pessoas na veemência complicada do tinto, os doces malucos de Benfica desbotados como fotografias no álbum confuso da infância, o sineiro que tocava o Papagaio Loiro durante a Elevação da missa ao meio-dia, de opa enrodilhada ao vento como a capa de um cavaleiro a galope, a mulher que guardava as hóstias em casa numa caixinha na esperança de reconstituir um dia o corpo inteiro de Deus, os malucos de Benfica que à noite se uniam em matilha como os cães vadios, e gritavam na vastidão calada das quintas os latidos horríveis dos seus protestos.

Passou defronte do escritório da Balaia, junto ao campo de ténis e aos canteiros de flores amarelas cujas pétalas se abriam devagar à maneira de coxas no ginecologista, submissas e inertes entre os dedos enluvados do sol, e veio-lhe à ideia o homem entornado num carrinho de bebé a ler revistas de mecânica quântica na mata de Monsanto, alheio à surpresa e ao espanto das pessoas, um sujeito composto, de paletó e óculos, a ler revistas de mecânica quântica na mata de Monsanto dentro de um carrinho de bebé enferrujado, e de como, ao observar a sua estranha naturalidade e a estupefacção entre o riso e o alarme dos outros, decidira ser psiquiatra para entender melhor (pensava) a esquisita forma de viver dos adultos, cuja insegurança pressentia por vezes atrás dos seus cigarros e dos seus bigodes, inclinados para a sopa do jantar numa seriedade pontifícia. E recordou-se, guiando o automóvel ao longo das ruas da Balaia, com o mar ao fundo como que iluminado sob o dorso por uma lâmpada clara, da criatura grisalha, de guarda-chuva entalado no braço e sapatos masculinos ocultos nas pregas enodoadas da saia, surgida de supetão de uma moita, a resmungar palavras que se não entendiam pela boca sem beiços, que principiou a empurrar o sujeito das revistas pelo chão de folhas e caruma num chiar horrível das rodas, como se conduzisse uma criança distraída através da cidade até desaparecerem os dois numa prega de colina, e ficar apenas, pairando, o gemido das rodas, tal um odor de perfume numa cama vazia. Foi nessa altura (pensou) que resolveu ser psiquiatra a fim de morar entre homens distorcidos como os que nos visitam nos sonhos e compreender as suas falas lunares e os comovidos ou rancorosos aquários dos seus cérebros, em que nadam, moribundos, os peixes do pavor.

Havia, portanto, os malucos de Benfica, o rapaz magrinho carregado de gaiolas de grilos que conversava com a indiferença dos prédios invectivando as janelas fechadas, o tipo mascarado de sinaleiro de carnaval a orientar numa esquina o trânsito, pletórico de enérgica autoridade, as duas manas solteiras, ganchudas como catatuas, filhas de um piloto de hidroaviões cujo retrato de capacete e peliça ameaçava em vão da parede a sesta do gato, e que nas tardes de verão invadiam o adro da igreja, de onde saía a compostura lenta dos funerais, a imitarem com as dentaduras postiças o trepidar das hélices, trotando em redor das carretas como pássaros trôpegos, prestes a erguerem-se acima das árvores no cambaleante rebuliço dos anjos cansados. Nunca mais se esqueceria dos caixões cobertos de panos pretos e doirados, cujas lantejoulas cintilavam, como reflexos num balde, ao sol de agosto, um desses baldes de à la minute de praia onde o nosso rosto se desenha a pouco e pouco num pedaço de papel, dos familiares que escondiam a beata acesa atrás das costas numa cerimónia absurda, como se o cadáver erguesse a tampa para os repreender aos gritos, nunca mais se esqueceria da mudez das rolas durante os funerais, nem sobretudo das filhas do piloto de hidroaviões que ziguezagueavam por cima das acácias em pulos desajeitados de perdiz, entrechocando os incisivos de plástico num arremedo insólito de motores.

Nunca mais esqueceria, pensou quando o portão da Quinta da Balaia surgiu no alto, aberto para a estrada de Albufeira, e se dirigiu devagar ao seu encontro, a casa de saúde na periferia de Lisboa que visitava com os pais no Natal, corredores e corredores onde os passos e as vozes ganhavam inquietantes amplidões de caverna, salas enormes, repletas de mulheres imóveis instaladas em cadeiras de espaldar, mirando-o na fixidez das estátuas de cera plasmadas em atitudes de espera, e das freiras que deslizavam sem som nos ladrilhos do soalho, ondeando de leve as campânulas sobrepostas das saias, e os cumprimentavam inclinando a goma das toucas num murmúrio de reza. O Natal era para ele adolescentes disformes que se babavam em bancos de pau abrindo e fechando terríveis bocas sem dentes, velhas de bibe a requebrarem-se em acenos de cocote, o som inlocalizável de um piano vertical hesitando uma valsa, a arrancar penas a Chopin como a um frango vivo. Nunca se esqueceria da criatura de farripas incolores e longos dedos tão brancos como os das infantas nas criptas, disparada da moldura de uma porta para lhes declamar, nos gestos desarticulados das marionetes, os versos de William Butler Yeats

When you are grey and old and full of sleep

num timbre irreal que conferia a cada palavra a vertiginosa fundura de um poço. O Natal não era o beijo embrulhado na fita vermelha do after-shave dos tios nem as criadas antigas na cozinha apinhadas à volta das travessas numa agitação de insectos, não eram as primas do

Brasil e a sua trémula amabilidade de ciprestes, nem os padres debruçados para os doces num apetite eucarístico, não era a timidez do caseiro a dobrar o boné nas mãos enormes, não era a chuva lá fora, no pátio, nítida contra a trepadeira do muro, desfolhando a frágil tristeza das glicínias: o Natal era a casa de saúde perto de Lisboa e as suas mulheres imobilizadas em contorções patéticas numa luz poeirenta de capela, semelhantes ao perfil prostrado dos sobreiros no Alentejo, por entre os quais flutuam, de tempos a tempos, olhos pálidos de bichos.

Procurou às cegas a garganta de Paul Simon no porta-luvas e introduziu-a na ranhura de caixa de esmolas do leitor de cassetes no intuito de escutar, a caminho de Lisboa, o apelo hesitante e terno, delicado e ferido, de uma voz tão igual à que se lhe enrolava nas tripas que o assaltava por vezes a sensação esquisita de que cada uma das palavras do cantor fora arrancada, sílaba a sílaba, do mais secreto de si mesmo, e o envergonhava que aquele homem lhe mostrasse em público, despudoradamente, a intimidade da angústia que tentava transformar, em vão, na lucidez sem amargura que fazia nele, nos seus melhores momentos, as vezes da alegria. Um roçar de violinos, leve como um espanador, trepou-lhe das pernas para o peito como a maré veste, no rio, o lodo castanho da muralha numa poderosa inspiração de água:

>I met my old lover
>on the street last night
>She seemed so glad to see me
>I just smiled
>And we talked about some old times
>And we drank ourselves some beers
>Still crazy after all these years
>Still crazy after all these years
>
>I'm not the kind of man
>Who tends to socialize
>I seem to lean on
>Old familiar ways

And I ain't no fool for love songs
That whisper in my ears
Still crazy after all these years
Still crazy after all these years

Four in the morning
Crapped out
Yawning
Longing my life away
I'll never worry
Why should I?
It's all gonna fade

Now I sit by my window
And I watch the cars

I fear I'll do some damage
One fine day
But I would not be convicted
By a jury of my peers
Still crazy
Still crazy
Still crazy after all these years

Sou parecido com este tipo pequenino e feio (pensou) e espanta-me não encontrar sobre o umbigo, quando o coço, uma pauta de cordas de guitarra, espanta-me que a minha saliva, a minha urina e o meu esperma não saibam à espuma de cerveja morna dos bares dos negros de Harlem que escorrega para dentro da garganta num lamento de blues, espanta-me este cenário de cartão para férias inventadas, este Algarve excessivamente claro que afasta os loucos e os espectros com o néon do sol, reduzindo a penumbra a uma vaga geometria de linhas escuras acumuladas nos ângulos dos quartos. Como em Lisboa, verificou a palpar uma espinha infectada no pescoço, a única cidade do mundo onde a noite não existe: existem manhãs, tardes, crepúsculos, auroras, as nuvens translúcidas, alaranjadas, roxas, do poente, que se afilam e estiram como os troncos no orgasmo num júbilo elástico e tranquilo, existe o revelador brutal da madrugada que faz surgir nos nossos rostos nos espelhos os contornos dos velhos que seremos, mas a noite não existe: os turistas, perplexos, fotografam estátuas idênticas a generais de chocolate, perdem-se, de mapa em riste, num labirinto de travessas fumegantes como intestinos, invadem as pequenas pastelarias suburbanas onde cavalheiros calvos bebem chás de limão defronte dos problemas de damas do jornal, e acabam por regressar, extenuados, aos hotéis, para tentarem dormir na claridade ofuscante de um meio-dia perpétuo.

Foi em África, nos país dos luchazes, que eu soube que em Lisboa não existia a noite. O país dos luchazes é um planalto vermelho, mil e duzentos metros acima do mar, em que o pó cor de tijolo atravessa a roupa para nos aderir à pele, se nos enredar nos cabelos, nos obstruir as narinas do seu odor de terra, próximo do odor ácido e seco dos mortos. O país dos luchazes, quase despovoado de árvores, é um país de leprosos e de trevas, um país de vultos inquietos, de rumorosos fantasmas, de gigantescas borboletas emergindo dos seus casulos do escuro para cambalearem, em busca das lâmpadas, numa obstinação desesperada de raiva. É o país onde os defuntos assistem sentados aos batuques, frenéticos da presença invisível dos deuses, arregalando de prazer as órbitas côncavas como tinteiros de escola, repletas de densas lágrimas de alegria. É um país magro de mandioca e de caça, embaciado de nevoeiro, que os espíritos desertaram a caminho das florestas do norte, tão tocadas de vida como o despertar, em maio, das maçãs. Nesse país de pequeninos rios estreitos como pregas na pele, minúsculos como cicatrizes ou como vincos de sorrisos, encontrei amigos entre os pobres negros da Pide, Chinóia Camanga, Machai, Miúdo Malassa, os chefes da tropa laica que a Pide arregimentara para combater os guerrilheiros, e que saíam para a mata ao alvorecer a fim de lutar contra o MPLA e a UNITA, silenciosos e rápidos como animais de sombra. Eram homens corajosos e altivos enganados por uma propaganda perversa, pelas garantias cruéis, pelas promessas mentirosas do regime, e eu costumava conversar com eles, à tarde, nas suas casas de adobe, acocorados num tronco, olhando a mancha branca do quartel no alto, onde os faróis dos jipes produziam uma indecifrável dança de sinais. Cães esqueléticos latiam das moitas gemidos aflitos de menino, as galinhas procuravam abrigo nas esteiras, Machai, o irmão da professora, trazia uma cadeira para mim, dizia

— Tumama tchituamo, Muata

e ficava ao meu lado a contemplar o seu país em guerra, as queimadas do cacimbo, a chegada das trevas com o seu cortejo de fantasmas, ficava a contemplar o seu país com a expressão impassível dos luchazes, ou ensinava-me pacientemente a sua língua estranha com um brilho divertido nos olhos. Às vezes, António Miúdo Catolo, o Muata dos Muatas, o chefe dos chefes, vinha ter connosco à cubata de Machai na colina do hospital civil, junto ao quimbo de Sandindo e de Bartolomeu, os caçadores de crocodilos, que me garantiam que ao abrir um jacaré se topavam diamantes e areia na barriga, diamantes grossos como órbitas despedindo reflexos de sangue na gelatina azul dos intestinos. António Miúdo Catolo parecia-se com Zorba o Grego nos enormes bigodes pendentes e na postura orgulhosa do corpo, repleta de desdém e de ternura, nos ombros largos, nos longos músculos de palanca tensos de força tranquila, no calmo riso de eucalipto em que os dentes se agitavam num rumor doce de folhas. Um dia em que passeávamos no arame farpado, perto do posto de sentinela dos milícias agarrados como náufragos a antiquíssimos bacamartes inúteis, voltou-se para mim e declarou-me, no seu português reinventado, cheio da miraculosa frescura de uma redondilha de Bernardim, que em Lisboa a noite não havia, surpreso por eu chegar de Portugal e não conhecer essa evidência, nunca ter percebido, em vinte e oito anos, que na minha cidade a noite não existia. Tempos antes, o governo condecorara-o com uma Cruz de Guerra e uma viagem à Europa: levaram Catolo para Luanda, meteram-no no avião, desembarcaram-no no aeroporto, compraram-lhe um fato e uma gravata num saldo dos Fanqueiros (como pode ser, um herói sem fato nem gravata?), alugaram-lhe um quarto numa pensão manhosa da Praça da Figueira, deram-lhe quinhentos escudos e esqueceram-se dele. A dona da pensão fechou o quarto à chave «para o palerma do preto não desatar por aí a embebedar-se e a fazer asneiras, o senhor sabe como esses macacos são», e Catolo ficou, intimidado e hirto, entre o guarda-vestidos e a cama, apoiado ao lavatório de esmalte de tripé na atitude petrificada dos retratos, com a Cruz de Guerra na lapela e o dinheiro na algibeira, pedaço de papel que crepitava como as folhas de tabaco se os seus dedos o premiam. Tinha fome, tinha sono, tinha vontade de urinar mas não podia deitar-se, porque os luchazes só se deitam a seguir ao crepúsculo e o crepúsculo não vinha: depois do dia do sol seguiu-se o dia dos candeeiros, depois do dia dos candeeiros seguiu-se o dia do sol, e António Miúdo Catolo aproximou-se ansiosamente da janela para aguardar a noite, espiar o azul das primeiras trevas na crista dos telhados, adivinhar as sombras que lhe permitissem estender nos lençóis o corpo exausto, enrolado de cãibras como o dos vitelos fatigados. Os automóveis continuavam sempre a buzinar na rua, vozes subiam constantemente da praça, os anúncios de néon lambiam o peitoril ao ritmo cardíaco das suas línguas roxas, expulsando para muito longe o silêncio do escuro e a paz de crisálida necessária ao sono. Mesmo os pombos permaneciam atentos em redor das estátuas, fixando-o com as bolinhas de vidro acusadoras das pupilas, e ele sentiu-se vigiado pelas almas em pânico dos seus mortos, saídos da terra, sob a forma de pássaros, no intuito de o proibirem de adormecer. António Miúdo Catolo esteve setenta e duas horas em jejum, urinando-se de terror nas calças novas, com o nariz encostado à janela a que se colava um meio-dia sem fim, até a dona da pensão abrir a porta, lhe tocar no ombro com o dedo, e ele escorregar pelo corpo dela até ao soalho, sem uma palavra, e ficar crucificado no capacho à maneira do cadáver de um gato atropelado na estrada.

De modo que anos volvidos, no planalto dos bundas, após ter apertado a mão a um ministro qualquer, posado para as fotografias do jornal, e regressado ao seu país de rumorosas trevas, ao seu país em guerra de rumorosas e agitadas trevas, o Muata dos Muatas, livre já do pesadelo de uma cidade diurna, me mirava de viés pasmado da minha ignorância de Lisboa, da estupidez que me vedava o entender que na Europa, nesse idoso e triste continente de catedrais e túmulos, a noite não existe e as pessoas se transformaram, a pouco e pouco, em pálidos espectros ambulantes tropeçando nas ruas à procura de um descanso impossível. Estávamos perto do posto de sentinela dos milícias, de frente para a picada que conduz ao Luso e onde as máquinas enormes da Cetec derrubavam árvores com os ombros de ferro, vociferando e fumegando de fúria tripuladas por mulatos de camisolas coloridas. A mata do Chalala tingia-se de um outro verde sobre o verde da tarde, o ar principiava a tornar-se opaco de insectos, e dentro em breve as sombras dos primeiros defuntos, dos primeiros sobas defuntos e das primeiras crianças mortas, começariam a mover-se no capim idênticos aos ratos que se alimentavam da carne podre dos leprosos.

— A noite em Lisboa é uma noite inventada — disse eu —, uma noite a fingir. Em Portugal quase tudo, de resto, é a fingir, a gente, as avenidas, as casas, os restaurantes, as lojas, a amizade, o desinteresse, a raiva. Só o medo e a miséria são autênticos, o medo e a miséria dos homens e dos cães.

Os eucaliptos da missão deserta não se distinguiam já para além do edifício cúbico da administração e do quintal da Pide que os prisioneiros meios nus sachavam. As lâmpadas do quartel eram como que uma grinalda de feira triste, de feira de província abandonada, e na messe de oficiais o comandante devia sentar-se à mesa no suspiro de câmara-de-ar que se esvazia do costume, o corpo flutuando no exagero mole da farda. Uma criança morta passou rente a nós sem nos ver, com as órbitas fosforescentes de apreciação idênticas às das gazelas ou dos mochos feridos.

— Tenho receio das crianças mortas — disse eu baixinho agarrando com força o braço do Muata. — Tenho receio das crianças mortas, tenho medo da maldade perversa das crianças mortas.

António Miúdo Catolo deslizou o polegar pelo bigode imenso:

— Os brancos são loucos — declarou ele —, os brancos são mais loucos que os meninos.

E só em 1973, quando cheguei ao Hospital Miguel Bombarda para iniciar a longa travessia do inferno, verifiquei que a noite desaparece de facto da cidade, das praças, das ruas, dos jardins e dos cemitérios da cidade, para se refugiar nos ângulos das enfermarias, como os morcegos, nos globos do tecto das enfermarias e nos velhos e esbeiçados armários de medicamentos, nos aparelhos de electrochoques, nos baldes de pensos, nas caixas de seringas, até os internados regressarem em silêncio do refeitório e ocuparem as camas de ferro por pintar, o servente rodar o comutador da luz e ela desdobrar o feltro nojento das asas, o feltro nojento e pegajoso das asas sobre os homens deitados que a fitam de entre os lençóis numa irreprimível náusea. A noite que desaparece da cidade estava no rosto inclinado para o ombro do doente que se enforcou por detrás das garagens e cujas sapatilhas rotas oscilavam de leve à altura do meu queixo, estava nos óbitos que verificava nas horas de serviço, passando o diafragma gelado do estetoscópio por peitos imóveis como barcos finalmente ancorados, estava nas feições atónitas dos vivos encerrados nos muros e nas grades do asilo, na poeira dos pátios no verão, nas fachadas das casas em volta. Em 1973 eu regressara da guerra e sabia de feridos, do latir de gemidos na picada, de explosões, de tiros, de minas, de ventres esquartejados pela explosão das armadilhas, sabia de prisioneiros e de bebés assassinados, sabia do sangue derramado e da saudade, mas fora-me poupado o conhecimento do inferno.

2.

Saiu da Quinta da Balaia, do verde domesticado e snob da Quinta da Balaia na qual a sombra das árvores imprime um leve tom vermelho, quase róseo, como o dos búzios, das conchas, e de tudo onde o eco do mar se enrola e canta, e dirigiu-se para a vila de Albufeira em que as paredes das casas se assemelham a lençóis lavados, muito brancos, brancos sobre o azul branco do céu. Operários de bicicleta pedalavam na estrada ao sol, reis magos transportando a mirra do almoço nas marmitas das lancheiras, e ele espiou pelo retrovisor as suas feições sérias de retábulo, lavradas a cinzel na pedra escura dos ossos, pensando que no rosto moreno dos homens morava algo da cal e do gesso dos muros, algo das nuvens de Van Gogh sobre os corvos e o trigo, formadas não pela ausência de cor mas pela tempestuosa acumulação de todas elas, amarelos violentos, roxos trágicos, castanhos do sangue coagulado numa ferida aberta, do sangue que nunca seca numa ferida aberta. O meu país, decidiu, são os painéis de Nuno Gonçalves sob a impiedade da luz, faces secas e humildes talhadas sem simetria na madeira dos músculos, baços olhos que não voam tal os dos presos e os dos cegos, tristes olhos cheios de orgulho como os dos cães à noite, fosforescentes de inquietação, de zanga, de suspeita, pedalando nas estradas do Algarve a caminho de casa entre tabuletas de restaurantes, de discotecas, de aldeamentos, de bares, ingleses pálidos, holandeses etéreos, suíças levitantes como anjos, pessoas sem um peso de terra pobre nas tripas como nós, de magras raízes, de furiosas ondas, de pedras à beira-mar onde o sumo dos sinos se prolonga, idêntico ao latir de uma veia na almofada.

E lembrou-se do Algarve no inverno, a caminho de Albufeira, da ténue, monótona, quase infantil chuva do Algarve no inverno, em outubro, em dezembro, em fevereiro, no decurso de meses melancólicos como os lírios dos mortos, impregnados de um doce odor de cera e de alfazema. Lembrou-se do ar claro e frágil como vidro que as pétalas da chuva manchavam levemente à maneira do hálito de minúsculas bocas na janela, de Portimão afogada entre as nuvens e a ria no cinzento minucioso da tarde, em que os contornos de todas as fachadas surgem mais nítidos e precisos do que os ramos das árvores no crepúsculo, empilhados uns sobre os outros numa desarrumação febril, das luzes de Portimão iguais a jóias falsas numa montra, sentámo-nos no restaurante, procurei com o meu sorriso a tua boca, e desatámos a rir, por cima do bife, a alegria de nos descobrirmos mutuamente, de nos inventarmos, como as crianças, um morse apaixonado de sinais. Lembrou-se de Portimão e da areia da Praia da Rocha no inverno, sem nenhuma marca de pés, dos enormes penedos inchados como coxas doentes de mulher abrigando pássaros e insectos transidos, lembrou-se da Isabel a explicar que nunca tivera orgasmo, que sou frígida, que as relações sexuais não eram importantes para ela, que durante o casamento se deitava o mais longe possível do marido a fim de não tocar um corpo cuja inércia ansiosa a repelia, e depois, nessa noite, das pernas derramadas sobre a cama e dos gritos de cadelinha assustada do seu prazer, dos guinchos da cadelinha assustada por um milagre inesperado. Gosto tanto do teu peito, pensou a ultrapassar um tractor com uma criatura empoleirada a estremecer no topo, a vibrar no topo à laia de um soldado de chumbo sem vida, gosto tanto do teu peito, do bico duro das tuas mamas e do espaço cavado e tenro que as separa, dos arames de fusíveis do púbis que encontro, enrolados, na banheira, e dos dedos dos pés bons de morder, de chupar, de lamber enquanto a tua cara se torce de cócegas ao longe, a dizer que não, de olhos fechados, na planície em desordem dos lençóis. Havia a Isabel e houvera outras mulheres, antes e depois, nos invernos de salitre e vento do Algarve, cor de pedra-pomes, de amêndoa e de oliveira, em que partia de Lisboa possuído de uma angústia misteriosa, da aflição patética das crianças que não conseguem dormir e choram no escuro do quarto de solidão e de pavor, para se instalar em silêncio, frente à lareira, na casa da Quinta da Balaia dos seus pais, como se procurasse nas pinhas e nos troncos a arder o apaziguamento de uma serenidade impossível, porque sempre encontrara nas mulheres, na sua ternura, no seu olhar mudo e na acidez da sua pele, qualquer coisa que não achava sozinho e que constituía como que um indecifrável complemento de si próprio, a fracção de luz, de claridade de fruto, de jubiloso gosto de laranja de que ansiosamente carecia.

 Alcançou Albufeira e principiou a descer para o centro da vila atrás de um autocarro de turistas que se bamboleava e sacudia em cada curva da estrada como uma senhora gorda a trotar, aflita, para a paragem do eléctrico, e sentiu de repente no nariz o odor de vísceras de gaivota do mar. Não via o mar mas adivinhava a sua presença por detrás dos telhados, dos edifícios que se encavalitavam numa espécie de cio, das árvores magras como os ombros do meu irmão Miguel, e percorridas, como ele, de quase imperceptíveis arrepios. Adivinhava a sua presença no tom do céu, na mudança de altura dos sons, no seu próprio corpo que se inclinava, à maneira da agulha azul das bússolas, na direcção da água, ofegando apressadamente como os pintos. Sentia o mar no nariz, nos ouvidos, nas tripas, o fluxo e o refluxo das ondas que limpavam com a faca da espuma, recuando e avançando, as dentaduras postiças das conchas, a gargalharem para ninguém contentamentos de loiça. Tenho saudades do mar, pensou, não deste mar mas do mar de Cascais em setembro, junto ao Palm Beach, estendido de costas na muralha a escutar a música da boîte lá em cima, distorcida pelo espelho deformante da distância, estendido de costas na muralha com os faróis dos barcos nos meus olhos, baloiçando no escuro como as lanternas dos comboios que se afastam. Tenho saudades do mar da minha casa do Estoril que puxava para cima da cabeça para poder dormir, achar-me num húmido cortiço reboante de ecos, coral de membros submersos que se aquietam, tenho saudades do mar do Estoril que desorienta as andorinhas no atarefado acaso do seu voo, buscando nas vivendas próximas o ninho de algeroz em que ancorar, tenho saudades de abrir a torneira e ver o mar correr no lavatório, lavar a cara com o mar, em pijama, de sabonete em riste, tomar chuveiro de mar, olhar o mar descer do autoclismo para a retrete, carregando um botão, num niagarazinho tempestuoso.

Tenho saudades do mar, pensou, não deste mar mas de todos os mares que conheci antes deste pequeno, inofensivo, domesticado mar de cartolina, éramos crianças, estávamos deitados nos lençóis húmidos do anexo da pensão, por cima da farmácia, a voz de touro do mar chamava-nos, vínhamos à janela estremunhados e montavam sob o luar, ao pé da praia, um desses maravilhosos e miseráveis circos ambulantes que aparecem e desaparecem no verão, subitamente, com o seu cortejo de animais leprosos, leões doentes, camelos coxos, pombos de ilusionista dentro de gaiolas prateadas, chimpanzés pelados tossindo a bronquite resignada da velhice. Debruçados do peitoril víamos dezenas de palhaços, de contorcionistas, de acrobatas luzidios de músculos, de gerentes obesos de casaca, de equilibristas de fato às listas e de anões de enormes cabeças cúbicas sobre os troncos minúsculos, montarem a tenda remendada sob o luar, a tenda que crescia e se alargava sob o luar idêntica à enorme corola de lona de uma túlipa fantástica, enfeitada por grinaldas de ampolas que despediam dos rostos pintados dos artistas nuvenzinhas poeirentas de farinha, enquanto, de uma rulote qualquer, alastrava um rufar dramático de tambores. Montavam o circo e os vultos dos saltimbancos pulavam no escuro vestidos de camisolas coloridas, de lantejoulas, de plumas, de mantos escarlates, a rapariga do arame passeava a sombrinha japonesa entre os cães amestrados que latiam, caíam cartas de baralho dos bolsos de um senhor de fraque, a mulher de barba fitava o mar, de mãos na cintura, rosnando de zanga como um buldogue a fingir, um buldogue de peluche incapaz de uma fúria verdadeira, de uma verdadeira fúria de nervos e de carne, para além da corda que lhe movia as mandíbulas num arremedo mecânico de amuo.

Tenho saudades do mar, pensou ele a caminho do mar, do mar de Carcavelos em janeiro quando os pássaros abandonam na areia molhada sulcos semelhantes às rugas dos sorrisos, finos sulcos semelhantes a rugas de sorrisos: cruzou-se com dois americanos velhos, em calções, de cachimbo nos dentes, cujas pernas magras tricotavam lentamente o passeio, vermelhas do sol furibundo e fixo do Algarve pregado na prancha azul do céu, e procurou na praça espaço para o carro entre os automóveis de nariz sumido no passeio, à maneira das filas de vitelos nos estábulos, olhando de viés as pessoas que se aproximam com as órbitas redondas dos faróis. As lojas de artesanato exibiam cestos de verga cor de urina, bonecos idiotas de pano, cachos de porta-moedas de cabedal dependurados de cordéis, cadeiras de palhinha desconfortáveis como colos magros, em que os rins sofriam hirtos suplícios de lumbago. E as esplanadas afiguram-se-lhe de súbito repletas de cadáveres, cadáveres quietos à espera de uma ressurreição qualquer, cadáveres que conversavam e bebiam, se debruçavam uns para os outros, se afastavam, diziam que não ao cauteleiro morto que tentava impingir o sonho de mesa em mesa esquecido que os defuntos não sonham, que detestam o sonho, os projectos, o futuro que os excluiu, que odeiam o que desconhecem, o que não dominam, o que escapa à estreiteza do seu entendimento, e que permanecem teimosamente sentados em saletas antigas, contemplando-se em silêncio, com chávenas de nada nos joelhos.

Quando se tem saudades do mar, hesitou ele dentro de si, no largo de Albufeira, em agosto, passa-se sob o arco para ir ver a praia ou entra-se no Harry's? Encontrei sempre qualquer coisa de convés nos bares, qualquer coisa de navio naufragado, de claridade de navio submerso nos bares, e tenho a certeza de que minúsculos polvos transparentes se nos enredam nos cabelos, se nos soltam dos gestos, nos circulam na boca atraídos pelo coral das gengivas. Empurrou a porta e sentiu-se como quando a Alice cai no poço no princípio da história: a súbita transição da claridade excessiva, densa, quase sólida, palpável, do exterior, para a cova de sombra, vertiginosamente oca, em que tinha a sensação de haver tombado, produziu nele um redemoinho de tontura semelhante ao de anos atrás, ao chegar ao Hospital Miguel Bombarda a fim de iniciar a travessia do inferno.

O Hospital Miguel Bombarda, ex-convento, ex-colégio militar, ex-Manicómio Rilhafoles do Marechal Saldanha, é um velho edifício decrépito perto do Campo de Santana, das árvores escuras e dos cisnes de plástico do Campo de Santana, perto do casarão húmido da Morgue onde, em estudante, retalhara ventres em mesas de pedra num nojo imenso, retendo a respiração para que o odor gordo e repugnante das tripas lhe não assaltasse as narinas do perfume podre da carne sem vida. Fizera depois autópsias em África, ao ar livre, à luz dos jipes e dos unimogues contra os quais se debatiam milhares de insectos em pânico, autópsias de corpos devorados pelo enérgico e jovem apetite da terra verde de Angola, na qual as raízes se reflectem no céu numa teia transparente de rios. Chegou ao Hospital Miguel Bombarda com um papel no bolso, uma guia de marcha como na tropa, era em junho de 1973 e suava de calor sob o casaco, a camisa, a gravata, a farda laica, civil, que vestia. Estou na tropa, pensou, estou a chegar a Mafra de novo, vão dar-me uma espingarda, cortar-me o cabelo, ensinar-me, disciplinadamente, a morrer, e enviar-me para o cais de Alcântara a embarcar num navio de condenados. E parou a olhar a fachada vulgar do convento, do colégio militar, do manicómio, e o pátio onde homens de pijama arrastavam as sapatilhas sob os plátanos, de estranhos rostos vazios como os das máscaras de carnaval desabitadas.

Parou a olhar a fachada do hospital que as folhas devolviam de tronco em tronco e de copa em copa, como investida numa lâmina trémula de água, e um sujeito pequenino, calvo, de camisa aos quadrados, apareceu a gingar de um cubículo de vidro e pendurou-se-lhe efusivamente do braço, de cara aberta em duas pela ferida enorme do sorriso:

— Raios me partam se não é o filho do senhor professor.

E ele recordou-se de em miúdo acompanhar o pai ao laboratório, cheio de frascos, de vasos cúbicos em que flutuavam cérebros gelatinosos, de tubos de ensaio, de microscópios, de bicos de gás, e de ficar empoleirado num banco giratório a assistir às conversas do pai com aquele homem então mais novo, mais grande, mais hirsuto, vestido de fato-macaco, de boné na cabeça, que ocupava por inteiro uma atenção que ele exigia fosse sua.

— Como está o paizinho, menino?

Como está o paizinho, menino?, perguntou alto no Harry's Bar para as mesas desertas, para o empregado que limpava copos ao fundo por detrás da trincheira do balcão, para os candeeiros apagados como pupilas vazias. O sujeito voltou-se para o cubículo de vidro sem lhe largar o braço, e chamou de mão em pala ao lado da boca à maneira dos pregoeiros dos jornais:

— Dona Alzira, venha ver quem está aqui. Raios me partam se não é o filho do senhor professor.

Uma mulher de bata preta assomou a rebolar as varizes, de mãos postas no peito imenso numa surpresa enlevada:

— Eram tão pequeninos, tão loiros, tão bonitos. Percebia-se logo que o senhor professor se babava pelos filhos.

— Nunca foi de mariquices — argumentou o porteiro, indignado, tomates pretos, grandes, ali no sítio.

— E agora o menino um matulão, hã? Chiça, vou beber um martini ao Varela à pala disto.

Os internados, murmurou o médico dentro da caneca de cerveja no bar deserto de Albufeira, de início nem reparei nos internados, só na claridade coada e doce dos plátanos, no verde escuro dos plátanos contra o verde claro do céu, mais pálido no ponto onde tocava as casas e a linha irregular de ameias dos telhados, como se torna branca a pele que um dedo prime. O gosto acre da espuma picava-lhe o interior das pálpebras, um silêncio cúmplice de sótão rodeava-o, e os seus membros flutuavam devagar nos gestos sem ossos nem espessura das plantas marinhas que, lentamente, se despedem. Eram três, quatro horas da tarde, e lá fora o mar de cartolina aquietava-se na vazante como um cão se estende no capacho para poder dormir, agitando a pluma azul da cauda. Enquanto acompanhava o porteiro ao Varela, a dona Alzira, atrás de mim, repetia assombrada numa voz de pássaro que a espessura da manhã amortecia:

— Tal qual a mãe. Tal qual a mãe. Tal qual a mãe.

Acabou a caneca, pediu outra, e ficou a contemplar o líquido amarelo, cor das pupilas assustadas dos bichos, cujo hálito embaciava o vidro do seu sopro gelado. Desde a partida da Isabel, da história triste, meses antes, da partida da Isabel, que se acostumara a estar sozinho, sem ajudas, agarrado às crinas da vida com a teimosa força do desespero e da esperança, e sentia-se, por agora, completamente exausto de lutar: queria apenas voltar para casa, fechar a porta à chave sobre o andar sem ninguém, instalar-se à secretária e completar o romance que escrevia, narrativa de guerra desordenada e febril, queria reaprender a pouco e pouco o isolamento, o eco sem resposta dos próprios passos pelo túnel sem fim do corredor. Lembrava-se de ter lido que Charlie Chaplin falava da necessidade, ao terminar um filme, de sacudir a árvore de modo que os ramos supérfluos, as folhas supérfluas, os frutos supérfluos tombassem e permanecesse apenas, por assim dizer, a nudez essencial, e da profundidade com que esta ideia se gravara, desde sempre, dentro de si, obrigando-o a repensar constantemente a sua vida, os livros que compusera ou projectava compor, os planos que de contínuo lhe ferviam na cabeça, contraditórios e veementes, as pessoas que o procuravam para viajar com ele nas difíceis águas da análise.

O Varela era uma taberna arraçada de pastelaria com a televisão junto ao tecto numa prateleira alta, imponente e sagrada como um ícone, e um grupo de enfermeiros a jogar dominó num canto, examinando severamente as pedras à maneira de um estado-maior inclinado para um plano de batalha. O porteiro soltou-lhe o braço e cravou-lhe na barriga o punhal peremptório do indicador:

— O paizinho é aquela máquina, menino.

E para o garoto que se atarefava ao balcão a servir pacotes de bolachas de dieta a uma senhora obesa, a qual narrava a outra, em tons de catástrofe, os infortúnios da gravidez da cadela:

— Dois martinis tesos. Sem limão.

Martini às onze horas só me faltava esta, lamentou-se ele, calado, sem coragem de ofender com a má educação de uma recusa, porque nega de bebida em taberna constitui o mais grave, o mais imperdoável dos insultos, a mais grosseira e estúpida das crueldades, e o porteiro orgulhava-se de oferecer o copo não a si mas ao pai através dele, ao senhor importante que ensinava na Faculdade e conversava com os serventes do laboratório de igual para igual, a ver passar no microscópio glóbulos vermelhos idênticos a planetas distantes, boiando na geleia rosada dos espaços do plasma. Era o pai que estava ali por seu intermédio no Varela, e ele tentou representá-lo o melhor que pôde engolindo heroicamente, de uma vez só, o líquido púrpura a cheirar a água de colónia com açúcar, seguido pela atenção satisfeita do amigo. As agulhas de um relógio quadrado, eléctrico, giravam aos saltos na parede, um dos jogadores baralhava as pedras do dominó na mesa num entrechocar postiço de dentes. O porteiro estrangulou um arroto de júbilo com as pontas dos dedos, e pagou os cálices com o dinheiro de um porta-moedas trabalhosamente retirado do bolso traseiro das calças, inchado de cartões, de papéis velhos, de capicuas, de antigas fotografias fracturadas. Um homem de pasta e bigode fininho à Errol Flynn, que observava as peripécias do dominó numa seriedade douta, aproximou-se a coxear do balcão, chamado pelo sujeito calvo que transbordava de alegria no casaco no fio:

— Aqui o menino é filho do senhor professor. Conheço-o deste tamanho.

E colocava a mão a trinta centímetros do soalho, enodoado de serradura, de pontas de cigarro, de papéis de bolos e de cascas de tremoços. O bigode do homem da pasta estirou-se num sorriso respeitoso:

— Desde que o paizinho foi embora o hospital não é a mesma coisa.

Como está o paizinho, menino?, como está a mãezinha, menino?, perguntou-se ele no Harry's Bar alinhando as canecas vazias no tampo da mesa. Eram três, quatro horas da tarde, e sentia-se muito só no verão de Albufeira, com o mar lá fora a lamber devagar, mansamente, os barcos pescadores que à noite povoavam a distância de um horizonte de luzes no calor de agosto, duplicadas pelo espelho trémulo da água. Encostou-se para trás na cadeira e espiou, pela porta entreaberta, a agitação da praça: desde que o paizinho se foi embora o hospital não é a mesma coisa, proclamou o bigode à Errol Flynn de um canto qualquer da sua memória, e quando eu por minha vez me for embora quem declarará isto de mim? O que é que a Luísa, a Isabel, dirão um dia, o que pensarão do meu temperamento, dos meus actos, dos meus gestos? O empregado veio à entrada observar a rua, as casas, as pessoas, e o sol correu ao longo do soalho ao seu encontro e enrolou-se-lhe nos tornozelos como um cão feliz. Todos estão bem, menino, todos estarão sempre bem, menino, a cada cerveja que eu bebo as pessoas melhoram, a Luísa há-de casar-se outra vez, a Isabel há-de encontrar um tipo, e eu ficarei aqui grudado ao banco do mesmo modo que os doentes assistem da cama à partida das visitas, com um pobre sorriso postiço a evaporar-se da almofada.

— É — verificou ele enquanto o martini se lhe espalhava, como uma nódoa desagradável, no estômago —, cresci mais depressa do que devia.

No pátio do hospital, sob a claridade transparente, quase cérea, dos plátanos, disseminando no chão manchas móveis e leves como as ténues sombras dos sonâmbulos, um internado de suíças bíblicas cravou nele de súbito os botões de polaina dos olhos:

— Um cigarro, excelência.

E uma chusma imperiosa, implorativa, de pijamas, rodeou-o a chinelar, a gemer, a latir, a farejar-lhe o casaco, a tocar-lhe no corpo, a palpar-lhe a gravata, a entornar-lhe no nariz uma mistura azeda de sujidade e de suor, grasnando

— Um cigarro um cigarro um cigarro

pelas enormes bocas desdentadas e elásticas, cercadas de cerdas de pêlos, que se aproximavam e afastavam num vaivém sequioso de matilha: como em Elvas, pensou, exactamente como em Elvas, em 1970, durante a inspecção no ginásio do quartel.

Era em junho ou julho (ou no fim de maio?) e o calor insuportável do Alentejo, onde chegara na véspera à noite, de comboio, a cabecear de sono contra as trevas da paisagem, torcia as casas como velas de anos, consumidas pelas furiosas labaredas do verão. O céu branco, as muralhas de pedra que amoleciam de desmaio, o horizonte circular turvado pela distância de uma espécie de bruma roxa, imaterial como um hálito ou um suspiro, crestavam as flores do quartel, as flores que o comandante, maternal, amparava a caniços junto ao ginásio, no interior do qual, de galões nos ombros, eu via desfilarem diante de mim os rapazes de Elvas que o Exército convocara, chamara, arregimentara para defenderem em África os fazendeiros do café, as prostitutas e os negociantes de explosivos, os que mandavam no País em nome de ideais confusos de opressão. Eu aguardava o meu próprio embarque contando os dias, as horas de prazer que me restavam decorando à pressa o teu corpo como um livro desconhecido antes do exame, e via, sentado à secretária, desfilarem diante de mim os rapazes de Elvas no ginásio fechado, que o fedor das virilhas, do excesso de pessoas e das roupas abandonadas no chão, empestava como o de um curro trágico e triste. Levantei-me a pretexto de urinar, o sargento encarregado dos testes para os daltónicos continuou a exibir os seus cartões de pintas coloridas, e saí para uma espécie de claustro onde os alferes e os aspirantes ensinavam o manejo de armas aos recrutas, auxiliados por furriéis que trotavam pelotões adentro como cães de pastor pelos rebanhos. As flores do quartel apodreciam ao sol no relento de amoníaco, no relento de pus das flores que agonizam, de caules inclinados para o chão em espirais pálidas de anemia, e das paredes escorria, como resina, a tinta que o calor liquefizera, transformando-a em grossas lágrimas turvas semelhantes às do pranto imóvel dos velhos. Estive alguns momentos, de mãos nos bolsos, a observar os exercícios da companhia, erguendo e baixando as espingardas na poeira amarela do claustro, a pensar que me haviam mandado a Elvas não para salvar pessoas da guerra mas para as enviar para a mata, mesmo os coxos, mesmo os marrecos, mesmo os surdos porque o dever patriótico não excluía ninguém, porque as Parcelas Sagradas do Ultramar necessitavam do sacrifício de todos, porque O Exército É O Espelho Da Nação, porque O Soldado Português É Tão Bom Como Os Melhores, porque o caralho da cona do minete do cabrão do broche da puta que os pariu, estive a ver, encostado a uma coluna de pedra rugosa como as árvores antigas, os futuros heróis, os futuros mutilados, os futuros cadáveres, o comandante, desvelado, debruçava-se para as suas flores moribundas de regador em punho, voltei para o ginásio, sentei-me à secretária, levantei a cabeça e o meu nariz encontrava-se à altura de dezenas de pénis que rodeavam a mesa aguardando que os observasse, os medisse, os aprovasse para a morte. Não eram rostos, nem pescoços, nem ombros, nem torsos, eram dezenas e dezenas de enormes pénis murchos que se haviam acumulado ali na minha ausência, de testículos pendentes, de repulsivos pêlos escuros e compridos, dezenas e dezenas de pénis quase encostados aos meus olhos em pânico a ameaçarem-me com as trombas moles das suas peles. Não eram homens, eram pénis que me perseguiam, me acuavam, oscilavam diante de mim na sua inércia cega, fechei as pálpebras com força e apeteceu-me gritar de nojo e de pavor, gritar de nojo e de pavor como, em criança, no decurso de um pesadelo insuportável.

— Um cigarro um cigarro um cigarro
ganiam implorativamente os pijamas pulando à sua roda como caniches sequiosos. Um doente de cabeça minúscula, incapaz de falar, procurava beijar-lhe as mãos num arrebatamento de cuspo. Outro, de joe-

lhos, farejava-lhe o umbigo introduzindo o nariz húmido por um intervalo da camisa. E dir-se-ia que novos seres estranhos surgiam constantemente dos plátanos a manquejarem na sua direcção num cortejo apressado de gárgulas. O porteiro do martini, vindo em seu socorro, afastava-os de mãos estendidas como os perus no Natal, brandindo uma cana imaginária na ponta do braço, e ele pensava
— O que faço eu aqui?
como pensara no ginásio do quartel em Elvas
— O que faço eu aqui?
como pensava às vezes em certos bares, certas boîtes, certos jantares, certas reuniões de inteligentes opiniosos
— O que faço eu aqui?
escutando em silêncio, num canto do sofá, a veemência em parafuso dos seus argumentos, como pensava
— O que faço eu aqui?
no Harry's de Albufeira, a deixar escorrer o sumo azedo da quinta cerveja no interior do copo, e a observar o sol que se arrastava lentamente, pelo soalho, ao seu encontro. Dentro em breve regressaria ao carro, poria o motor a trabalhar, atravessaria o Alentejo no sentido de Lisboa, no sentido de uma cidade sem noite, encolhida em si própria como se encerrasse um tesouro que ninguém conhecia entre marechais de bronze e cemitérios sem grandeza, um tesouro como os que imaginava esconderem os punhos fechados das crianças que dormem, de pálpebras descidas sobre a simplicidade do seu mistério. Procurou o dinheiro nos bolsos como procurara os cigarros no pátio do hospital, no trémulo poço verde das árvores atravessado, de quando em quando, por enguias oblíquas de pardais, pequenas enguias cinzentas rebolando-se no ar numa atrapalhação de asas, e começou a subir as escadas que conduziam ao gabinete do director do internato, onde os médicos novos se juntavam, perto de uma secretária com uma flor de plástico no tampo, em pequenos grupos tímidos de caloiros.

Eis-me no reino das flores de plástico, verificou acariciando com o polegar as orgulhosas pétalas postiças, no meio dos sentimentos de plástico, das emoções de plástico, da piedade de plástico, do afecto de plástico dos médicos, porque nos médicos quase só o horror é genuíno, o horror e o pânico do sofrimento, da amargura, da morte. Quase só o horror sangra nos que se debruçam para a angústia alheia com os seus instrumentos complicados, os seus livros, os seus diagnósticos cabalísticos, como em pequeno eu me inclinava para os moluscos na praia, virando-os com um pauzinho para espiar, curioso, o outro lado. No andar de baixo, no imenso corredor de lajes do andar de baixo, um homem invisível gritava a aflição dos porcos na matança, de pescoço golpeado pela grossa lâmina das facas. Talvez seja por isto, calculou, que põem flores de plástico nas jarras, porque as flores de plástico são como os bichos empalhados: assistem numa indiferença absoluta ao espectáculo da dor: nunca conheci nenhuma flor de plástico que se comovesse diante de um cadáver.

Saiu do bar para a tarde de cartão do Algarve, com as ondas de brinquedos ao fundo e o vento quente como uma coxa de mulher colada ao suor pegajoso da camisa, e ficou no passeio, com as chaves mornas do automóvel na mão, vendo as árvores pequenas e magras da praça, os bancos repletos de gente, as criaturas cripto-hindus, de órbitas ocas, que negociavam pulseiras, brincos, colares, broches, anéis, acocoradas em esteiras de Marrocos. Gigantescas mulheres imperiosas dir-se-ia conduzirem pela trela sujeitos calvos, de panamá na cabeça, a quem as longas pernas flexíveis das inglesas, as suas nádegas fofas como almofadas bordadas, faziam esquecer a tirania estreita da repartição. Famílias inteiras, de boné de pala, giravam aos solavancos em torno do jardim à maneira dos animais dos carrosséis, pulando ao ritmo de arrotos do motor. Um guarda-republicano vesgo, de apito na boca, agitava-se em sinais prolixos para uma longa fila de autocarros impacientes, atrás de cujos vidros belgas velhas exibiam a pele de crocodilo das omoplatas nuas. E às portas das tabernas, nas ombreiras das casas mais humildes, nas molduras das janelas brancas como dentes de cães, o povo de Albufeira, o povo mouro de Albufeira de minúsculos olhos engastados na assimetria dura das feições, assistia, oculto na sombra, à estranha febre dos veraneantes que o odor adocicado da água entontecia, como o vinho aberto e leve de Lagoa.

Ficou no passeio vendo o arame das árvores torcer-se ao rubro na tarde de agosto, soprado pelo hálito seco de África que faz oscilar ao crepúsculo os rins dos barcos pescadores, como ficara, anos antes, na antecâmara do director do internato, roçando o polegar pelas pétalas de plástico, entre um armário de rede cheio de livros e as silhuetas tímidas dos médicos novos, que conversavam uns com os outros murmúrios de frade. Estávamos a salvo, agora, dos internados, a salvo dos rostos toscos e ávidos dos internados a flutuarem no pátio nos pijamas de cotão, a salvo dos gritos de porco na agonia do corredor do hospital, na digna atmosfera de feltro dos donos dos malucos, dos que decidem da loucura segundo o seu próprio horror do sofrimento e da morte.

— O que faço eu aqui?

perguntou-se ele descendo em procissão, com os restantes caloiros, para a sala onde tronava o enorme óleo do Marechal Saldanha, contra o qual se esmagara a bala que atravessou a cabeça de Miguel Bombarda deixando na tela a dedada de um orifício trágico, o enorme óleo do Marechal Saldanha, gordo, de suíças brancas, repleto de condecorações majestosas e tristes, a fitar-nos do alto com as suas pupilas baças de hipopótamo defunto, mascarado de uma glória de papelão.

— O que faço eu aqui?

perguntou-se ele chegado do espaço sem limites de Angola, onde o horizonte recua até ao extremo do céu numa infinita planície azul de girassóis e de algodão, de lavras de tabaco, de arroz, de mandioca, de povoações minúsculas como verrugas na pele preguiçada da terra.

— O que faço eu aqui?

perguntou-se ele olhando um homem que urinava ao sol, a cantar, contra a parede do asilo, contra a parede que o reflexo dos plátanos tornava de tafetá, do asilo, porque não saio a correr o portão e me especializo em dentista, ou pediatra, ou fisioterapeuta, ou clínico geral, ou otorrino, qualquer coisa de concreto com doenças concretas, tran-

quilizadoras, sólidas, compactas, reais, cáries, tumores, desvios da coluna, sinusites, hérnias, anginas, porque catano entro com os outros no gabinete escuro do director do hospital, onde nos aguarda, de pé, protegido por uma secretária enorme com um enorme tinteiro de vidro em cima, a decepá-lo pela cintura e a reproduzir-lhe o busto invertido como os reis de copas, um senhor de cabelos brancos que ajeita a gravata, tosse para presidencializar a voz, apoia os vértices dos dedos no rectângulo do mata-borrão, e afirma
— A Psiquiatria é a mais nobre das especialidades médicas
com a pompa de quem oferece ao mundo uma descoberta genial. À direita, no lago turvo da penumbra, luzia um brilho de prata agudo como um pingo a ferver, trespassando com a sua luz fininha de florete as patilhas respeitosas dos internos. Bombardas em botão que nenhuma pistola ameaçava. Os bombeiros retiravam da ambulância uma maca em que se debatia um perfil amarrado de mulher, que os pijamas cercaram de imediato, de braço estendido, latindo
— Um cigarro um cigarro um cigarro
pelas grandes bocas peludas e moles, de raros dentes castanhos plantados ao acaso na esponja podre das gengivas. A boca do director, ao contrário, era limpa e clara como a das percas, as percas fusiformes e oblíquas que devoram sem piedade os indefesos moluscos do mar com as suas asseadas goelas cor-de-rosa, uma boca que cheirava a emoform e a tabaco americano, a boca impecável de um carrasco, a boca impecável, desprovida de remorsos de um carrasco:
— A Psiquiatria é a mais nobre das especialidades médicas.
Estou em Auschwitz, pensou, estou em Auschwitz, fardado de SS, a escutar o discurso de boas-vindas do comandante do campo enquanto os judeus rodam lá fora no arame a tropeçarem na própria miséria e na própria fome, estou bem barbeado, bem engraxado, bem alimentado, bem vestido, pronto a aprender a cumprir o meu ofício de guarda, pertenço à raça superior dos carcereiros, dos capadores, dos polícias, dos prefeitos de colégio e das madrastas das histórias de crianças, e em vez de se revoltarem contra mim as pessoas aceitam-me com conside-

ração porque a Psiquiatria é a mais nobre das especialidades médicas e é necessário que existam prisões a fim de se possuir a ilusão imbecil de ser livre, de poder circular na praça de Albufeira esporeado por uma esposa autoritária, apavorado com o sábado depois do jantar em que ela me devorará, na cama, com as gigantescas mandíbulas da vagina, obrigando-me a suar sobre a geleia do seu corpo a ginástica do desânimo conformado.

Estava no passeio à porta do bar, respirando o odor doce da praia, onde as vagas adquiriam a pouco e pouco o tom transparente dos ossos das raparigas jovens, que se sentem sob a pele, depois do amor, à maneira da primeira claridade dos estores nas auroras de gripe, quando cada ruído, cada cheiro, cada matiz, nos fere e nos ofende como uma angústia imotivada, e nisto as inglesas de compridas coxas de galgo, os barbudos das quinquilharias marroquinas, as crianças de boné de pala, o guarda-republicano vesgo, os sujeitos debruçados nas esplanadas para refrescos eternos, os camponeses ocultos na sombra das ombreiras desataram a avançar para mim vociferando

— Um cigarro um cigarro um cigarro

num ímpeto confuso, num roldão de membros, num torvelinho de olhos cada vez maiores, mais ameaçadores, mais vermelhos, enquanto eu, amarrado à parede, desaparecia sob eles como a mulher da maca, a gesticular ainda, com o braço livre, um pedido de ajuda que ninguém atendia.

**3.**

As casas, os restaurantes, as pensões, as agências de automóveis de aluguer foram ficando para trás, uma após outra, mas só se apercebeu que abandonara Albufeira quando deixou de sentir nas narinas o cheiro açucarado, de doce de chila, do mar. Era um odor suave e brando, idêntico ao perfume dos corantes, ao aroma dos bombons de licor, à alfazema que sobe da roupa branca nas arcas, o hálito das praias algarvias de cujas ondas nascem por vezes, como nas ilhas gregas, as estátuas de gesso cego dos deuses. Mesmo em Tavira, mesmo em Faro, mesmo em Lagos, no aeroporto, nas estações de caminho-de-ferro, nos cafezitos suburbanos em que o vinho contém em si, no interior das garrafas, uma pura claridade matinal, esse odor de pássaro febril e rebuçado o perseguia, olhando-o com as órbitas teimosas dos bichos. Desde sempre o assaltara a impressão de que as coisas o espiavam, as cadeiras, os móveis, os cálices irónicos no aparador, o seu próprio rosto nas fotografias antigas a acusá-lo de uma falta qualquer de que não lograva aperceber-se, que as coisas o espiavam com a severidade de sobrancelhas das suas volutas, a tosse reprovadora dos estalos da madeira, as correntes de relógio de colete das pegas das gavetas, mas era a primeira vez que se sabia olhado por um cheiro. Estava por exemplo na cama, em Armação de Pêra, no quarto de hotel tão cintilante de luz que os objectos flutuavam, sem peso, numa bruma doirada, que eu próprio flutuava nessa bruma doirada movendo devagar o braço do cigarro entre o cinzeiro e a boca, os pêlos loiros do cotovelo brilhavam como pestanas contentes, a pele queimada aparentava-se à das batatas no forno, e o odor do mar trepava a parede numa espiral de glicínia e empoleirava-se, azul, no parapeito, sentado nas patas traseiras, mirando-me com as grandes pupilas humildes de cavalo, molhadas das lágrimas da espuma. Puxava o lençol sobre a cabeça para fugir à curiosidade do mar, à triste timidez do seu soslaio inquieto de homem ferido buscando-me entre as almofadas numa pressa ansiosa, voltava-me de barriga para baixo, dobrava as mãos na nuca, encolhia as pernas, diminuía a barriga e o peito até reduzir o meu corpo às dimensões de um embrião, de um insecto, de uma crisálida insignificante perdida num refego de roupa, mas o cheiro açucarado, suave e brando, do mar, verrumava as fronhas para fitar-me, silencioso como um queixume tocante de mulher. Os odores são normalmente desatentos: cruzam-se connosco numa pressa atarefada, demoram-se uns segundos, e desvanecem-se no ar à maneira dos sorrisos que pairam, adiante das bocas, como as sombras que rodeiam a casa onde nascemos de um véu difuso de mistério. Em menino distinguia os aromas numa agudeza pronta de cão, pressentia pelo olfacto a chegada das pessoas antes de lhes escutar os passos no corredor ou no vestíbulo, adivinhava os que iam morrer através do halo gorduroso que os envolvia, pesado já do relento estranho dos cadáveres. Depois, ao crescer, ganhei o que os adultos chamam «o sentido prático da vida», que significa no fundo o automatismo da inutilidade, e perdi o dom da atenção afectuosa e alarmada das crianças, em que ecoam, como nos sonhos, os enormes passos misturados da alegria e do pavor. Até que no quarto de hotel em Armação de Pêra, cujas paredes cintilavam de luz, após muitos dolorosos, e felizes, e carregados de fé, e desesperados dias, vi o odor do mar sentado no parapeito a olhar-me, com as suas pupilas humildes de cavalo.

O odor do mar olhava-o do parapeito, de órbitas molhadas das lágrimas da espuma, e ele levantou-se e chegou à varanda a examinar a praia. Descia-se do hotel directamente para a areia, e pousava-se de súbito, no meio das pessoas nuas, como um anjo moderno, de toalha ao pescoço, vindo do alto de elevador a fim de conferir ao milagre da sua aparição uma irrecusável consistência mecânica. Pousava-se na praia e o cheiro envolvia-nos no vapor branco do seu hálito, que ofegava baixinho como o de uma rapariga à espera, de cabelos espalhados nos travesseiros das rochas e o perfil do ventre semeado de pequeninos barcos, sardas coloridas que se moviam em reptação de dedos. Encostado à varanda, aguardava que o odor do mar lhe pulasse, a seguir a uma tímida e demorada hesitação, para o ombro, à laia dos macacos dos saltimbancos, e regressava para dentro a barbear-se transportando junto à nuca uma rouca constelação de gaivotas, cujos gritos lhe estilhaçavam no espelho a geometria rápida dos gestos. À noite, pelo contrário, o mar era um peixe de escuro dorso luminoso, um peixe ancorado, de que as órbitas ondulavam de leve, por detrás das cortinas, a geleia redonda das íris, aclarando o quarto do cinzento indeciso de um crepúsculo sem fim, idêntico ao que mora nos sorrisos dos álbuns, amarelecidos pelo chá de laranjeira do tempo.

De modo que só entendeu que abandonara Albufeira quando o odor de doce de chila da água foi a pouco e pouco substituído pelo aroma denso e seco da terra, magro como um grande chifre poroso, em que as raízes das árvores se torcem e quebram como as antenas das borboletas contra os candeeiros do verão. Eram árvores ao mesmo tempo insignificantes e patéticas, reduzidas à ferrugem dos ramos, que estendiam em todas as direcções os apelos petrificados dos seus gestos sob o céu de porcelana demasiado alto, vazio de pássaros e de nuvens, oco como o olho inútil dos estrábicos, perdido ao canto das feições numa elucubração qualquer. Abandonou Albufeira, as casas, os restaurantes, as pensões e as agências de automóveis de aluguer de Albufeira, e achou-se nos campos poeirentos do Algarve, feios e ácidos como detritos de vazante, a caminho de Messines. Um cão de focinho baixo trotava entre os varais de uma carroça e ele pensou Como o meu país é triste aonde o mar não chega, nocturno mesmo que ao sol, sombrio ainda que de dia aonde o mar não chega, cemiteriozitos em que os mortos, despenteados, giram nos labirintos das cruzes em busca de uma saída impossível, cantoneiros consertando a estrada em movimentos sonâmbulos de presos, os reclusos que via em Monsanto, em garoto, trabalhar ao ar livre sob eucaliptos tão grandes como os ombros dos tios. Morava dentro dele uma piedade raivosa, uma ternura zangada pelo seu país descarnado e estranho que recordava, quando longe, não por intermédio de paisagens, de fragmentos de cidade, de estátuas, de ruas, de pessoas, mas através de um som, um único som, o sopro de búzio de vento nas copas dos pinheiros, chamando-o em segredo para misteriosas aventuras. Em Londres, na Madeira, em Angola, ao deitar-se em camas desconhecidas nos hotéis que os monta-cargas percorriam de contínuo do seu assobiozinho de cometas, essa vibração múltipla, magoada, distraída e dolente obrigava-o a sentar-se, completamente desperto, nos lençóis, cuidando-se na vivenda dos seus pais na praia, em setembro, quando o equinócio faz tremer do leste uma asma suave de criança.

Deixou Albufeira a caminho de Messines e a cor de icterícia, a cor cancerosa, a cor amarela da terra trouxe-lhe à lembrança a do pátio do Hospital Miguel Bombarda, diante da 1.ª enfermaria de homens, visto da janela poeirenta do gabinete dos médicos, com duas secretárias desconjuntadas frente a frente e um espelho sobre o lavatório cuja torneira pingava o argirol constipado de uma lágrima eterna. A 1.ª enfermaria de homens eram dezenas e dezenas de internados a arrastarem as sapatilhas, como grilhetas, pelo corredor, colchões vazios, globos de vidro despolido, um velho acocorado no soalho, de mãos nos bolsos, tentando morder quem passava num rosnar furibundo de cachorro de quinta, dos que à noite se insultam, de longe, em cruéis latidos de insónia. De tempos a tempos cabeças de feições desabitadas introduziam-se pela frincha da porta a espreitá-lo, movendo os beiços por barbear numa reza esquisita, que lhe chegava aos ouvidos à maneira de um roçar confuso de penas.

— Vou para dentista — declarou às grossas paredes do convento pintadas de um verde sujo de musgo, porque o assustava aquele lugar miserável e irreal de que principiava a sentir-se tão prisioneiro como os outros, os que se estendiam ao sol idênticos a grandes lagartos repugnantes, de cintos substituídos por pedaços de ligadura e por cordéis, quietos como os crocodilos no Jardim Zoológico e a adquirirem a pouco e pouco, como eles, a textura mineral das rochas, dos troncos, dos cadáveres embalsamados das freiras, em caixões de cristal, nos altares das igrejas, e de que os dedos se aparentam aos de polvos de pedra.

— Vou para dentista — disse ele, porque principiava a temer que quando o assistente chegasse o fitaria de lado, com desconfiança, entregaria um papel ao enfermeiro de serviço, lhe substituiriam a roupa por um uniforme de cotão, lhe injectariam nas nádegas uma bateria de ampolas e o obrigariam a deitar-se no pátio, aparvalhado e tonto no meio dos restantes jacarés que ressonavam, de mãos fechadas sob uma pasta amassada de beatas de cigarros.

Foi examinar-se ao espelho, assegurar-se da gravata, do casaco, da risca do cabelo, e pensou

— Sou médico

do mesmo modo que as crianças repetem

— Sou crescido

ao atravessarem os corredores sem luz, transidas de dúvidas e de pavor. Sou médico sou médico sou médico, tenho trinta anos, uma filha, cheguei da guerra, comprei um automóvel barato há dois meses, escrevo poemas e romances que não publico nunca, dói-me um siso de cima e vou ser psiquiatra, entender as pessoas, perceber o seu desespero e a sua angústia, tranquilizá-las com o meu sorriso competente de sacerdote laico manejando as hóstias das pastilhas em eucaristias químicas, vou ser finalmente uma criatura respeitável inclinada para um blo-

co de receitas numa pressa distraída de alteza, tome depois das refeições, tome antes das refeições, tome no meio das refeições, ao levantar, ao deitar com uma bebida quente, ao pequeno-almoço, ao almoço, ao lanche, nada de vinho, de aguardente, de bagaço, de vermute, de anis, volte daqui a quinze dias, volte daqui a um mês, telefone-me a contar como passou, eu sou normal você é doente eu sou normal você é doente eu sou normal você é doente, conheço a semiologia, a psicopatologia, a terapia, topo à légua a depressão, a paranóia, o excesso doentio de júbilo, os ataques epilépticos, os equivalentes orgânicos, os caracteriais, peça um electroencefalograma pela Caixa, pague à empregada, não se esqueça de pagar à empregada, livre-se de não pagar à empregada, porte-se bem ou enfio-o numa cura de sono que nem ginjas, serenelfi largactil niamid nozinan bialminal, boa tarde, apertou melhor o nó da gravata guiando-se pelo canhoto do espelho, estudou-se de frente, a três quartos, de perfil, sou médico, sou médico, sou um interno de Psiquiatria, o velho do corredor ladrava sem descanso, regressou à secretária, acomodou-se, régio, na cadeira, e, pelos vidros da janela, teve como numa vertigem a impressão de ver um homem a voar, um homem comum, nem idoso nem jovem, a bater as mangas do casaco no azul de julho e a voar. Pensou
— Estou fodido
e ao erguer a cabeça deu de caras com o assistente, que junto à porta o fitava numa surpresa enorme.
— À primeira vez que se entra aqui isto impressiona — desculpou-se a espiar a janela de soslaio: o homem que voava cedera o lugar à decrépita enfermaria fronteira, perto da entrada da qual, num banco corrido, se sentava uma Última Ceia de pijamas, de gestos suspensos do nada como os desses pássaros aquáticos que se lhe afiguravam sempre a meio de uma trajectória imprevisível subitamente interrompida. O assistente olhou em volta à procura, abriu uma gaveta, retirou do interior uma rosa de plástico numa jarra de alumínio, depositou-a sobre uma rodela de naperon na outra secretária, e recuou um passo, de cabeça à banda, para observar o efeito:

— Não há como uma flor para levantar o moral.

Parecia-se com os retratos ovais dos poetas franceses do século XVII, em que as pálpebras, pesadas como reposteiros, fazem descer uma densa sombra de veludo nas bochechas moles. Apeteceu-me perguntar-lhe porque não usava peruca à La Fontaine e, em vez disso, escutei a minha própria voz que respondia, independente de mim como um brinquedo automático:

— Se colasse a equipa do Benfica na parede a sala ficava completa.

E lembrou-se das descidas do número 11 Cavém pela ponta esquerda, até centrar, junto à linha de cabeceira, na direcção de José Augusto, de Águas, de Santana, no estádio repleto de um entusiasmo de estandartes. Podia fumar à vontade nas bancadas já que o pai nunca ia ao futebol: ficava em casa a ouvir a telefonia, sentado no sofá, roendo o cachimbo de impaciência e nervosismo.

— É uma ideia — considerou o assistente, meditativo —, porque é que não havemos de meter a equipa do Benfica na parede?

Principiou a vasculhar a secretária, remexendo papéis, e eu pensei Vai colocar uma dúzia de rosas de plástico no tampo porque este tipo é a Rainha Santa da era atómica, de regaço de terilene cheio de pétalas fingidas. Vão sair-lhe folhas da breguilha, das lapelas, do cinto, dos intervalos da camisa, vai tornar-se ele próprio numa flor enorme, monstruosa, instalada no vaso da cadeira giratória à laia das palmeiras nos vestíbulos dos hotéis, a rasparem por nós as cerdas esfiadas dos ramos. Quero ser dentista antes que isso aconteça, decidiu, quero ser dentista o mais depressa possível antes que o velho que ladra no corredor entre no gabinete, de gatas, e me morda as canelas, se me dependure dos fundilhos das calças como aos carteiros das anedotas, antes que as rosas de plástico bebam como ralos todo o oxigénio do ar e me deixem aos pulos, tal um cação afogado, no soalho, a agitar as barbatanas desesperadas do casaco. Alguém começou a gritar na enfermaria: era um gemido rouco, persistente, monótono, semelhante ao do mar nas fendas das grutas ou ao do vento nas cristas aguçadas dos penedos, biséis de granito para os beiços das nuvens, e o seu corpo estendeu-se, tenso, na

direcção do som, à maneira de uma corda de arco que o dedo do gemido arrepiava. Escutava esse som nocturno na manhã do hospital, carregado das misteriosas ressonâncias e dos impalpáveis ecos das trevas, essa amêndoa de sombra na luz poeirenta, excessiva, da manhã, com a mesma expectativa dolorosa, o mesmo indizível pavor com que sentia aproximarem-se de si as trovoadas de África, pesadas de uma angústia insuportável. O cozinheiro do administrador circulava pela sala a bandeja dos capilés, os copos entrechocavam-se de leve num tinir de vidro, e as grandes árvores lá fora dobravam-se sob a ameaça da chuva, vinda em grandes cortinas espessas do norte num turbilhão de relâmpagos. Imaginava sempre
— Vou morrer
quando as trovoadas chegavam e ténues faíscas subiam dos cabelos na humidade saturada da sala, para rodopiarem, soltas, de pessoa a pessoa, como estranhas enguias de magnésio. Imaginava sempre
— Vou morrer
como imaginava, a caminho de Messines, através da paisagem de pedra-pomes amarela do interior do Algarve, tornada dura e ácida pela ausência de rios, uma paisagem inquieta e humilhada, que não alcançaria nunca Lisboa e que permaneceria, anos e anos, dentro do carro, à deriva por estradas que conhecia mal, a escutar a voz de Paul Simon ou de Gal Costa no leitor de cassetes

> Meu amor
> tudo em volta está deserto
> tudo certo
> tudo certo
> como dois e dois são cinco

agarrado ao volante como um bebé adormecido a uma boneca inútil. Cruzou uma ou duas aldeias com nomes estranhos, uma capela solitária num cabeço, magros campos estéreis de cultura, e lembrou-se da casa sem água nem electricidade perto de Lagoa, a casa da Bia Grade, com o balde do poço constantemente assaltado pelo zumbido macio das abelhas, onde, no verão anterior, passara três semanas com a Isabel para acabar a Memória de Elefante, que arrastava atrás de si havia meses num desprazer de maçada, construindo capítulo a capítulo na lentidão penosa do costume, à espera da chegada das palavras como um mártir de revelações improváveis. Agarrado ao volante lembrou-se da casa da Bia Grade longe do mar, entre as amendoeiras e a vinha reflectindo o sol no ocre baço das folhas, da luz dos candeeiros de petróleo que transformavam os vultos nas paredes em gigantescas manadas de sombras aproximando-se e afastando-se como amibas monstruosas, o amor feito no chão para não acordar a dona Deolinda e o senhor Manuel que dormiam na sala ao lado, e de uma vez, à hora da sesta, ter ido urinar ao quarto de banho e ver, pousada no lavatório à maneira de um bicho sorridente, uma dentadura postiça a arreganhar o apetite dos caninos para um pedaço azul de sabonete. Eu escrevia o dia inteiro, cá fora, junto ao tanque, nas traseiras da casa, recuando ou avançando a cadeira consoante a posição do sol, o papel enrolava-se a crepitar sob a caneta como se ardesse, e ao levantar a cabeça, de vez em quando, via a terra pobre e sem grandeza, a terra feia do Algarve curvar-se, humilhada, sob a sumptuosa cintilação do céu, cuja pele transparente luzia à maneira de uma lantejoula sem limites.

— O que é que está a magicar? — perguntou o assistente, à procura num armário de vidro de um processo clínico qualquer. O velho que latia calou-se: um enfermeiro devia ter-lhe estendido, adiante dos joelhos, uma tigela de restos, pedaços de carne, bocados de arroz, um osso podre, e o homem inclinava decerto a calva enrugada para o prato, exibindo os longos tendões paralelos da nuca à maneira de uma girafa a beber.

— No que o levou a não ir para dentista — respondeu ainda com a casa da Bia Grade, cercada dos gritos dos grilos, na ideia, e o pó do hospital a voltar no pátio em espirais desoladas, quebrando-se contra os muros tristes do asilo ou o claustro de azulejos ao fundo, delicado e transparente como a concha de uma pálpebra. Devia ter ido para dentista, acrescentou, devíamos todos ser dentistas, consertar molares em minúcias de relojoeiro, conviver sem pânico com incisivos e caninos, dizer Bocheche e sentirmo-nos em paz, percebe, desprovidos de inquietação e de remorsos, a tirar moldes de gengivas às senhoras de idade, enquanto uma estátua de bigodes nos aponta da janela, com o dedo de bronze, à irrisão geral.

As primeiras casas de Messines apareceram ao longe, cercadas do guache ocre dos campos sobre os quais o verão pesava os membros abertos como um corpo que dorme, de enorme boca quente a respirar devagar ao rés da terra: O verão é um homem gordo, pensei, o verão é um homem muito gordo que ressona, um cavalheiro tão gordo como o que costumamos encontrar no restaurante onde vou comer com as minhas filhas, tasca de operários, de mecânicos, de condutores de camionetas, de cauteleiros e de soldados, gente silenciosa e lenta, de olhos de égua morta, engolindo a sopa num ruído de beiços de seara. O cavalheiro gordo chegava em camisa, de suspensórios, com um rolo de jornais ilustrados sob o braço, e ele dizia-se dentro de si Humpty Dumpty invadiu Benfica, mora no Poço do Chão, trabalha num escritório aqui perto, fuma cigarrilhas nauseabundas e come grelos de dieta, e nós os três fitamos, estupefactos, os colchões das suas nádegas, a transbordarem da cadeira em pregas fofas de palha, a barriga, os ombros, a ausência de pescoço, fitamos-lhe as órbitas salientes de sapo, os gestos curvos, os sucessivos, sobrepostos duplos queixos de que é feito, e se lhe espetarmos um alfinete numa perna o tipo desata a esvaziar-se aos ziguezagues pelas mesas, como um balão de gás, até restar apenas um trapinho inútil dependurado do gargalo de uma garrafa de Bucelas, com as feições desenhadas em pequenino no pedaço de borracha que sobeja.

— Não, não diga — pediu ele ao assistente que tocava o botão de campainha na parede para chamar o enfermeiro —, não seguiu dentista porque a Psiquiatria é a mais nobre das especialidades médicas.

— A Psiquiatria é uma treta — afirmou o pai. — Não tem bases científicas, o diagnóstico não interessa e o tratamento é sempre o mesmo.

— Já reparaste — perguntou o amigo — que os psiquiatras são malucos sem graça?

Trabalhavam ambos em Santa Maria nessa altura e os psiquiatras espantavam-nos quotidianamente por fora e por dentro, a maneira de falar, de andar, de vestir, a profundidade de pacotilha dos conceitos, os pequenos jogos sussurrados pelos corredores, as alianças perversas que se faziam e se desfaziam, as inimizades, os ódios. As pessoas cumprimentavam-se com um sorriso e esventravam-se nas costas umas das outras destilando a crueldade escura e porca, repugnante, dos cadáveres, enredados nas barbas de Freud numa admiração pegajosa. Via os psiquiatras, achava os que os consultavam mais saudáveis do que eles, e afligia-o que os vivos se abraçassem por ignorância aos mortos, na expectativa de um alívio impossível.

— Isto fede a carcaças de mulas defuntas — pensava sempre ao entrar no gabinete dos médicos, sentados pomposamente em círculo para discussões que nada tinham a ver com a vida real, a alegria real, o sofrimento real —, isto fede a carcaças de mulas defuntas conversando umas com as outras sobre o seu próprio apodrecimento. — E cada vez que um deles levava o cigarro à boca via o fumo sumir-se nas gengivas em decomposição, nas línguas inchadas sujas de coágulos e de crostas, nos lábios arroxeados de livores de azoto. Nas reuniões do hospital, de dia, assaltava-o a impressão esquisita de que eram os doentes que tratavam os psiquiatras com a delicadeza que a aprendizagem da dor lhes traz, que os doentes fingiam ser doentes para ajudar os psiquiatras, iludir um pouco a sua triste condição de cadáveres que se ignoram, de mortos que se supõem vivos e cirandam lentamente pelos corredores na gravidade comedida dos espectros, não os espectros autênticos, os que às varandas das casas abandonadas espiam o movimento da rua ocultos pela renda das cortinas, mas espectros falsos, de suíças de estopa e narizes de cartão, espectros ridículos opados de sabedoria inútil. De Santa Maria via-se o rio na distância era em abril ou maio e o céu arfava à maneira de um enorme pulmão mudo, um pulmão azul como se o Tejo corresse sobre as casas e as nuvens o seu fluir de cintilantes sombras, refractando a cidade ao contrário no espelho dos pássaros. As árvores, as igrejas, os edifícios, nítidos e coloridos, brilhavam de prazer na claridade da manhã, e na sala do hospital os psiquiatras moles, pardos e flácidos discutiam interminavelmente diálogos de mulas defuntas, analisando pêlo a pêlo a barba de Freud com os reagentes baratos da sua imaginação. No bar reuniam-se em grupo à parte como as freiras ou as chocas das touradas, a ciciarem-se Édipos num sussurro de conspiração. A esquizofrenia, uma esquizofrenia viscosa, pairava em volta deles e enrolava-se-lhes nos gestos e nos modos idêntica a uma teia de aranha repulsiva. Os psiquiatras são malucos sem graça, repetiu ele, palhaços ricos tiranizando os palhaços pobres dos pacientes com bofetadas de psicoterapias e pastilhas, palhaços ricos enfarinhados do orgulho tolo dos polícias, do orgulho sem generosidade nem nobreza dos polícias, dos donos das cabeças alheias, dos etiquetadores dos sentimentos dos outros: é um obcecado, um fóbico, um fálico, um imaturo, um psicopata: classificam, rotulam, vasculham, remexem, não entendem, assustam-se por não entender e soltam das gengivas em decomposição, das línguas inchadas sujas de coágulos e de crostas, dos lábios arroxeados de livores de azoto, sentenças definitivas e ridículas. O inferno, pensou, são os tratados de Psiquiatria, o inferno é a invenção da loucura pelos médicos, o inferno é esta estupidez de comprimidos, esta incapacidade de amar, esta ausência de esperança, esta pulseira japonesa de esconjurar o reumatismo da alma com uma cápsula à noite, uma ampola bebível ao pequeno-almoço e a incompreensão de fora para dentro da amargura e do delírio, e se não vou para dentista na mecha fico um maluco tão sórdido e tão sem graça como eles.

Messines surgiu à sua frente, numa curva, desfocado pelo nevoeiro do celofane do calor, e ele recordou-se da primeira vez que chegara ao Algarve no dia seguinte ao casamento, e da flor de sangue no lençol do hotel, pequena papoila aberta que luzia, vermelha contra o azul liso, bordado de espuma, do mar. Sentados na varanda do quarto, à noite, cheiravam no pescoço, nos cabelos, nos ombros um do outro o sal dos músculos, os limos do púbis, a consistência de peixe das coxas, fazer amor de aliança no dedo e sentir a tua aliança na mão espalmada nos meus rins, esqueci-me do discurso do padre mas conheço tão bem o teu sorriso, o latim inocente, a linguagem de anjo do orgasmo rente ao trigo de um corpo devastado. Chegou a Messines, nesse agosto de 1970, no grande carro ronceiro emprestado pela avó e que bamboleava estrada fora oscilações de berço. Os arbustos das bermas atravessavam o perfil da mulher ao seu lado como se a pureza do rosto se houvesse tornado de vidro transparente, cristal de feições ligeiramente tingidas do tom moreno da pele, concentrando o sol numa intimidade de fruto. Os arbustos tornavam verde a nuca, a linha molhada das pestanas, o longo, interminável ponto de interrogação do pescoço, e as frases dela eram verdes, os gestos dela eram verdes, a vulva dela era decerto verde, verde e tenra como o musgo das grutas. Alcançaram Messines e eu disse Estamos no Algarve porque esta é a terra do Gildásio, pois o Algarve para eles era o Gildásio, os olhos claros do Gildásio, as enérgicas gargalhadas do Gildásio, a amizade sem pieguice do Gildásio na messe de Tomar repleta de velhos coronéis e de generais trôpegos, de militares na reserva pingando gotas para a tensão nos copos de água do almoço, de senhores idosos, educados, conversando em voz baixa de achaques e desmaios, esquecidos das glórias guerreiras que não houve. Os campos do Algarve, as árvores, os postes, as casas, atravessavam o vidro do teu rosto escurecendo-o de contornos e de sombras, as tuas madeixas tremiam como folhas estreitas de limoeiro, no muro da tua testa a claridade da manhã dilatava-se e crescia, e eu disse Estamos no Algarve porque chegámos à vila do Gildásio e do João de Deus da Cartilha, se calhar num largo qualquer encontramos as barbas de pedra do poeta, entre a indiferença analfabeta das acácias e dos pombos. Mas só havia garagens, prédios, cafés, a agitação sossegada da província feita de uma incompreensível eternidade, e o teu perfil transparente, ligeiramente tingido do tom moreno da pele, em que o sol amadurecia devagar como nas cascas das romãs.

— Tem alguma experiência disto? — perguntou o assistente com o dedo no botão de campainha da parede para chamar o enfermeiro de serviço, e apeteceu-lhe responder que conhecia o fedor de carcaça de mula dos psiquiatras, de carcaça obscena de mula dos psiquiatras, apeteceu-lhe falar das zangas miúdas e dos discursos cabalísticos, apeteceu-lhe contar que quando entrara no Hospital Júlio de Matos pela primeira vez, ainda estudante, se revoltara contra a pavorosa miséria dos internados, contra o abandono do jardim, contra a sujidade das camaratas, se revoltara contra a resignação dos doentes, empurrados para detrás das grades por um absurdo que os excedia, por sem-razões que não entendiam, pela máquina trituradora de uma Medicina persecutória da fantasia e do sonho, repressiva, judicial, a Medicina moralista, capadora, autoritária, a Medicina dos senhores, a Medicina dos donos, que detesta os desvios, odeia as diferenças, não suporta a capacidade de invenção, a Medicina morta de uma sociedade morta, cujo odor gordurento e viscoso o indignara no Hospital Júlio de Matos, ao senti-lo flutuar entre os pavilhões no meio das árvores, soprando na garganta da erva como o vento da noite.

 O assistente olhava-o de baixo para cima à espera da resposta, e ele pensou Sou um SS com dúvidas, sou um seminarista em crise de consciência, Hitler é grande, Deus é bom e a Psiquiatria a mais nobre das etc, etc, pensou Não se pode ser um carrasco piedoso, pensou Não se pode ser um tirano enternecido, de modo que puxei uma cadeira para o pé da secretária, me aboborei no assento como um príncipe herdeiro no seu trono, nenhum homem voava nas janelas, à entrada da 1.ª enfermaria os meus súbditos jaziam imóveis estendidos ao sol à maneira das vítimas de uma catástrofe ferroviária nos carris, verifiquei o nó da gravata com os dedos, abotoei o casaco e recebi a papelada do primeiro doente tal como, anos antes, aceitara uma espingarda em Mafra, na carreira de tiro, para aprender eficientemente a matar.

 A luz do Algarve, pelas quatro da tarde, começa a adoçar-se, melancólica, à vizinhança do crepúsculo, e as casas principiam a abrir-se lentamente à laia de corolas nocturnas, ao ritmo dos relógios de parede de que os grandes corações vagarosos pulsam, pausados, como os dos bois que dormem. O céu vítreo e fixo, convexo, devolve, deformando-

-os, os campos desdenhados pelo mar, a terra que o mar despreza como um chifre inútil, a terra seca e dura como um chifre, uma crosta de pus, uma sobra sem préstimo. O poente é uma mancha de manteiga, a suspeita de uma mancha de manteiga semelhante a uma nódoa translúcida de nuvens, ou nem nuvens sequer e somente uma leve acentuação de cor, uma lágrima diluída a aguarelar o ar, algo de indefinido prestes a cristalizar-se e a crescer. Sentira isso em Lagoa, em Albufeira, em Armação de Pêra, em Tavira, com uma crispação estranha no peito, uma angústia inlocalizável, sem nome, no corpo curvo à espera, sentira as suas veias dilatarem-se do sangue das trevas em pleno dia, ouvira-as gemer nas têmporas como as madeiras dos sobrados velhos ao peso dos fantasmas da infância, sentira a semente do escuro no interior do corpo idêntica às pedras de mica negra da Beira, e pensava Anoitece tão cedo em mim, pensava Quando me abrirem a barriga numa mesa operatória, à procura do fígado, ou da vesícula, ou do estômago, encontram em lugar de vísceras um silêncio de quintas desertas e o ladrar longínquo dos cães, a inquietação dos cães chamando, sobressaltados, a madrugada. A luz do Algarve, a luz de Messines, pegava-se aos polegares tal um pó de borboletas, se eu tocar numa casa, ou numa rua, ou num rio, a marca da minha mão fica impressa nas coisas como no barro húmido da escola, cova da palma, falanges, unhas, posso roubar um pedaço a esta tarde, levá-lo no bolso até Lisboa, tirá-lo da algibeira e ficar a olhar por muito tempo os campos desdenhados pelas ondas, os cachorros cabisbaixos que trotam entre as vinhas no passo oblíquo das raposas, a tímida penumbra dos alpendres, a terra que o mar despreza como um osso inútil, um osso oco como os das aves assassinadas num voo interrompido. O enfermeiro introduziu a cabeça pela frincha da porta na claridade de Messines, afastou com o braço uma nuvem que se lhe prendia à testa, que se lhe colava ao suor da testa empurrado pelo sopro do levante, disse
— Bom dia senhor doutor
o assistente respondeu
— Bom dia Gouveia
um sentado e o outro em pé, como eu diante dos superiores na tropa

— Dá licença meu coronel?
e a órbita porcina do coronel a medir-me por trás da secretária, junto a um mapa de Angola cheio de pintas brancas e vermelhas, não poder gritar Se soubesses como eu te detesto meu sacana, mas o enfermeiro sorria, o assistente sorria, sorri também, a órbita porcina do coronel desvaneceu-se na sala, e as pintas brancas e vermelhas flutuaram antes de se sumir como a neve num globozinho de vidro.
— Queria falar com o Nobre
disse o assistente para a cabeça risonha que esperava e se evaporou por seu turno na claridade de Messines. Não saiu a porta: evaporou-se como o fumo se evapora junto ao tecto, como as feições que amámos se evaporam na memória, como o meu corpo se evapora no teu num meigo sal de suor e de gemidos.
— Vai ficar com o Nobre
informou-me o assistente, vai ficar com o Nobre, caso fácil, baforada delirante, procurei à pressa na sebenta da lembrança as baforadas delirantes e não encontrei nada para além dos pobres tesouros do costume, o meu avô, a Luísa na praia, os primeiros passos da miúda, o castanho de lápis de cor do limoeiro do quintal, o arame dos dentes, o desgosto de nunca ter partido um braço, gordos missais com os santinhos das pessoas mortas, a cada resposta que eu dava no exame de Psiquiatria o professor inclinava-se na cadeira em gargalhadas de público rendido perante um humor que eu me ignorava, Sou um cómico do catrino, pensei a vasculhar na cabeça definições e tratamentos, caso fácil, baforada delirante, em Messines a ausência de mar é tão completa que o vento soluça catarros de bronquite nas gargantas das ruas, vento triste como a tosse de um bibliotecário ou de uma viúva. Bom dia senhor doutor, Bom dia Gouveia, corredores na penumbra iguais aos do Aquário Vasco da Gama em que de tempos a tempos surge o cogumelo inesperado de uma boca, o coral de um braço, a medusa dos cabelos, os internados são as algas silenciosas destes pijamas que flutuam, a pedra-pomes destas feições opacas, o palpitar de guelras destas frases, a porta abriu-se e fechou-se com estrondo e o Nobre entrou.

— Olá, Nobre — disse o assistente guardando à cautela na gaveta o cinzeiro de vidro, nesse tom especial de voz que se reserva para as crianças, os moribundos e as empregadas das boutiques, a tabuleta que apontava Lisboa não tinha o L e pensei O sacrista do Gildásio andou aqui no gozo um dia destes, que se há-de fazer neste deserto para não dar em droga, na messe de Tomar puxávamos o elástico do laço dos criados que voltava ao sítio num estalo de fisga, e pela janela as árvores do Mouchão eram um monte de cabeças escuras ciciando. Ao pedirem-me a lista dos momentos mais porreiros da vida Tomar entra, decidiu, foi no ano dos Tabuleiros e do concurso de pesca, namorava as professoras da escola diante do carioca de limão dos abstémios melancólicos, reduzi a luxação do ombro de um pára-quedista com o pé no sovaco do tipo até o osso dar um estalo, clac, todas as noites um pai desconfiado me espiava, a seguir-me de montra em montra arreganhando caretas de crocodilo embalsamado, os nossos perfis confundiam-se nas sapatarias, nas lojas de vestidos, nas agências de viagens, os peitos das professoras achatavam-se, obedientes, sob as palmas, os lábios delas subiam para os meus, às cegas, como potros esfomeados que marravam, os doentes de fora da cidade aguardavam-me em côncavas casas escuras, estendidos na desordem suja dos lençóis.

— Em nome do Pai, do Filho e do Espírito Santo — vociferou o Nobre, de joelhos e de mãos postas, do outro lado da secretária. Era um homem pequeno, gordo, de bigode, com as lapelas do pijama repletas de emblemas desportivos, de medalhas, de crachás diversos, de prendas de bolo-rei e de pedaços de papel pregados com alfinetes, a imitarem condecorações e insígnias. O assistente afastou o martelo potencial do agrafador e sugeriu em sussurro convidativo de padre no início da confissão:

— E se o Nobre se sentasse?

— Em nome do Pai, do Filho e do Espírito Santo — repetiu o Nobre, indignado. — Parlez-vous français? Speak english? Habla español? Fala alemão? Turco? Russo? Arménio? Só converso com médicos poliglotas. Abençoado seja Nosso Senhor Jesus Cristo e Sua Mãe Maria Santíssima. Viva o Sporting.

— Vejo aí uma cadeira mesmo ao pé de si — aconselhou o assistente, de peito bombeado, a arrulhar de persuasão. As sobrancelhas dele tremiam, inquietas.

O Nobre agarrou na cadeira e estilhaçou-a com toda a força contra a parede. Uma perna rebolou ao longo do soalho e perdeu-se sob o armário de vidro.

— Quando se está na presença de Deus — explicou aos berros —, quem não tem uma atitude de respeito desce direitinho para o inferno. Sabe o que é o inferno? Speak english?

Baforada delirante, pensou ele, que chiça de coisa será isso? Os braços do Nobre avançavam e recuavam a compasso em acenos desesperados de gaivota, os beiços pálidos sorviam o ar, debaixo da peneira do bigode, à maneira dos peixes de queixo saliente dos drugstores, que bebem em goles sem apetite a água turva de musgo. Calculou que o outro devia possuir mais ou menos a sua idade, e imaginou-se de joelhos, gritando para dois sujeitos estrategicamente entrincheirados atrás de uma secretária enorme, a escutarem-lhe a aflição numa surdez científica.

— Temos que voltar aos injectáveis — suspirou o assistente como se administrasse a contragosto uma penitência de oitocentas Salve Rainhas.

O Nobre levantou-se de um pulo, a rodopiar de ultraje. As pupilas pareciam-se de facto com as das gaivotas pousadas na muralha da Marginal nas tardes de chuva, esferazinhas de vidro ao mesmo tempo inexpressivas e alucinadas. As ondas esmagavam-se na pedra em leques ácidos de espuma, junto ao restaurante Mónaco e ao porteiro fardado de piloto-aviador manhoso, o céu compunha-se de sucessivas camadas sobrepostas de cinzentos, o rio arrepiava-se de febre até ao mar, e a chuva enterrava na estrada, furiosamente, centenas de tranças de cristal. Os limpa-pára-brisas moviam os cotovelos sacudidos de autómato, barbeando o acne persistente das gotas. Se calhar, Shegundo Galarza, ao piano, tocava um fado em ritmo de dança para as mesas desertas.

— Injecções uma ova — bramiu o Nobre inclinado na direcção

do assistente, hálito com hálito, como dois elefantes de segurar livros quando não há livros. — Speak english? Fala alemão? Trabalho em turismo, conheço as línguas todas, quero alta.

Movia-se aos saltos entre a janela e a porta, idêntico a um esquilo obeso, de medalhas e emblemas a tilintarem no peito num ruído de lata, como os automóveis dos noivos arrastam atrás de si uma comprida cauda de panelas. As madeixas ralas e soltas do cabelo ondulavam em desordem sobre as orelhas vermelhas, a barriga oscilava e vibrava como pele de tambor percutida por baquetas invisíveis. No pátio, desembarcavam grades de gasosa de uma camioneta branca oxidada. Espirais de pó erguiam-se por vezes do chão e rodopiavam de árvore em árvore impelidas pelo vento súbito de junho, essa espécie de labareda sem fumo que surge dos poros da terra numa veemência incoercível, sob o céu limpo de nuvens como uma placa de mármore estriada por finas veias luminosas. O assistente premiu à socapa a campainha da parede e eu pensava Se baforada delirante é estar à brocha com barulho tenho uma coisa destas por semana só que desopilo calado, a caminho do Montijo, roído pelos mil ácidos da angústia. O vidro do armário devolveu-lhe o rosto que se habituara a encontrar nos espelhos e que se não parecia com os traços que presumia de si próprio, o nariz glorioso, a boca alegre, a mandíbula de Júlio César desembarcando em Roma: lá estavam o assistente e ele instalados nas cadeiras régias, lá estava o Nobre a aparecer e a desaparecer num atarantamento de insecto, gritando para a incompreensão do mundo o seu discurso zangado. Ainda sou novo, pensou, é a altura de pirar daqui, de voltar para casa, de seguir dentista, de me matricular em Económicas, em Agronomia, em Matemática, pensou É a altura de fugir daqui, olhando o reflexo no vidro do armário, como se via, minúsculo, nas pupilas das mulheres quando se aproximava delas para lhes tocar, minúsculo e convexo, nas pupilas das mulheres como numa pele de prata, as bochechas, a testa, as sobrancelhas, os quadradinhos dos dentes, o Nobre ajoelhou-se à janela estendendo as mangas para as árvores do pátio, os plátanos e as acácias do pátio, doiradas pela luz eléctrica do sol, e nisto um rapaz ruivo, em cuecas, com os pêlos do sexo a sobrarem, alaranjados, dos elásticos lassos, entrou a cambalear, amparou-se à mesa e principiou a dizer

— Senhor doutor senhor doutor senhor doutor senhor doutor senhor doutor

pelos beiços secos de saliva repletos de crostas e de sardas, beiços de criança gulosa, de menino aflito falando no seu sono, os beiços do meu irmão Nuno aos três anos, doente de peritonite, repetindo Eu vou morrer e quero o meu paizinho numa voz que nunca mais esqueço, a terrível voz acusadora dos miúdos na agonia, vi morrer garotos de leucemia, embrulharem-nos em lençóis, levarem-nos ao colo para o frigorífico do hospital, garotos que choravam pela ampola de morfina erguendo os cotovelos inchados de equimoses para os internos em pânico.

A cabeça do Gouveia assomou à porta, idêntica a um alecrim calvo que florescesse de repente na madeira lascada da moldura, uma flor obediente e feia, de bigode. A nuvem flutuava-lhe agora na concha flácida da orelha:

— Chamou?

Como este tipo é real, como este tipo é tranquilizadoramente real, pensou, até no hálito espesso de bagaço, até na vulgaridade obsequiosa das feições: um homem concreto, verdadeiro, sólido, ancorado no mundo lógico dos impostos, das multas por estacionamento proibido, das costeletas à salsicheiro e dos pequenos ódios conjugais. Um homem como os homens e as mulheres da Cervejaria Trindade, verifiquei, as mulheres e os homens frustrados e azedos da Cervejaria Trindade na noite em que conheci o escritor Luiz Pacheco. Eu estava encostado ao balcão com o Zé Manel, a ouvi-lo falar da tristeza, da solidão, da perplexidade da sua vida, no interior daquela enorme piscina de azulejos povoada de vozes, de tilintar de copos, de roçar de tecidos, era em março e as pessoas mergulhavam o nariz na espuma da cerveja como os cavalos na praia, uma nuvem de fumo pairava sobre as nucas de cera, demasiado brancas, das pessoas, as feições de estearina e os cabelos suados das pessoas, e vai na volta o escritor Luiz Pacheco entrou, com dois sacos de plástico repletos de jornais nos punhos, um boné à Lénine na cabeça, os olhos protuberantes de tartaruga magra atrás dos óculos que os impediam de tombar no chão num ruidozinho de louça. Vinha perdido de bêbado e as mulheres e os homens frustrados e azedos da Cervejaria Trindade, as mulheres e os homens sem talento da Cervejaria Trindade troçavam dele, remexiam-lhe nos sacos, tiravam-lhe o boné, puxavam-lhe as abas da gabardina enodoada, riam-se-lhe nas costas o azedume de leite podre da inveja ou apertavam-lhe a mão como se aperta a mão aos augustos no circo, num misto estranho de condescendência e de desprezo.

— Caralho — pedi eu ao Zé Manel —, pela tua saúde tira o velho das unhas destes cornos. São os netos dos cabrões que jogavam pedras no Rato ao Gomes Leal, são os impotentes que se queixam de que neste país só se faz merda e que quando aparece alguém que não faz merda desatam a rosnar de fúria e de ciúme diante da tesão alheia por sentirem o trapo murcho nas ceroulas, por não serem capazes, por não serem definitivamente capazes de enconar a vida.

— Este é o António Lobo Antunes — disse o Zé Manel na sua voz afectuosa e doce que transformava as palavras em ternos bichos de feltro. Trazia Le Monde consigo como os tipos do século XIX as bengalas de castão de prata, e eu pensava Le Monde é a gravata dele ao olhar-lhe a roupa lançada com descuido sobre o corpo pequeno, a pulseira de cabedal, o cabelo escorrido sobre a gola da camisa.

O escritor Luiz Pacheco oscilou ligeiramente nas pernas inseguras: o seu orgulho pungente, a sua insuportável ironia, reduziam os pénis dos impotentes a engelhadas coisinhas moles de mijar, enroladas nas calças numa vergonha de lombrigas. Uma farripa descolorida oscilava como uma pluma contra os azulejos da parede. Deitou a gabardine para trás, desembaraçou-se dos sacos e esbofeteou-me a cara, com ambas as palmas, num júbilo divertido:

— Ah rapazinho.

E éramos os três os únicos sujeitos vivos naquele cemitério de tremoços.

— É preciso mudar a terapêutica do Nobre — pediu o assistente ao enfermeiro. — E o ruivo não é meu, nunca o vi mais gordo.

— Gordo? Disse gordo? — interrompeu o Nobre, ofendido. — I am portuguese. Habla español? Speak english? Fala alemão? Deutch?

O asilado do corredor recomeçara a ladrar. Qualquer coisa metálica (um prato, uma caneca, um talher qualquer) tombou no soalho num estampido enorme, ampliado pelo silêncio que vestia de ansiedade os gestos dos doentes, o silêncio insuportável crescendo nos intervalos dos berros, como as nuvens de temporal na Baixa do Cassanje, segregadas pelas águas turvas do Cambo. O Gouveia empurrou para fora do gabinete o Nobre e o ruivo, à maneira de quem afasta sombras de um pesadelo incómodo:

— Vá vá vá — repetia ele em tom paciente e lento de pastor e os sons pareciam sair-lhe da garganta como um jorro de rio de um aluvião de pedras. Um telefone inlocalizável principou a tocar. O assistente recostou-se, aliviado, no espaldar:

— Foi você que disse que a Psiquiatria é a mais nobre das especialidades médicas? — perguntou ele. — Gaita, se eu soubesse o que sei hoje tinha seguido dentista.

4.

Descobri que a solidão, disse ele alto para si mesmo no carro vazio, a caminho da serra, é uma pistola de criança num saco de plástico na mão de uma mulher apavorada. A tarde possuía agora a cor amarela e turva das pessoas defuntas, o amarelo melancólico do iodo dos retratos antigos, o sujo amarelo da urna contra um tronco ou um muro, o amarelo oxidado dos cães coxos das praias, trotando em matilha rente ao mar nos crepúsculos de setembro, sob o imenso céu silencioso em que se adivinham ao longe as migrações de patos do equinócio. Plantas magras e trágicas erguiam para as bochechas gordas, convexas, quase voláceas das nuvens, múltiplos pulsos frenéticos de maestro imobilizados a meio do rodopio de uma valsa, e de tempos a tempos, nas bermas, instrumentos e máquinas de cantoneiros dissolviam-se na erva rala no odor doce dos mortos. Tudo no Algarve é exangue e manso, pensou, até as ondas que se dobram em si próprias como sucessivas pálpebras transparentes de anemia, até os rostos de pedra-pomes dos camponeses por cujas veias corre um secreto, misterioso vento, até as manhãs logo maduras, logo pesadas, suspensas dos ramos do céu, à laia de frutos, por grossos e incandescentes pedúnculos de sol. Não se viam pássaros porque não há pássaros na serra: apenas as ferramentas que os cantoneiros abandonam nos taludes, e a terra ocre que parece coaxar, respirando lentamente, como uma enorme rã. Não se viam pássaros nem gente: a estrada assemelha-se a uma cicatriz, a uma prega, a uma ruga na pele, e de um e outro lado o horizonte, demasiado próximo, embacia os vidros do automóvel, o quadrado do espelho, os nossos próprios olhos, do seu denso hálito animal: nenhuma paisagem se lhe afigurava tão ameaçadora sob a sua inofensiva aparência de cenário de teatro, e imaginava sempre que se subissem com roldanas as colinas de cartão encontraria, atrás dos buxos, dos montes, da vagarosa, tranquilizadora palpitação da terra, trevas inquietas e profundas, como as que moram nas pupilas redondas das crianças, ocultas na falsa cumplicidade do sorriso. Tudo no Algarve, pensou, me recorda perspectivas lunares, as algas prisioneiras, a quietude das sestas no verão onde só as maçãs no aparador permanecem acordadas e vivas nas taças de loiça, animadas pela sombra vermelha da luz, e não é impossível que um cardume de peixes atravesse de repente o alcatrão, agitando em pequenos espasmos as pestanas lilases da cauda, ou os mil braços de um polvo passem a vogar entre os arbustos, desenrolados num adeus lânguido de mulher. Como na Urgência do Hospital Miguel Bombarda, onde os rostos se engelham e os vultos flutuam, cambaleando, amparados à Tartaruguinha desmaiada das paredes, velhos alcoólicos de dedos trémulos como agulhas de bússola, drogados de órbitas convulsas como céus de tempestade, senhoras em quem uma discreta e incomensurável tristeza se concentra nos ângulos em acento circunflexo da boca, arrastando sob a camisa de dormir menopausas magoadas. À hora do jantar, um extenso cortejo de mendigos aproxima-se da porta de vidros foscos do banco, pretextando imaginárias loucuras, doenças esquisitas, suicídios inventados, na esperança de uma cama ou de um prato de comida que os salvem do jejum forçado dos pobres. São os vagabundos que costumam circular nas imediações do rio, junto aos armazéns das docas e às escadinhas de Alfama, de gargalo a emergir do bolso para se alumiarem, noite fora, ao pavio do bagaço, ícones côncavos, de barba por fazer, sonhando sopas de hortaliça nos caixotes do lixo. Dirigem-se ao Hospital Miguel Bombarda através das árvores escuras do Campo de Santana, através das pequenas calçadas estreitas que formam como que uma cabeleira postiça de travessas em torno dos muros calvos do asilo, através da Rua Luciano Cordeiro que a minha adolescência associa ainda a gordas coxas derramadas em veludos no fio, e desaguam na Urgência as íris suplicantes e tristes de cachorros, latindo no capacho da entrada a sua fome humilde. Mas a solidão, disse ele alto para si mesmo no carro vazio, a caminho da serra, é uma pistola de criança num saco de plástico na mão de uma mulher apavorada, de pé à minha frente, na outra ponta da mesa, escoltada por um bombeiro exausto.

Eu dormia num quarto impessoal como os das messes da tropa, cujos lençóis exalavam um odor acre de jazigo, com um frasco de água à cabeceira idêntico aos das pensões de província, e um telefone que chora, de quando em quando, gemidos aflitos de bebé. Cerca de mil pessoas ressonavam à minha volta em uníssono, num vaivém vagaroso de mar, e sentia-me como que flutuando à superfície do som, estendido nos cobertores à laia dos cadáveres dos grumetes que se deixam escorregar para a água envoltos num sudário de lona, e que mergulham devagar nas ondas como estranhos cilindros rígidos de chumbo. Quando me chamavam ao banco penetrava numa gruta irreal em que os passos se multiplicam e as vozes ecoam, estilhaçadas, reduzidas a fragmentos sem sentido de vogais sob o néon das lâmpadas que confere à brancura das batas uma tonalidade glauca, quase incandescente, de superfícies caiadas, deslocando-se devagar, sem rumor, do mesmo modo que as casas do Algarve se deslocam para trás de nós, fitando-nos com os olhos quadrados e cegos das janelas. Os polícias, os bombeiros, os guardas-republicanos, as famílias aguardam em bancos corridos segregando-se a medo monossílabos de igreja. Uma noite densa de crepes, a noite de antes da aurora, compacta, opaca, quase sólida, a noite das noites de insónia ou de gripe, que não respira, não vive e contudo se arrepia de indecifráveis sobressaltos, como os soalhos estremecem no silêncio ou as flores se agigantam, sôfregas, no escuro, estendendo para nós os dedos carnívoros das folhas, empurra contra a varanda o bafo mole de cansaço. Sento-me à secretária, engordurado de sono, com os gemidos de bebé do telefone a vibrarem-me, longínquos, nos ouvidos, à maneira de uma dor distante mas presente que um comprimido amorteceu, procuro o cinzeiro com os dedos cegos, desajeitados, com que busco o frasco de água se acordo, a fim de achar na mão o contacto duro e suave do vidro e, por intermédio dele, a tranquilizadora presença dos objectos conhecidos, e topo os olhos da mulher de pé à minha frente, a apertar contra o peito o saco de plástico como quem embala devagar um filho doente: e entendi que a solidão, disse ele no automóvel deserto a caminho de Lisboa, não é a marca de baton num copo no escritório vazio iluminado pelas persianas que a amanhecem, nem a saída de um bar onde deixámos talvez, pendurada na cadeira, a pele de cobra da alegria postiça que se destina a disfarçar a inquietação e o medo: a solidão são as pessoas de pé à minha frente e os seus gestos de pássaros feridos, os seus gestos húmidos e meigos que parecem arrastar-se, como animais moribundos, à procura de uma ajuda impossível.

Quando te quis levar ao hospital, Joana, recusaste-te a passar o portão com a firmeza obstinada, pétrea, inamovível das crianças: os plátanos cintilavam ao sol, o asilo oferecia a imagem serena de um casarão neutro e amável, sem fantasmas, a claridade de agosto sombreava levemente as faces do tule de poeira do verão, que boleia as arestas e diminui os ângulos, os torna difusos como observados por detrás de uma cortina de cassa, reduzindo-os ao contorno vago dos malares. Das ruas próximas subia um cheiro alegre, um rumor de vida, a jubilosa reverberação azul dos azulejos, e eu pensei dentro de mim Vou-te mostrar o balneário, os claustros do balneário, a enorme banheira de mármore tombada como um rinoceronte morto, vou visitar a horta contigo e caminharemos de mão dada pelo mar das couves, cada vez mais pequenos e felizes como no fim dos filmes até nos dissolvermos gloriosamente no horizonte de casas da Gomes Freire, vou-te apresentar aos enfermeiros meus amigos, A minha filha, e ouvir o riso da tua timidez que se me enrola nas pernas numa vergonha aflita. Não quiseste entrar no hospital, com os olhos cheios de lágrimas e os braços apertados na minha cintura à laia de um frágil bicho assustado e tenaz, os teus cabelos eram-me um novelo de caracóis claros na barriga, e eu lembrei-me de repente do homenzinho cuidado e servil que vendia pratos de estanho, jarros de estanho, bacias de estanho no vestíbulo do asilo, e me costumava cumprimentar com vénias respeitosas de mujique, dobrando-se pela breguilha como um metro articulado. Era um sujeito calvo, de óculos, digno e sério, um antigo internado cujas lentes chispavam reflexos ácidos de professor, e que me perguntou um dia, numa voz lenta, cautelosa, vagamente irónica, voz de mestre-escola, de explicador, de conferencista desiludido, se eu não notara já que no asilo não existem nem crianças nem animais, que as crianças e os animais se afastam do asilo como se afastam da morte empurrados por um misterioso receio, a recusa da agonia, da putrefacção, dos sentimentos fúnebres e mórbidos que os habitam. Eu ouvia o homenzinho falar, circulando em bicos de sapatos de verniz no meio dos seus estanhos de mau gosto, no meio dos seus pretensiosos, arrebicados e sem utilidade estanhos de mau gosto, e acrescentei que nem sequer os pássaros pousavam nas árvores do pátio, vazias de asas como as pálpebras dos albinos de pestanas arrepiadas pelo brando vento oco do verão.

— Nem mesmo os pardais — disse o sujeito — querem nada com o manicómio, já vê. Nem pardais, nem pombos, nem melros. Nenhuma casta deles.

E confidencial, a acotovelar:

— Estamos debaixo da terra, sabe? Isto aqui é o purgatório dos vivos, cheio de gente a arder.

— Quando não há pássaros — disse eu — é como se faltasse o ar, como se nos estivéssemos a afogar no ar, de barriga para cima, como os peixes de boca rosada na espuma verde dos aquários.

O homenzinho inclinou-se para ajeitar melhor a horrorosa travessa de estanho com o escudo nacional ao centro, que uma senhora idosa contemplava embevecida, e espetou-me no peito o dedo seco e duro como um pedaço de cana. Um riso esquisito torcia-lhe a boca em redemoinhos de saliva:

— Talvez que um de nós aprenda a voar, senhor doutor. Talvez que um de nós se pendure nos plátanos do pátio.

E desatou a correr, manquejando, pelos ladrilhos do vestíbulo, a agitar as mangas de estanho do casaco e a gritar

— Tchip tchip tchip

em crocitos agudos de morcego.

Em contrapartida, a rapariga à minha frente não voava. Eu estava sentado à secretária, cercado de papéis, com a caneta suspensa sobre a ficha (fichas brancas para os homens, fichas azuis para as mulheres, cores diferentes como a roupa dos bebés), a fitá-la a ela e ao bombeiro pálido de cansaço que a acompanhava, de olheiras translúcidas da ausência de sono, sob a alta lâmpada lunar do tecto que derramava no gabinete uma fosforescência triste, e libertava-me a custo das minhas próprias trevas, dos meus próprios fantasmas, para ouvi-los. Vinham de Serpa, de Serpa a Faro e de Faro a Lisboa, enxotados de hospital para hospital pela pressa dos médicos

— Não temos camas

— Não temos especialistas

— Não temos condições

a evaporarem-se de calor numa ambulância velha cujo motor tossia soluços de electrodoméstico constipado eternamente à beira de um coma irrevogável, fumegando pelas narinas do capot o vapor de água mole dos últimos suspiros. A rapariga vivia sozinha num monte abandonado, dois ou três palheiros em ruína a cheirarem a dejectos de cabra e a ossos podres à chuva, e um dia, de súbito, apareceu na vila e acocorou-se diante do posto da Guarda, numa espécie de muro diante do posto da Guarda a conversar com os anjos. A pouco e pouco o cabo-de--esquadra, o regedor, o padre, um grupo de camponeses estupefactos, o cego de óculos ameaçadores e opacos como rodelas de ardósia que nenhum giz iluminava, os miseráveis artistas do circo de saltimbancos que montavam a tenda no largo juntaram-se à sua volta maravilhados e receosos, para escutarem interpelar o arcanjo São Gabriel numa familiaridade intrigante, que despertava no prior os cogumelos da inveja. O veterinário, chamado à pressa, interrompeu o parto difícil de uma égua, que gemia baixinho o seu sofrimento resignado, para aconselhar o doutor de malucos de Faro, o qual se devia entender em cortes celestes e criaturas invisíveis. Mas o doutor de Faro, sem paciência para anjos, remeteu a Lisboa a rapariga do saco de plástico, acompanhada de uma carta que um carimbo e uma assinatura indistinta avalizavam. Durante a viagem, a mulher, instalada ao lado do bombeiro que conduzia a ambulância vetusta tremendo como os tractoristas empoleirados nos seus bancos de ferro, respondia às perguntas dos serafins nessa língua entre o latim e o russo que se utiliza decerto nos espaços gelados das estrelas. E agora estava ali, de pé à minha frente, mirando as paredes com estranhos olhos de quartzo, a acenar em silêncio para as criaturas gasosas que flutuavam, sem que as víssemos, na claridade de insónia espectral do gabinete. O bombeiro amontoara o corpo dorido na marquesa, e procurava pelos bolsos o oxigénio de um cigarro. Um alcoólico amarrado à cama, no outro extremo do corredor, uivava sem cessar como um farol no nevoeiro em roncos confusos que a distância desfocava e amortecia. Nos intervalos dos seus berros, parecia-me ouvir, rente às orelhas, murmúrios ciciados de penas. A enfermeira afastou com o braço uma rémige inoportuna (as árvores na noite lá fora principiaram a arrulhar como pombos, como se cada folha fosse um pombo a chamar-nos) e perguntou-me num tom irritado, incomodada pelo odor de incenso que se espessava, sulfuroso e doce, no banco:

— Porque não lhe dá uma injecção contra os anjos? Deve ter aprendido a matar anjos na Faculdade: os cadáveres das autópsias são anjos defuntos, anjos que se deixam esquartejar sem uma palavra de revolta.

— Ou chama-se um bispo? — sugeriu o servente, verificando as gavetas dos ficheiros para que nenhum serafim se escondesse entre os papéis. — Os bispos entendem-se em anjos e diabos, basta que se vestem de vermelho como as almas do inferno.

A rapariga, imóvel, muito direita, a apertar contra o peito o seu saco de plástico, consentia que os anjos lhe pousassem nos ombros, nos cabelos, nos braços, tal os pássaros nas estátuas dos parques, empoleirados em heróis de bronze como a roupa nos cabides. Se não agisse depressa o asilo transformar-se-ia num aviário celeste, repleto de roçar de túnicas e de zumbidos siderais, e dezenas de homens alados invadiriam a Urgência, soprando-nos na nuca leves risos idênticos às borbulhas das guelras, que se dissolvem em estalos verdes de musgo.

— Porque não lhe dá uma injecção contra os anjos? — insistia a enfermeira. — Tem de haver uma injecção contra os anjos como há raticida, pó das baratas, remédio para o bicho das vinhas. Os anjos são mais fáceis de matar do que o bicho das vinhas.

E ele imaginou por um instante, enquanto escrevia na ficha uma receita qualquer, anjos a agonizarem no soalho, suados e pálidos, chamando-o com as pupilas de vidro baço dos moribundos, que se despem a pouco e pouco de expressão e de cor até se assemelharem a cristais ocos, sem reflexos, idênticos aos duros olhos de plástico dos bichos empalhados. Imaginou as camionetas de lixo da cidade carregadas, ao fim da noite, de astronautas bíblicos, de ossos porosos de águia e barbatanas de mergulhador, acumulados uns sobre os outros em atitudes de náufrago, imaginou um jovem querubim enforcado num algeroz, raspando com os tornozelos lilases parapeitos de varanda, imaginou o seu próprio anjo da guarda estendido aos pés como uma sombra, de braços abertos, um resto sangrento de Via Láctea a evaporar-se-lhe do canto dos beiços. O bombeiro, que ficara sozinho com ele no gabinete (da sala das injecções escutava-se como que um rebuliço de capoeira, cacarejos em pânico, ovos estelares que se quebravam, a voz do servente a ralhar aos arcanjos), adormecera entretanto na marquesa como uma criança no banco traseiro de um carro, e a luz tremia na lâmpada do tecto conferindo às silhuetas, até então fixas, uma mobilidade de pedregulhos que silenciosamente se entrechocam, se projectam uns contra os outros, se desmoronam, empurrados talvez pelo espernear na agonia dos anjos. A noite encostava aos vidros da janela um ramo de árvore que se abanava como um hissope, e o sono dos internados zumbia tal o vazio das casas desertas zumbe se o escutamos, confundindo-se com o latir das nossas têmporas, o latir das veias das nossas mãos, do nosso ventre, das nossas têmporas quando, deitados, sentimos o corpo apequenar-se nos lençóis, até se reduzir ao mínimo tamanho de uma poeira inútil e aflita. Apetecia-me estender-me no chão como um cachorro e colar a cara à frescura de fronha lavada do sobrado até que varressem do hospital os querubins mortos, o bêbado que continuava a gritar num ponto agora inlocalizável para mim (à esquerda?, à direita?, no andar de cima?, no exacto centro do meu estômago), o riso das mulheres desgrenhadas e horríveis da 5.ª enfermaria, a avançarem numa marcha claudicante de patos. Apetecia-me estar longe da profunda miséria interior das pessoas, da sua fragilidade e do seu medo, apetecia-me adormecer como o bombeiro um sono sem remorsos de menino, e lavar os dentes de manhã num copo de plástico cor-de-rosa com o rato Mickey estampado, sem nenhuma promessa de inferno à minha espera. Arrastei os braços ao longo da secretária e assentei o queixo no rectângulo de mata-borrão à maneira de um velho terrier num capacho, um terrier doente, de tristes olhos vermelhos e tímidos: ia adormecer, ia certamente adormecer no gabinete onde a luz vibrava como uma asa prisioneira, leitosa e suave, acendendo-nos a pele por dentro de uma espécie de mansa combustão, ia somar o meu sono às centenas de pobres sonos que se acumulam no edifício decrépito, aproximando-se e afastando-se num ronronar grave de maré. Eram três da manhã e começava a ausentar-me docemente de mim mesmo, como o gás se escapa devagarinho de um balão, como a água foge em fio dos dedos que a seguram. Os passos da enfermeira aproximaram-se corredor fora, rápidos e duros, como se cravassem pregos de dor no meu cansaço, pregos lancinantes de dor no meu cansaço, penetraram, percutindo-me raivosamente a testa, no gabinete, pararam junto da minha cadeira no sussurro de goma da farda, idêntico ao sopro do vento, em julho, no limoeiro do quintal:

— Quer ver o que ela trazia no saco?

E retirou do interior, numa graça fácil de ilusionista, uma pistola de baquelite e um martelo enferrujado.

A cabeça de pau do servente surgiu na moldura da porta, inesperada como um roberto de feira do seu buraco de lona:

— Quando se vive sozinho no monte uma mulher tem que se defender, não é? Defender-se dos malteses e dos cães, defender-se dos fantasmas, cheios de dentes de ouro, dos ricos.

— Pum pum pum — disse a enfermeira apontando à lâmpada do tecto a arma de brinquedo.

— Pum pum pum — ecoou o servente agarrado a mãos ambas ao esófago como num filme de gangsters, cambaleando no linóleo, torcido de dores, de tripas semeadas de grãos de chumbo imaginários.

No carro deserto a caminho de Santana, as margens, cavadas quase a pique, da serra, aparentavam-se a espelhos embaciados onde a tarde imprimia o rosto amarelento e gordo, cercado de madeixas imóveis de arbustos. Uma lebre atravessou a galope o alcatrão e evaporou-se na sombra clara de uma moita. A paisagem principiava a adquirir a consistência de papel pardo dos presépios de igreja, iluminados pelo círio gotejante e azulado do sol. Um cartaz de tourada rasgado oscilava como um braço de um pedaço de muro que o calor dissolvia, e eu pensei A solidão é o azedume da dignidade, pensei A solidão das mulheres é a forma mais melancólica da nobreza, pensei nos últimos anos de vida das minhas avós, sentadas na sala entre retratos de militares defuntos, à espera da morte como os esquimós no gelo, pensei na agonia do pombo em Tomar, sozinho no telhado fronteiro à messe, que todas as tardes, ao instalar-me à mesa do quarto para escrever o longo romance que não publicaria nunca, que não publicarei nunca e do qual todos os meus livros se alimentam, me parecia mais magro, mais amarrotado, mais exausto, arrepiado pelo bafo de junho e pela febre, pensei que fui chamar o chefe dos empregados, lhe mostrei o pombo, lhe pedi

— Faça qualquer coisa pelo bicho

e que o homem se debruçou da janela, examinou a ave, voltou para dentro e me disse

— Está morto. Só se o senhor doutor quiser que eu o varra para o chão com a vassoura das limpezas.

Pensei na indiferença do homem e na indiferença dos outros pombos que continuavam a voar em bando em torno do edifício da estação, sobre os salgueiros e as amoreiras do largo, ora brancos ora escuros como as duas faces das cartas de jogar, pensei Logo à noite o fantasma do pombo vai impedir-me de dormir cravando-me no pescoço a angústia das unhas, pensei na solidão das pessoas e dos pombos e nos martelos de afugentar ninguém, pensei na mulher de Serpa a ameaçar com a pistola de baquelite a troça dos malteses, cheia de doçura, e de fome, e de pavor, pensei na rapariga de Serpa cercada de inaudíveis suspiros de anjos mortos, estupefacta numa cama de hospital junto aos gritos horríveis do bêbado, dos internados que cirandavam no escuro como autómatos tontos. A enfermeira voltou a arma para mim, disse

— Pum pum pum

e eu tombei num fofo monte de penas, arrastando comigo uma pilha de fichas que revolutearam no ar até me cobrirem o corpo como as folhas dos parques, no outono, os cadáveres dos cães.

Vai começar a anoitecer, pensei Vai começar a anoitecer dentro de uma, duas horas, a tarde vai tornar-se delicada e fina como papel de seda, um odor de jacintos subirá da terra, insistente e enjoativo como as flores dos finados. O escuro cresce dos poros do chão, lilás primeiro, avermelhado a seguir, azul denso depois, povoado de insectos, de sussurros, de exclamações, de pequeninas lágrimas, as árvores sacodem-se sem mudar de sítio como as galinhas no choco, enquanto os ramos adquirem a extraordinária nitidez do crepúsculo, gravados na placa de cera mole do céu. Nada prenuncia ainda a noite e contudo um leve véu, uma ténue teia de sombra separa-nos das coisas, estabelece entre nós e elas a misteriosa distância das trevas, onde os relógios pulsam ao ritmo ofegante do sangue. A noite, pensou, é a angústia cardíaca dos despertadores, o botão inlocalizável do candeeiro que a mão tacteia às cegas sem o encontrar nunca, o copo de água à cabeceira que parece conter em si uma fatia de lua e todos os rios do escuro, os que nascem das coxas das mulheres para correr, através do lençol, na direcção do nosso corpo em arco, tenso da raiva lenta do desejo. Vai começar a anoitecer, pensou, e como sempre que anoitece uma melancolia indefinida, uma inquietação difusa, um tremor vago nos ossos, faz vibrar em mim, antes dos alaranjados, dos cinzas, dos ocres desmaiados do poente, esse vento sem origem nem rumo, prolongado como um gemido ou um suspiro que antecede o voo oblíquo das corujas, ocultas no interior dos troncos como espectros macilentos e cruéis. Do lado direito da estrada, numa baía de terra batida em que se acumulavam as enormes panelas de alcatrão dos cantoneiros, as ripas de madeira, os sinais de trânsito de tripé, os rolos e as pás, algumas camionetas estacionavam diante de uma dessas espécies de restaurante que se encontra por vezes nos campos desertos da província, exibindo as mesas de verga ou de metal pintado sob um telheiro de caniços. Meia dúzia de pedrezes minúsculas trotavam severamente no pó em movimentos sacudidos de marido. Uma cabra presa por um pedaço de corda acenava com tristeza a pêra murcha de poeta inédito, pastando com enjoo num canto de café ervas policopiadas de revistas. Parou o carro junto a um tractor pernalta, semelhante ao trono de um árbitro de ténis, a cheirar a estrume e a óleo e saiu para tomar uma cerveja no restaurante solitário da serra, a cujo balcão se encostavam os ombros suados e moles dos camionistas, dependurados das nucas como casacos enchumaçados de um prego. O horizonte plissava-se de nuvens à maneira de um harmónio que se fecha. Um bando de poupas deslizou de viés para lá do telheiro, no sentido de um bosque amarelo e cinzento, rebolando o adeus das asas num tinir rápido de vidros. Os meus músculos, rígidos da viagem, desenrolavam-se a custo num vagar de vermes, observados pelas pupilas de antiquário da cabra, que mastigava a pastilha elástica de um alexandrino sem fim, e instalou-se perto da janela, de mãos no queixo, olhando sem as ver as bermas fuliginosas da estrada. Por detrás dele, uma surdina monótona de vozes subia e descia num rumor dolente e distraído, o rumor da espuma das ondas no sifão das rochas, parecido com o das internadas do Clube das Marias, na 5.ª enfermaria de senhoras do Hospital Miguel Bombarda, antes da chegada dos médicos.

A 5.ª enfermaria, no topo do asilo, a que se acede por intermédio de um elevador enorme, soluçando de andar em andar agudos guinchos de pânico, era, quando lá foi colocado, um triste purgatório que os psiquiatras se esforçavam em vão por alegrar, enchendo as paredes de espelhos que multiplicavam e devolviam os vultos pardos das doentes, a sua miserável condição de prisioneiras (era-lhes vedado sair sozinhas, era-lhes vedado passear, era-lhes vedado ter contactos com homens porque «não queremos responsabilidades, não queremos sarilhos, não queremos problemas, não queremos protestos das famílias»), de modo que as únicas diversões permitidas consistiam em tomar as gotas da medicação, em proceder a vagos trabalhos inúteis de costura, e em assistir, amontoadas na sala de jantar em cadeiras de fórmica precárias como dentes de leite, às reuniões do Clube, uma manhã por semana, dirigidas por técnicos possuídos da boa vontade untuosa dos carcereiros cristãos.

Os médicos chegavam às onze horas, examinavam clinicamente a língua do rio pelas varandas fechadas à chave, um rio aprisionado também nos caixilhos, azul e plano como as férias grandes, comungavam cafés rituais nos seus confessionários laicos separados por estreitas divisórias de tabiques, aumentavam ou diminuíam as doses dos remédios consoante o frenesim das pacientes, e entravam por fim, em grupo, na sala de jantar, distribuindo em volta sorrisos de tratadores. Cada sorriso gritava Eu sou saudável e tu és maluca mas se te portares bem talvez possa fazer alguma coisa por ti, conseguir que te tornes tão normal como nós, tão normal normal como nós, tão normal normal normal como nós, três pílulas ao pequeno-almoço, três pílulas ao almoço, três pílulas ao jantar, as doentes aquietavam-se em silêncio, os internos disseminavam-se estrategicamente na plateia, Faz de conta por um bocadinho que somos todos iguais, o assistente instalava-se voltado para o público com a indulgência bondosa de um ministro num sarau de província, cruzava a perna e entre a meia e a calça reluzia um pedaço de carne peluda idêntica à gelatina dos polvos, à gelatina das gordas flores marinhas de Sesimbra, e sempre nesse momento, no exacto instante em que a sessão principiava, apetecia-me levantar-me latindo para morder aquele naco redondo de canela, a canela do Poder que oscilava como um pêndulo o sapato de verniz numa serenidade paciente.

— A acta — pedia a perna com inflexões de cónego.

Uma camisa de dormir erguia-se do fundo, e, em estilo Balada da Neve de instrução primária, soletrava um livro de capa de oleado como os das contas das mães. Fragmentos de frases sem sentido esvoaçavam ao acaso na atmosfera saturada, procurando em vão uma saída qualquer. Não havia saída: a enfermeira, de braços cruzados, guardava a porta, e ele pensou olhando os colegas O sonho destes tipos é serem psiquiatras por direito divino, terem razão por infalibilidade papal, imporem a sua pomposa e melancólica ordem à desordem alheia, determinarem eles próprios, a traços de cal, os voláteis limites do sofrimento e da alegria. Se eu abocanhar a canela que preside, ladrando a quatro patas a minha indignação raivosa, o cónego limitar-se-á a tocar-me no ombro uma palmada amável e a sugerir Você não está bem: porque é que não faz análise?, com a amistosa compreensão dos carrascos. A camisa de dormir de algodão calou-se de repente (a meio de uma sílaba?) e a perna perguntou

— Alguém quer comentar a acta?

coçando com o sapato de verniz o tornozelo que sobrava.

Angola, pensou ele no restaurante da serra diante de uma cerveja morna, a sentir a quase imperceptível presença do escuro no dia ainda intacto, o escuro que se mirava nas manchas de sombra do dia como um rosto ao espelho, tenho quase saudades da guerra porque na guerra, ao menos, as coisas são simples: trata-se de tentar não morrer, de tentar durar, e achamo-nos de tal modo ocupados por essa enorme, desesperante, trágica tarefa, que nos não sobra tempo para perversidades e pulhices. Eu entrava no armazém da companhia (os eucaliptos soluçavam brandamente lá fora, muito acima das nossas cabeças, no nevoeiro fosco do cacimbo), observava os féretros nos seus caixotes de madeira e dizia em voz alta Não quero ir para ali não quero ir para ali não quero ir para ali, a tropeçar nos sacos de géneros com as enormes botas de borracha da tropa esmagando batatas, cebolas, coisas moles, um cão, que se afastava a protestar mansinho. O cabo quarteleiro emergia em sobressalto da rede do beliche ao lado dos caixões, sentava-se esfregando as pálpebras escamosas de eczema, e contava na parada que um espectro parecido com o médico cirandava entre os legumes e as urnas, as garrafas de refrigerante e os pacotes de tabaco, a murmurar os discursos absurdos dos fantasmas. Angola, pensou ele no restaurante da serra, diante de uma cerveja morna que sabia a baba de caracol e a espuma de banho, talvez que a guerra continue, de uma outra forma, dentro de nós, talvez que eu prossiga unicamente ocupado com a enorme, desesperante, trágica tarefa de durar, de durar sem protestos, sem revolta, de durar a medo como as doentes da 5.ª enfermaria do Hospital Miguel Bombarda, fitando os psiquiatras num estranho misto de esperança e de terror: quem se portar bem, minhas meninas, tem direito ao fim-de-semana em casa, quem não se portar bem recebe um pronto castigo de injecções, olarila, e dorme sonos químicos rodeados de absolutas trevas, de um negro tão completo como o das noites dos cegos, cujas órbitas se assemelham a pássaros defuntos estendidos nas gaiolas das pestanas.

— Se ninguém quer comentar a acta — declarou a perna —, passamos ao período de informações.

Um médico de barba Colóquio Letras & Artes, que possuía a compostura dos estúpidos, essa espécie de comedimento imbecil que faz as vezes do bom senso, ergueu a nicotina convicta do indicador e anunciou a importante compra, graças às receitas de quotização do

Clube (gesto circular de toureiro), de uma nova máquina de café para uso dos sócios: como quase só os psiquiatras possuíam dinheiro, a sua utilidade geral tornava-a óbvia, e ele pensou no anúncio do vagomestre As garrafas de uísque destinam-se exclusivamente aos senhores oficiais, os soldados bebem laranjada, vinho ao domingo e é um pau, pensou No tempo em que vivia na casa dos meus pais o café era um atributo dos adultos, conquistava-se o direito ao café quando se acabava o curso, Depois de te formares bebes café e fumas, o rio resfolegava junto aos vidros como um cavalo exausto, as suas crinas flutuavam contra os azulejos das casas à maneira das barbas de estopa dos profetas, e um silêncio oco e neutro, o silêncio da morte, o silêncio de quartos vazios e de corredores às escuras da morte, rodeava os psiquiatras, sufocava os psiquiatras como os dedos do jardineiro estrangulavam os pardais no quintal, e eu via os bicos rosados abrirem-se e fecharem-se numa aflição asmática. O perfil de La Fontaine da terapeuta ocupacional, saído em linha recta dos retratos ovais da Pléiade, revelou em tom de fábula a próxima visita das Marias ao Jardim Zoológico, aos bichos pelados do Jardim Zoológico mugindo lamentosamente atrás das redes de arame, a fitarem as pessoas com doces expressões cheias de solidão e de vergonha, que os plátanos velavam de uma espécie de rugas.

— Mais alguma informação? — perguntou a perna, balouçando sempre.

E imaginou as doentes em grupo cerrado, pastoreadas pelas enfermeiras, trotando de jaula em jaula numa indiferença completa. Apenas as velhas que se não levantavam da cama permaneceriam no asilo, a espetar na direcção do tecto os narizes cinzentos, cravados nas bochechas redondas das fronhas. Apenas as velhas, que abandonavam o colchão para a casa mortuária, aos solavancos numa padiola, embrulhadas nas manchas amarelas do lençol. Em Santa Maria, recordou-se, nalguns serviços de Cirurgia e Medicina, havia quartos individuais para os moribundos a fim de que a angústia e os suspiros dos moribundos não perturbassem os restantes doentes, os não afligissem com o espectáculo horroroso da agonia. Quando empurravam uma cama para o corredor, os doentes espreitavam em pânico o vizinho que saía, perscrutando no seu rosto magro, quase de gesso, os fundos, moles, repugnantes vincos da morte. E o moribundo gemia e protestava muitas vezes, chorando, implorava que o deixassem ficar na enfermaria porque ficar na enfermaria significava, apesar de tudo, um adiamento da sentença, a certeza de mais algumas horas de vida. A cama desaparecia a chiar no corredor, um novo doente entrava para o lugar vago, e mirava-se o intruso de viés, como se ele fosse culpado, como se ele fosse verdadeiramente culpado, como se fosse ele que tivesse empurrado a cama, corredor fora, a caminho do quarto final. Eu acabara o curso há semanas, nada sabia do sofrimento dos homens, do miserável, pungente, injusto sofrimento dos homens, e ficava de pé, no meio da sala, a enrolar as borrachas do estetoscópio nas mãos, indignado da minha jovem ciência inútil, da minha impotência e do meu espanto, de pé no meio da sala de grandes janelas para além das quais Lisboa rodopiava na luz num vagar sacudido de carrossel, fazendo girar os seus monumentos complicados e feios à laia de girafas de madeira. Os doentes do Hospital Miguel Bombarda, pensou olhando em volta a multidão das camisas de dormir sentadas em silêncio nas cadeiras de fórmica, não soluçam, não protestam, não choram: são cadáveres cinzentos, pobres cadáveres castrados que respiram de leve, entontecidos de calmantes, gordurosos de comprimidos e cápsulas, movendo-se em lentos acenos de algas de compartimento em compartimento, a arrastar as alpercatas nas tábuas, côncavas de uso, do soalho. Em consequência da falta de água, os autoclismos não funcionam, os dejectos acumulam-se nas retretes, a urina apodrece, a espumar, nos urinóis, e um relento insuportável de latrina, um relento sem rosto, desagradável e grosso, ondula nos gabinetes sem poisar em nada, idêntico a um pássaro sem bússola, um enorme pássaro sem bússola, humilde e desesperado. As internadas do Clube sentem decerto o odor, inquietam-se com o odor como as mulas se inquietam com o cheiro do sangue, agitam-se interiormente de nojo mas nada transparece nos seus traços imóveis, absolutamente quietos, parados como os das paisagens, os das fotografias, os dos poentes no verão, nada transparece nos seus traços interminavelmente horizontais, decompondo-se em silêncio nas cadeiras de fórmica.

— Nenhuma informação? — tornou a perguntar a perna numa insistência beata.

O cheiro ia e vinha na sala mas os psiquiatras suportam corajosamente sem pestanejar, sem mudar de expressão, o cheiro dos outros, a loucura dos outros, o desespero, a ansiedade, a agonia e o medo dos outros.

— Informo que vocês estão loucos — apeteceu-me dizer em voz alta. — Informo que tudo isto, esta reunião, este asilo, esta merda científica são a prova acabada da vossa estupidez, da vossa inutilidade, da vossa loucura, informo que estou a enlouquecer com vocês e quero que me levem daqui antes que me torne numa camisa de dormir de algodão recheada de pastilhas, a vaguear aos domingos de manhã pelas jaulas do Jardim Zoológico.

Nesse instante, antes que eu pudesse abrir a boca, antes que eu pudesse sequer abrir a boca, uma doente pôs-se de pé, apontou para a perna e exclamou extasiada:

— O senhor doutor é o Santo Padre.

O médico sorriu-lhe com tenebrosa doçura:

— O Santo Padre?

— O senhor doutor é o Santo Padre — repetiu a doente —, e os outros senhores doutores governadores civis.

A boca do médico abriu-se de satisfação desmedida:

— Este caso é óptimo para o ensino. Óptimo para o ensino. Não lhe alterem a terapêutica e guardem-mo para a aula.

Semanalmente os estudantes entravam no manicómio como num hospício de leprosos, afastando-se o mais possível de nós como se, ao tocarem-nos, corressem o risco de se contagiar de um mal abominável, de perderem o senso, de povoarem o casaco de medalhas ridículas de lata. Receavam que lhes fechassem as portas, lhes vestissem pijamas regulamentares e os não deixassem sair mais para fora, sair para a cidade aparentemente livre, palidamente colorida, para a cidade que parecia convalescer no vidro baço da manhã, em que o Tejo e o céu se confundiam como dois rostos muito próximos que se fitam. Eram rapazes e raparigas de pele ainda marcada pelas cicatrizes de acne da adolescência, essas bolhas rosadas que sobem à tona dos sorrisos, e estalam no ar como esferazinhas frágeis de alegria, rapazes e raparigas que o desencanto e o cinismo não tivera por ora tempo de metamorfosear em criaturas sábias, compostas, azedas e incrédulas, não tivera por ora tempo de metamorfosear em carrascos. Porque somos carrascos, pensou ele no restaurante da serra vendo a tarde declinar aos poucos na paisagem magra e estreita do interior do Algarve, aonde o mar não chega e uma secura de cartilagens habita as pessoas e a terra, somos de facto carrascos, carrascos de cadáveres, carrascos destes cadáveres inertes e moles, destes cadáveres calados, abstractos, indefesos, imóveis nos quartos na leveza das estátuas.

Somos carrascos, quis dizer alto no Clube, carrascos ignorantes e perversos, mergulhados no odor podre do mijo estagnado e da merda, a discutir máquinas de café, passeios ao Jardim Zoológico e outros entretenimentos sacanamente semelhantes, somos carrascos e ao chegar a casa exalamos nos vestíbulos, entre o cabide e a consola, odores assassinados de Marias, porque ao pendurar a gabardine é um pouco de nós próprios que dependuramos, os nossos corpos murchos como as perdizes das naturezas-mortas, apontando o bico dos beiços para os tacos do chão.

— Como não há mais informações a dar — decretou a perna —, passamos à ordem do dia. A colega quer fazer o favor?

Uma psiquiatra tipo égua normanda, de grande tronco, grandes membros, grande queixo cavalar pesado e estúpido a mastigar o freio de uma pastilha elástica de balão, dissertou longamente, consultando apontamentos e notas, sobre os espelhos que forravam a sala de estar, e em que nos achávamos, qualquer que fosse o ponto onde estivéssemos, malignamente confrontados com múltiplas imagens de nós mesmos, como no alfaiate em que nos marcam a giz, nos enchumaços dos ombros, o esboço de asas que não temos. Aquela teimosa perseguição de si a si próprio, dos seus olhos buscando sem cessar, ansiosamente, uma aprovação ou um sorriso, aquela constante presença do perfil que habitava e entendia mal, dominava mal, de que percebia mal as reacções, os gostos, os impulsos, produzia nele uma espécie de tortura, de vertigem, de enjoo, como se o sobrado oscilasse, para um e outro lado, balanceios hesitantes de barco, obrigando-o a um equilíbrio difícil por entre os móveis desassossegados. Os médicos haviam decidido que os espelhos reconduziam as doentes a um necessário contacto com a realidade exterior, de modo que as cercavam de uma abracadabrante galeria de reflexos, de cintilações, de metálicos brilhos verticais, à superfície da qual os gestos adquiriam esquisitas texturas de bailado, de estranha dança imaterial, de adeus de serpentinas, de espirais de fumo que se diluíam e espessavam, no ritmo sem ritmo de uma brisa obnóxia. A égua normanda atacava um prolixo relatório acerca dos efeitos terapêuticos dessa insólita invenção, garantindo que se inundassem o asilo, a cidade, o país, o universo inteiro de centenas de milhares de milhões de espelhos, as doenças mentais seriam em breve uma entidade tão ultrapassada e histórica como os esticadores de colarinho, e as pessoas, libertas da homossexualidade, do fetichismo, da esquizofrenia, dos complexos de Édipo e das depressões durariam duzentos anos numa apatetada felicidade de paraíso, à maneira dos mongolóides e dos comendadores. As internadas escutavam em silêncio o comprido discurso, tossindo, tossindo de quando em quando achaques abafados de múmias. O rio e o céu aproximavam-se agora mutuamente à laia de lábios que se cerram, e a sombra das nuvens deslizava de leve sobre os barcos como uma pinha de dedos pela escala de um piano.

— A colega passe isso a limpo o mais depressa possível — decidiu solenemente a perna —, a fim de ser apresentado às autoridades competentes.

— Ao Ministério dos Assuntos Sociais — sugeriu um psiquiatra de sapatos de ténis estilo mendigo lúcido, que saltitava de entusiasmo na cadeira a favor do projecto mirífico de um planeta estanhado.

— Às Obras Públicas — adiantou timidamente o La Fontaine, no tom convidativo com que a raposa se deve ter dirigido ao corvo do queijo. — Se começássemos pela fachada do hospital talvez nem fosse necessário internar os doentes: as pessoas descobriam-se a si mesmas à entrada do portão e curavam-se automaticamente.

A égua normanda ergueu o punho inquieto:

— É necessário cautela. Foi publicado há pouco tempo um trabalho americano sobre os perigos do excesso de espelhos. Há inclusivamente quem se tente suicidar lançando-se de braços abertos para a sua imagem.

— Sandford e colaboradores — recordou a revista Colóquio, a quem o êxito da égua vexava — descrevem o caso de um angariador de seguros que cortou os pulsos com o pedaço de vidro que lhe reflectia o rosto: era como se uma parte sua assassinasse cruelmente a outra metade.

— No século XX — comentou uma psicóloga feia coberta por um poncho de cantor paraguaio (Luís Alberto del Paraná, riu-se ele para dentro), por debaixo do qual deviam reptar múltiplos membros aracnídeos de unhas roídas —, no século XX, os narcisos vêem-se constrangidos a profissões prosaicas.

— Abaixo o gás da Companhia — berrou uma voz qualquer no fundo da sala.

— É importante — opinou a perna — estudar a percentagem de superfície que permanecerá descoberta.

— Vinte e quatro vírgula três por cento, segundo Rabindroff, Hages e Metch — esclareceu a égua.

— Os franceses — contrapôs o mendigo lúcido, abanando-se com a Revolução Sexual de Reich — defendem os vinte e três vírgula quatro.

— A escola suíça do professor Heinemann substitui os espelhos por plástico amarelo envernizado — explicou uma criatura indefinida que em Genève, durante sete anos, confidenciara em francês as mágoas da primeira infância a um psicanalista silencioso e impenetrável, que provavelmente se achava já falecido desde a quinta ou sexta sessão, e cheirava docemente mal na sua poltrona de orelhas.

— O que é que sai mais barato? — perguntou uma enfermeira que o sentido prático da vida e a subida do preço do cherne mantinham próxima das realidades imediatas.

— Esse tipo de decisão transcende-nos — respondeu a perna num orgulhoso arroubo de humildade científica. — A nossa tarefa limita-se a elaborar um memorando a quem de direito.

Fez-se um breve silêncio respeitoso e nesse momento a porta abriu-se e uma empregada velha e gorda, de cabeleira postiça e avental aos quadrados, entrou empunhando uma bandeja cheia de chávenas de café, que tilintavam nos pires como os pingentes dos lustres. O líquido preto emitia cintilações oleosas de alcatrão, a louça branca, convexa, das xícaras, possuía o brilho glauco e mórbido das órbitas com cataratas. A empregada velha, de cabeleira rigidamente colocada na cabeça como um capacete de pêlos, apresentou à perna um açucareiro de plástico rachado, e esta, sorrindo para a direita e para a esquerda numa urbanidade papal, vertia o açúcar nas chávenas dos médicos nos ademanes majestosos com que os padres lançam incenso nos turíbulos, murmurando pela ponta dos beiços exorcismos em latim. A enfermeira-chefe enxotou as doentes na direcção da sala dos espelhos como se empunhasse uma cana invisível nas mãos, e as camisas de dormir cambaleavam à laia de gansos corredor fora, a enfunarem as penas de algodão do ventre num pandemónio de grasnidos, os quais se ampliavam, se deformavam, se dividiam, se pulverizavam nas superfícies de vidro numa tempestade rouca de sons. Se um rosto ao espelho se torna estranho e diferente, ameaçador, canhoto, inquietante, o eco de um som, de vários sons, de muitos sons, adquire o aspecto de uma visão insuportável, de um pesadelo ensurdecedor, de uma paisagem de grotescos gemidos que nos envolve, até nos submergir, na sua dança de ruidosas sombras. A terapeuta ocupacional principiou a distribuir pedaços de papel pardo para confeccionar cartuchos de mercearia, e os membros do Clube, sentados em círculo, dobravam a cartolina cinzenta em lentos vincos distraídos, mirando-se nos espelhos com inexprimível pavor: eram quarenta ou cinquenta mulheres que os tratamentos psiquiátricos haviam reduzido a animais indiferentes, de boca oca, de íris ocas, de peito oco, durando vegetalmente na manhã de verão ampliada de fulgurações azuis. O fumo da Outra Banda assemelhava-se a trapos ensanguentados que aderissem ao rugoso muro de gesso do céu, erguido verticalmente diante de nós para impedir a fuga das gaivotas: aprisionava-nos na sua campânula branca, enodoada de nuvens, gretada de fissuras, dessa misteriosa rede de pequeninas pregas que pousa como uma teia nas misteriosas, alarmantes feições dos quadros antigos. O céu aprisionava-nos como os espelhos aprisionavam as doentes e transformava-nos também em criaturas lúgubres e tristes, conversando umas com as outras, sobre as chávenas de café, suaves e imbecis relinchos de cavalo. Cheirávamos a bichos empalhados, Joana, cheirávamos a médico, ao aroma inconfundível dos médicos, que me trazia à lembrança o dos carcereiros da Pide em Angola, repelente e imundo, fumando cigarros raivosos na claridade carbonizada da manhã. A perna perguntou-me amavelmente, extraindo a boquilha do estojo

— As suas filhas, bem?

e eu percebi, ao fitar-lhe o rosto intumescido e porcino, os dedos gordos, o sorriso de borracha desdobrado nas bochechas como um acordeão, um sorriso que guinchava, desafinado, asmas de harmónio, ao fitar os doutores que discutiam, brandindo as colheres do café, diálogos azedos de Landrus, que devíamos tentar, como as gaivotas, furar o céu de gesso que nos emparedava, quebrar os espelhos, recusar os cartuchos, e partir antes que nos medicassem, nos condicionassem, nos psicanalisassem, nos medissem a inteligência, o raciocínio, a memória, a vontade, as emoções, nos catalogassem e nos atirassem por fim, rotulados, para a escura gaveta de uma enfermaria, aguardando, aterrados, o imenso morcego da noite.

A perna acendeu a boquilha com o isqueiro de prata, soprou o fumo pela argola de guardanapo dos beiços, e eu lembrei-me, atolado na sua espessa delicadeza, na sua perigosa simpatia, de como, quando te quis levar ao hospital, Joana, te recusaste a passar o portão com a firmeza obstinada, pétrea, inamovível das crianças. Lembrei-me dos plátanos que cintilavam ao sol, e do asilo que oferecia a imagem serena de um casarão inofensivo, sem fantasmas, lembrei-me das faces que a claridade de agosto sublinhava no tule de poeira do verão, que boleia as arestas e diminui os ângulos, os torna difusos e vagos como observados por detrás de uma cortina de cassa, reduzindo-os ao contorno desfocado dos malares. Os cartuchos amontoavam-se na sala dos espelhos, que a terapeuta ocupacional percorria em grandes passadas, espalhafatosamente decidida como um domador de circo, um domador de tristes feras sonâmbulas, rugindo de tempos a tempos um catarrozinho insignificante de caniche.

— Não quero entrar no hospital — disse a minha filha a apertar contra o meu ventre os caracóis assustados do cabelo —, não quero entrar no hospital porque tenho medo dos doentes.

Pela porta aberta vi deslizar no corredor as panelas de alumínio do almoço, a oscilarem numa espécie de carrinho de rodas que um servente zarolho, curvado como um arco, empurrava como uma charrua difícil. O perfume da comida, quente e húmido, penetrou-me as narinas da sua doçura fatigada. Um tilintar de talheres vibrava ao longe. Uma absurda atmosfera familiar, um entorpecimento agradável, um sonolento cansaço principiava a invadir-me por dentro, a insinuar-se-me no corpo em repouso, quando a gargalhada da égua normanda rebentou de súbito, por detrás de mim, numa explosão carnívora, quase brutal, de júbilo.

— Tenho muito mais medo dos psiquiatras — respondi-lhe.

# 5.

O Alentejo, verificou ele estendendo o ouvido para além do motor, a apalpar o voo das grandes borboletas negras da tarde nascidas dos chaparros à maneira de trémulas folhas de sombra, dos campos amarelos do verão e das oliveiras eternamente misteriosas, eternamente nocturnas, prateadas e lilases no ar quente da tarde, o Alentejo começa por ser esta cor diferente do silêncio, esta textura branca do silêncio que os cães distantes rasgam, de quando em quando, de latidos vermelhos como o clarinete dos palhaços. É uma paisagem morta, um corpo morto horizontal de membros afastados, de que se ergue um leve hálito de ervas idêntico às flores de cera dos defuntos, animadas ainda de um sopro ténue de vento. Um corpo verde como o do noivo que apareceu um dia no hospital, mascarado de vocalista de orquestra, profuso de rendas, de unhas envernizadas, arame de laca no cabelo e mala de viagem na mão, a sorrir palidamente em torno risos aflitos de desculpa. Lembrou-se do noivo no automóvel rodeado das grandes, das ameaçadoras borboletas negras da tarde, da cor do cheiro do Alentejo que é como o cheiro sem cheiro do metal ou da luz, e como sempre que se recordava dele sacudiu-se melhor no assento e sorriu. Era um rapaz novo, muito magro, muito alto, curvo de inquietação e de medo, cujo bigode se agitava, pendurado no nariz, como uma toalha molhada de uma corda, que avançou para ele numa nuvem de Tabac, lhe assentou a mão no ombro e declarou

— Preciso de ser internado porque estou maluco, a fitá-lo numa súplica ao mesmo tempo tocante e ridícula.

Estávamos a seguir ao almoço e o meu sangue possuía a espessura lenta, embaladora, do sono. Apetecia-me estender-me numa cadeira de praia e adormecer sem falar com ninguém, sem escutar ninguém, sentindo o frémito das árvores lá fora e os passos dos enfermeiros nos gabinetes como através de um surdo véu de água, a desenharem à minha volta um bailado amortecido de sons. Apetecia-me um repouso de jibóia que digere o bitoque com ovo da taberna perto, soterrado sob as batatas como um sinistrado nos escombros. Apetecia-me fechar os olhos e sentir o sol enrolar-se-me nos joelhos como uma manta, puxar o sol para o pescoço e respirar o seu odor de lã, enquanto o meu corpo derivava, sem peso, como o dos astronautas, numa paisagem de agradáveis fantasmas. Mas qualquer coisa de insistente, de repetido, de agudo, se insinuava no meu sono impedindo-me de adormecer, do mesmo modo que um ruído de passos desarruma o silêncio, ou um nariz curioso contra a nuca nos impede a leitura em paz do jornal. A pouco e pouco, mastigando a saliva pegajosa dos sonhos, fui regressando ao universo excessivamente nítido, geométrico, do Banco, ao cinzeiro de vidro que se me afigurou de repente enorme sobre a mesa, cintilando dolorosamente como um sarcasmo ou um remorso, aos rostos colocados no topo das suas batas brancas à laia de ananases numa prateleira, gigantescos ananases sem olhos, sem nariz, sem boca, que esperavam que eu me instalasse à secretária, abrisse o registo dos doentes e perguntasse

— O que se passa?

no tom competente e distraído dos médicos de serviço.

— Quero ser internado porque estou maluco — repetia o homem das rendas e do fato verde, de Tabac a escorrer-lhe pelas têmporas num suor de pânico.

O braço dele retirava-me para fora da sesta como as pinças das parteiras separam uma criança do útero materno, e a minha boca soltava, ao acordar, os tristes ganidos de protesto dos recém-nascidos, a agitarem os membros em espasmos inúteis. Como de manhã com a campainha do despertador, em que lutava a fim de voltar ao côncavo de ventre do sono, onde as sombras da infância flutuam no écran das pálpebras. Mas o homem verde e pálido, coberto de rendas absurdas, pendurava-se-lhe da camisola a suplicar

— Interne-me imediatamente interne-me imediatamente interne-me imediatamente

envolvendo-o num bafo de água de colónia barata e desespero.

Acabou por levantar-se, tropeçar na direcção da secretária, correr os dedos num acaso de papéis à maneira dos guitarristas tenteando, mecanicamente, uma escala, para tomarem o peso ao som das cordas. O cinzeiro principiou a diminuir de dimensões, as paredes cessaram de ondular, da rua chegava o longo suspiro de uma sereia de ambulância. Quando aceitou a caneta que o enfermeiro lhe estendia, fê-lo já com a segurança do matador a receber o estoque: Sou o psiquiatra, vou matar de injecções o sexto doente sexto da tarde, e recolher olhares, rabo e saída em ombros do hospital no próximo concurso, perante uma praça cheia de doutores.

— Então que temos? — perguntou ele a iniciar com garbo o quite de capote.

Os peões de brega dos serventes recuaram ao segundo plano das trincheiras, onde os trajes de luces da ganga se confundiam com o anonimato neutro das paredes. Apenas eu e o homem verde, frente a frente, na arena de linóleo do gabinete, até à estocada final de uma seringa. De qualquer forma acabas sempre por perder, disse mentalmente para o outro. Quando aqui se entra acaba-se sempre por perder.

— Preciso de ser internado — elucidou o sujeito, a lançar constantemente para a porta (a crença natural, pensou o médico) curtos soslaios de pavor. A unha comprida do dedo mínimo raspava o verniz da secretária, idêntica a um quarto-crescente num céu de fórmica turvo, um quarto-crescente embaciado pela cera da orelha.

— Internado? — murmurou ele conduzindo o doente por chicuelinas suaves para o centro da praça: tente não colocar questões, havia-lhe ensinado, em novilheiro, o assistente. Aproveite as palavras que lhe dizem para conseguir o que quer. Lembre-se que os interrogatórios assustam as pessoas: dê-lhes a sensação que os compreende, que os estima, e tem-nos nos médios num instante.

Os olhos do tipo possuíam a estupidez húmida da angústia, o medo dos bois entre as palmas e a música, esporeados pelos gritos da corneta:

— Devia estar-me a casar a esta hora.

— Casar? (Hás-de chegar às bandarilhas a marrar como eu gosto.)

A sereia da ambulância evaporou-se no ar como o eco de um som, mas qualquer coisa se prolongava, inaudível, na sala, semelhante à reverberação da ressaca na orelha de um búzio. O internado que se imaginava avião planava, de braços abertos, por cima das telhas, com o trem de aterragem dos sapatos a abanar na barriga. O Tabac deslizava pelo pescoço do homem em grossas gotas transparentes:

— Não me posso casar porque já sou casado.

Uma correnteza de formigas descia da janela, ao longo do caixilho, e desaparecia num buraco do rodapé. Aqui, como no Algarve, principiava a entardecer: um frémito inquietava os ramos mais altos dos plátanos, no claustro de azulejos as banheiras de mármore adensavam-se de uma água de sombra. Esquadrias vermelhas sublinhavam o contorno dos prédios: dentro em breve o servente acenderia a luz, como os faróis ainda pálidos dos carros antes da vagarosa chegada da noite, em que tudo parece bascular, flutuando, na paisagem sem peso do crepúsculo. Um dos enfermeiros inclinou-se para a frente, intrigado.

— Se os irmãos da noiva me caçam fazem-me a tromba em oito.

E a agitar as rendas dos pulsos num apelo patético:

— A única maneira de me safar é aceitarem-me por maluco no hospital.

O internado que se julgava avião passou a zumbir junto à varanda: ao aterrar no pátio, sob os plátanos, ergueria como de costume do chão uma nuvem de poeira amarelada. Cá de baixo, um outro doente, promovido a torre de controlo, orientava a manobra desenhando grandes molinetes com os braços. Um terceiro girava sobre si próprio a imitar o radar. O homem que se julgava avião nunca viajava de noite: permanecia sentado na cama, de cotovelos erguidos, com os grandes olhos fosforescentes a cintilarem no escuro. De tempos a tempos tossia a bronquite das hélices.

— Uma espécie de asilo político — sugeriu o enfermeiro. Os óculos quadrados brilhavam-lhe de ironia.

— Tenho de dar de frosque desta — explicou o sujeito como quem exibe uma evidência. — Se me mandam embora daqui vou direitinho a São José. Trabalha lá um sócio de bilhar que talvez me saque uma doença.

— Temos a loja cheia — disse eu, esquecido do capote de toureiro. — Cheia de alcoólicos, de epilépticos, de esquizofrénicos, de paranóicos, de gajos sem cama onde dormir a não ser a minha lá dentro, ao pé da garrafa de água e do telefone. O vizinho pode escolher: ou eu me chego para o canto ou dormimos abraçados.

E imaginei-me de encontro ao fato verde do noivo como a um tronco de musgo, com as minhas pernas nuas enroladas na fazenda absurda das calças dele, a respirar a resina liquefeita do Tabac do cabelo, de que se evolava o acre odor marinho das barbearias de Alcântara, em cujos metais ondula a água invisível do rio, e as gaivotas giram em torno das cabeças tesouradas, idênticas a pequenas nuvens magras e raivosas. Quando o pincel me tocava na nuca um arrepio esquisito espalhava-se-me na espinha como se um bicho me trepasse dos joelhos para o sexo, e refluísse, gelado, no interior dos testículos, num bafo agudo de ácido. O homem que se cuidava avião rodopiou no ar numa cambalhota inesperada, semelhante a um pássaro sem leme, perdido no mar desordenado das árvores.

— Peça asilo político em São José — aconselhou o enfermeiro.
— Que lhe ponham um gesso na perna a dizer que a partiu em três sítios.

— Estão todos no castelo de São Jorge à minha espera — ganiu o sujeito, em ânsias. — Vieram de Torres Novas para o casamento. Se os irmãos dela me caçam dão-me cabo do canastro num instante.

E para o servente que o observava, encostado ao ficheiro, como uma velhota de lorgnon num parapeito de frisa:

— Eh pá pela vossa saúde livrem-me desta!

Um touro manso, pensou, que raio se pode fazer com um touro manso como este? Levantou-se da secretária como um matador abandonando um boi inútil, um boi coxo na arena, um triste boi receoso e imóvel sob a impiedade do sol, e regressou à cadeira da sesta, perto da janela, a enrolar-se em torno do bitoque do almoço como uma mulher sobre o seu útero grávido. O homem pálido continuava a pedir em torno

— Pela vossa saúde livrem-me desta

em direcção à indiferença da quadrilha: que abram o curro e mandem um animal que se veja, muitos bombeiros, muita polícia, muito aparato, muitos gritos, muita bandarilha-ampola para acalmar a fera. Fechei os olhos, cruzei os dedos na breguilha, e quase sentia a gema do ovo estrelado sob as pregas da pele, as batatas fritas que os intestinos lentamente trituravam em ondulações de borracha de vermes. O enfermeiro foi abrir a porta ao sujeito da mala, com uma palmada de apoderado no ombro:

— Você tem de compreender, ó sócio. Para asilo político só as embaixadas.

No pátio, um tipo de bata chamava em enormes acenos o homem-aeroplano para a medicação da tarde. Vários doentes, que aprendiam a voar, espanejavam farrapos desajeitados de árvore em árvore, piando crocitos roxos de coruja. Na sala dos espelhos, milhões de rostos fitavam-se, intrigados. O meu corpo imergia devagar nas silenciosas águas do sono. Um dos braços, independente de mim, dissolvera-se já, muito longe, informe e escuro como uma nuvem à noite.

Escutei vagamente a chave rodar na fechadura, o som amortecido das vozes, a grande mudez fria do corredor de pedra. E comecei de imediato a sonhar com o mar, com o murmúrio manso das ondas de setembro, comecei a sonhar com a maravilhosa liberdade do mar, as impressões digitais do alcatrão na praia, a espuma que endurecia e estalava em grossas bolhas brancas de saliva. Sonhava com o mar, o rumor do mar, o mugido das rochas cobertas de lapas, de mexilhões, de conchas, quando a maré desce. Um vento fresco e jovem como a respiração das minhas filhas desarrumava-me a roupa e o cabelo, uma vela subia-me do peito e inchava, e nisto bateram à porta, o servente foi abrir, voltou para o gabinete e anunciou

— Chegou o casamento inteiro

de boca arredondada numa careta de espanto.

Estavam todos: o menino de pied-de-poule e lacinho do pires das alianças, olhos vesgos de oiro a brilharem na casquinha, agarrado ao casaco de leopardo de plástico do mandril-mãe, que ofegava no interior como uma tartaruga na casca; cavalheiros obesos, de jaquetão e fósforo nos dentes; uma madrinha emplumada como um dignitário inca, desequilibrando-se nos saltos de cortiça; o grupo dos colegas de bilhar a acotovelarem-se de acanhamento; uma velhíssima de bengala amparada a um jovem Acção Católica estilo masturbação nunca, com aspecto de convertido intransigente; e o fotógrafo de máquina ao pescoço, que queria à força alinhar os convidados para um retrato género degraus de igreja ora tudo a sorrir mais um bocadinho para lá se faz favor.

— Falta a noiva — soltei eu sem pensar, pasmado pela intromissão de tantas gravatas e colares, de tantos perfumes violentos como socos, de tanto pó-de-arroz e tanta loção de barba, num mundo de jaquetões tristes e cinzentos.

— Ficou no carro — regougou com ódio um dos jaquetões, que segurava no punho fechado um par de luvas de sinaleiro, iguais às do lobo na história dos três porquinhos: a casa de palha, a casa de madeira, a casa de tijolos, vou soprar.

— Vamos lá a saber onde pára esse sacana? — perguntou um sargento calvo, desses concentrados e obtusos que tocam pífaro na Banda do Exército: a Marcha Turca de Mozart, e uma adaptação resumida para instrumentos de metal e madeira da Nona Sinfonia em ritmo de bolero.

Os doentes saíam a pouco e pouco como Lázaros dos quartos para observar o matrimónio, ou tocarem, fascinados, nos amuletos suspensos dos pescoços das madrinhas: unhas de tigre, jóias magnéticas, figas de prata, corações esmaltados com fotografia, libras de ouro, caniches de coral cujos olhos se assemelhavam a safiras protuberantes de bócio. Estes dois universos aparentemente incompatíveis, o dos jaquetões e o dos pijamas, o penteado e o despenteado, o do back-stick e o sujo sem disfarces, misturavam-se no asilo na claridade oblíqua e adocicada da tarde. O banquete esfriava, eriçado de palitos, numa pastelaria qualquer.

— Eu perguntei onde pára esse sacana — repetiu o pífaro dirigindo-se a mim no tom de autoritário desprezo que se reserva ao faxina do urinol.

Uma criatura coxa, com um sapato de sola gigantesca da espessura de uma berma de passeio, avançou a oscilar como um metrónomo, afastou o guerreiro musical com uma cotovelada na barriga, apontou-me o indicador onde o verniz se lascava, e intimou

— Quero falar com o médico

numa zanga asmática de urso. Os doentes que aprendiam a voar acumulavam-se, esbracejando, contra os vidros, em busca de uma falha nos caixilhos que lhes permitisse penetrar a zumbir no interior do hospital como as moscas na penumbra de um quarto, poisando nas camas, nas marquesas, nos armários de vidro, as pegajosas mãos enormes de insecto. Do ponto em que me encontrava via os seus rostos vazios, os seus olhos ocos, as suas bocas sem expressão, os fatos que espadanavam na luz gasta da tarde, destacando-se dos plátanos cujas sombras se alongavam, crucificadas, na poeira do pátio. Eram os meus doentes que voavam, os doentes da 2.ª enfermaria de homens, o Durand, o

Baleizão, o Luís, o Sequeira, o cego Lino a tropeçar no ar como em degraus inesperados, os doentes que eu atendia por vezes no corredor, sempre com pressa, sempre com sono, os que me pediam ajuda numa súplica inquieta, numa súplica submissa, e dos quais me desembaraçava com uma palmada rápida nas costas. Conversamos amanhã, dizia-lhes eu todos os dias, Amanhã vamos para o gabinete conversar, mas nunca me sentava à secretária para os ouvir, para os deixar partilhar comigo o seu sofrimento e a sua angústia. Conversamos amanhã, dizia eu, apertava-lhes a mão e ia-me embora pensando Não se pode fazer nada por ninguém, a fim de me justificar perante mim próprio do meu desinteresse e da minha pressa, desembaraçava-me deles com uma palmada e sumia-me no corredor, o Baleizão ficava a contemplar as couves da horta e a emagrecer em silêncio, as couves, negras à noite, da horta, que resplandeciam no escuro, e agora os meus doentes voavam no pátio contra os vidros, voavam agitando as asas de cotão como rolas trôpegas contra os vidros, aproximavam-se voando de mim à espera talvez de uma palavra, de um gesto, de um simples, barato, fácil aceno de simpatia cúmplice, e eu sentia o remorso da minha indiferença pesar-me na barriga como uma espécie de dor, um pânico de entranhas, um incómodo de intestinos que se torcem no ventre como lesmas, aproximavam-se a voar de mim e eu escutava o ruído baço das suas testas nos caixilhos, o raspar dos seus cabelos, dos seus dedos, dos seus queixos nos caixilhos, enquanto os internados se perdiam, se dissolviam na multidão do casamento, nas peles, nas plumas, nos alfinetes de gravata, nos colares de casamento, nas espessas ondas de perfume que fluíam e refluíam, nas conversas em voz baixa, apetecia-me sair voando para a tarde na direcção das árvores, ganhar altura, tocar no topo dos cedros do Campo de Santana que a noite impregnava lentamente da sua acidez misteriosa, mas porventura mesmo aí me telefonariam para verificar um óbito, assistir um moribundo, medicar uma febre, porventura o asilo me perseguiria mesmo entre os ramos escondidos dos cedros obrigando-me a regressar às suas grossas paredes tristes de convento, o menino das alianças começou a erguer-se verticalmente do chão, a oscilar na atmosfera rarefeita, a abrir e a fechar a boca cartilagínea como um bico, os sapatos de verniz ocultavam as gavinhas frágeis das patas, a coxa empurrou-me para a sala dos pensos, fechou a porta e berrou

— Isto é um vergonha

com a sola gigantesca a tremer, na extremidade da perna, de indignação furiosa.

— Isto é uma vergonha, doutor. Estamos desde as onze horas à espera dele no castelo de São Jorge, a família da noiva veio de Torres Novas de propósito já vê, até um major, até um juiz cá estão, pessoas de posição, pessoas de influência, e ele a telefonar de meia em meia hora daqui e dali, não se preocupem que eu vou já ando à procura do padrinho, o padrinho esqueceu-se do bilhete de identidade em casa, o senhor do Registo está com diarreia, parou numa cervejaria e eu aqui à espera, isto é um instantinho, a gente na nossa boa fé a acreditar, não se preocupem que eu vou já e íamos aguentando a pastilha, tiravam-se umas fotografias ao pé dos pavões, via-se o rio, conversava-se, quase que perdi o meu mais novo na complicação das ameias, também tanta pedra velha é exagero, reduziam aquilo a metade e era a mesma coisa, fazia o mesmo efeito, a mesma vista, a partir das duas como ele não chegava começámos a desconfiar, Aqui há marosca disse o meu primo Armindo, os irmãos da noiva saíram à procura, um que até esteve para ser padre e tem um estabelecimento de electrodomésticos também foi apesar da úlcera, é muito sensível e não pode emocionar-se, qualquer coisinha e deita um disparate de sangue pela boca, vasculharam-lhe o quarto, souberam que ele era casado, vivia com uma galdéria e três crianças por trás do Matadouro, um prédio antigo com serventia de cozinha, a noiva coitada desmaiou, se não ficar tola da bola com o desgosto é uma sorte do caraças que já vi isso por menos, uma das minhas tias virou zuca por lhe morrer o canário e um canário é um canário, faleceu no Júlio de Matos a dar alpista aos médicos, cada médico que se aproximava ela dava-lhe alpista e queria-o pôr numa gaiola, obrigava o marido em casa a ler o jornal no poleiro e a cantar piu piu piu, ele cantava para não arranjar escândalo, de vez em quando levantava a cabeça das palavras cruzadas e dizia um piu piu piu de meter dó, se quiser ver a noiva está lá fora à espera no carro do casamento, sentada numa almofada de cetim, ainda acredita pobrezinha, só diz o Cabé não me fazia uma destas o Cabé não me fazia uma destas já tinha o nome dos filhos escolhido, um casalinho, Cláudia Cristina e Roberto Alexandre o senhor não gosta?, os irmãos dela queriam desenganá-la e nada, perde as esperanças Suzete que o Cabé é um coirão, diziam eles, o pai da noiva, que tem dois cafés e uma residencial agarrou-se a tremer ao fotógrafo, volte-me o carro na direcção de Torres Novas que eu não sou capaz com o nervoso e quero-me ir embora já, era um Opel prateado dos grandes mais bonito que um lustre, bateu com ele na esquina do portão deitou o farol abaixo, a lâmpada do pisca-pisca desatou a acender sozinha, saiu de lá de dentro a gritar Eu mato aquele filho da puta eu mato aquele filho da puta eu mato aquele filho da puta, o meu marido que é sargento prometeu que punha o Exército à perna do Cabé, O senhor Óscar vai ver que a gente o encontra num rufo e ele lhe paga o farol aqui à minha frente, o problema são os três meses de gravidez que a noiva já leva no bucho, a flor de laranjeira é tangerina das murchas não sei se está a perceber aonde eu quero chegar, souberam disso, toparam a barriga da pequena, uma bofetada aqui uma bofetada ali que um par de estalos não faz mal a ninguém e ela vomitou o nome do melro num segundo, É o Carlos Alberto da Ascensão Domingos, agarraram o Cabé pelos colarinhos e Ou casas ou vão-se-te os tomates à viola, o seminarista ameaçava de longe com a faca do queijo, o homem ficou branco e respondeu que sim, o que quisessem desde que lhe deixassem os guizos em paz, era caixeiro-viajante, parava na residencial de vez em quando, corria o norte por conta de um fabricante de compressas, Eu caso mas larguem-me a breguilha, rebolava-se de olhinhos à Suzete que trabalhava na recepção, dava as chaves aos hóspedes, recebia as chaves dos hóspedes, conversavam à noite por cima do livro de registos, como não usava aliança a família não se incomodou muito, só o dos electrodomésticos, o padre, é que avisou Põe-te a pau com a escrita que nunca se sabe e vai na volta estás entregue à bicharada, mas ela já tinha trinta e sete anos e um bocado de buço, os rapazes fugiam a ganir de tanto pêlo, usa óculos por causa do estrabismo, falta-lhe um dente à frente, o meu filho tem uma inveja danada dela porque acha que com a falta do dente ganhava se quisesse todos os campeonatos de escarreta, os de comprimento, os de altura e os de pontaria do terraço para as carecas na paragem do eléctrico, se calhar foi isso que interessou o Cabé, namorar a campeã do pentatlo do cuspo, o certo é que ele começou a visitar-lhe o quarto, de luz apagada nem se dá pelo bigode e quanto a gemidos à noite há tanta gente que ressona, uma manchinha de sangue no lençol e trucla, uma empregada com vinte anos de casa mostrou a nódoa ao pai, Ó senhor Óscar olhe para isto que é da sua filha, quando o caixeiro-viajante tirava as cuecas para mais ginástica o futuro sogro empurrou-o a pontapé para o escritório, tirou a pistola da época da Legião da gaveta, Ou casas ou arranjo-te um buraco igual ao que tu fizeste à rapariga, o Cabé, verde, respondeu que casava, Não me tire os três do umbigo senhor Óscar que eu caso, a Suzete mandou rezar trinta e sete missas de acção de graças na igreja, tantas quantos os anos que ela esperava o milagre, o pai pelo sim pelo não arreou-lhe uma canelada para manter a autoridade, rapou-lhe o bigode num salão de beleza de Leiria, pôs-lhe uma placa na gengiva, recauchutou-a toda para a ocasião, se ela quiser cuspir já não vai longe, o meu filho que andava a limar o dente às escondidas para concorrer com ela desistiu, escarra à confiança que se acabaram os rivais, o senhor Óscar organizou o casamento à pressa antes que a barriga se notasse muito, mandou-a enfiar-se num espartilho à cautela e pediu a um sobrinho que é motorista na Judiciária para ter um olho no Cabé, mas o sobrinho gostava de bilhar, entrou para a Associação Académica Recreativa Os Onze Unidos da Carambola de que o caixeiro era vogal e aparava-lhe o jogo contanto que lhe dessem dez de avanço às cinquenta, punha giz no taco e marimbava-se, ficou em sexto lugar no Torneio da Primavera da Sociedade Filarmónica da Penha de França, para encurtar razões marcou-se a data, o castelo de

São Jorge foi escolha da Suzete que tem a mania das grandezas, ficou--lhe da quarta classe o gosto pelo D. Afonso Henriques, queria à força entrar de noiva nas ameias como as rainhas, ser a Grace Kelly de Torres Novas, ter o retrato na Crónica, o pai aceitou para impressionar os amigos sobretudo o dono do Hotel Independente que tem quartos com casa de banho e autoclismos que funcionam, daqueles de botão que até funcionam bem de mais, temporais desfeitos de água na sanita, tornados, enxurradas, vendavais, o dono do Hotel Independente veio a morder-se todo no Mercedes, a filha dele tinha casado em Leiria, só se animou quando os irmãos da noiva anunciaram desesperados o estado civil do Cabé, e contaram que ele fugiu com a mala aqui para o hospital a dar-se por maluco, foi a própria mulher dele que explicou, uma que trabalha na fábrica das meias e recebeu os filhos do senhor Óscar de chinelo na mão, disse-lhes que metessem o Cabé no cu que já não o queria nem para atacadores, ia viver com o encarregado da fábrica e que se lixasse o caixeiro, se fosse preciso oferecia-lhes o Cabé de borla e ainda pagava por cima, estava fartinha até ao pescoço do tesoureiro da Associação Académica Recreativa Os Onze Unidos da Carambola e taco por taco antes o do encarregado que era melhor nas três tabelas, os sujeitos já vinham pela escada abaixo quando ela avisou que se não o encontrassem aqui é que foi de certeza a São José, procurassem bem nos hospitais e acabavam por o achar a mijar-se de medo debaixo de uma maca, pediu que lhe partissem duas vértebras à conta dela, que se sentia doente de aturar galdérios, até a comida em casa sabia a giz azul, de maneiras que a gente agora vai a São José num pulo que não é todos os dias que um casamento destes acontece, o do Hotel Independente está-se a babar de gozo ali fora, só tenho pena é do copo d'água a esfriar na pastelaria, as chávenas de canja, as febras, o bacalhau no forno, trazia aqui dois sacos de plástico na carteira para levar qualquer coisa ao meu Amílcar que não pôde vir, aquelas esferazinhas prateadas do bolo de noiva sabe como é, ficou de cama com gota a gemer como um cadelo, deixei o rádio aceso à cabeceira, até pedi um disco dos que se pedem pelo telefone para o entreter, um pasodoble que era o que ele gostava de dançar em solteiro nos bailes dos bombeiros, até que por sinal fiquei assim coxa de uma pisadela que ele me deu no concurso de dança da pinhata, ao berrar olé mandou-me com o salto no joanete e estive três meses a soro nos Capuchos, esmagou-me os ossos com tal gana que a perna me mirrou, secou-se o nervo, explicou-me o doutor, A senhora tem o nervo seco e dê-se por satisfeita de não ter secado toda, um calcão no pasodoble é um perigo e pêras, em cada pinhata há uma dúzia assim, porque é que não se funda a Liga das Vítimas do Pasodoble e se organizam passeios a Sevilha, ou se iniciam os Jogos Olímpicos dos Coxos das Castanholas, saltar à vara com a bengala, corridas de remos com as muletas, vamos agora a São José, ao Desterro, à Estefânia, à Alfredo da Costa, o cónego dos electrodomésticos escreveu a lista completa, pode ser que ele se mascare de bebé ou enfie uma barriga postiça e uns caracóis e se meta a gemer a imitar um parto, o sargento traz a espada e nunca se sabe, já vi por muito menos picar os bofes às pessoas, um golpezito de cacaracá e as tripas cá fora como lesmas, se eu perdesse isso o meu Amílcar não me perdoava, vão-lhe brilhar os olhos na fronha, coitadinho, quando lhe contar como foi, esquecido dos supositórios para as dores, sentado nos lençóis, de boca aberta do tamanho de um pires.

Levantara-se, entretanto, uma espécie de vento: a toalha oscilava junto ao lavatório, o lençol da marquesa pregueava-se como uma testa espantada, a água do espelho encrespava-se de pequeninas ondas deformando as linhas ossudas, assimétricas, duras, do meu rosto. As folhas do calendário, carregadas de pesados dias, de pesados e cinzentos soturnos dias, estremeciam umas de encontro às outras, no estranho rumor ciciado dos meses que hão-de vir. Era um vento insólito, um vento inlocalizável e esquisito, nascido de toda a parte, sem rumo certo, sem direcção definida, movendo-se um pouco ao acaso no asilo à maneira de um cego numa sala que não conhece, tenteando o nada, de braços estendidos, em busca das paredes que não há porque as paredes recuam, fogem, dissolvem-se no ar se as procuramos, escapam aos nossos dedos numa maldade escarninha. Empurrou a porta e espreitou para fora: alguém abriu a janela do gabinete e os doentes que voavam no pátio flutuavam agora ao acaso no corredor do asilo, pedalando os joanetes magros na luz coada pelos plátanos da tarde. E não só os doentes: os meus fantasmas também, os apavorantes fantasmas dos esquizofrénicos, cheios de gengivas e de unhas e caretas e cabelos, gritando insultos, ameaças, súplicas, pedidos, riscos, os animais viscosos e peludos das alucinações dos alcoólicos a rastejarem no chão em reptações nojentas, os cicios conspiratórios e as gargalhadinhas invisíveis que atormentam os paranóicos, as mirabolantes visões coloridas dos drogados, discos, círculos, pirâmides, volumes que se fazem e desfazem, se concentram, diminuem, explodem: tudo flutuava no corredor do asilo, na claridade tamisada da tarde, a que os tubos de néon do tecto conferiam a lividez dos retratos antigos, esses cambiantes puídos, desmaiados, esses tons de ráfia, esses amarelos de gordura e de sangue. Especado à porta da sala de pensos via os meus internados vogarem de cabeça para baixo no ar, o Durand, o Baleizão, o Luís, o Sequeira, o Lino a perguntar em voz alta Quem está aí? com a alarmada curiosidade dos cegos, os internados que se estendiam no pátio ao sol à laia de grandes bichos friorentos, ou se acumulavam defronte da minha secretária à espera de respostas que não chegavam. E não só os internados: os enfermeiros erguiam-se por seu turno, um após outro, do soalho, sacudindo as batas na majestade lenta das cegonhas, e miravam-se à distância com os olhos de farmacêutico que têm os pássaros do mar, os olhos inocentes e sábios dos corvos marinhos, os olhos das aves empalhadas nos museus que nos vigiam numa fixidez acusadora e inquietante. A senhora coxa deu uma breve corridinha torta nos azulejos, uma corridinha de grou, a agitar para baixo e para cima as mãos enluvadas, e nisto as madrinhas, o fotógrafo, o dono do hotel, os amigos do bilhar, os casacos de peles, as plumas, os alfinetes de gravata, principiaram a girar, sem peso, na atmosfera, soltando de quando em quando pios roucos de corvos. Os meus próprios ossos adquiriam uma textura de espuma, a carne tornava-se fibrosa e leve como a madeira dos barcos. Qualquer coisa de quitinoso, de cartilagíneo, de vibrátil, me formigava nas costas. Uma bolha de gás escapou-se-me do ânus. Deixei de sentir o chão nos sapatos. O corpo inclinou-se a pouco e pouco até se tornar horizontal, e desatei a remar na luz, piando desesperadamente na direcção dos outros.

Acho que nunca tinha voado, pensou ele no silêncio do Alentejo a caminho de Aljustrel. Via-se Ourique ao longe, no fim da estrada, o amontoado de casas de Ourique que o calor refractava, e ele pensou Até que na minha vida só voei no dia em que o noivo chegou ao hospital com uma mala, afogado em rendas, pensou Se calhar até morrer nunca mais tornarei a voar, fico palmípede, pato de capoeira, avestruz triste, fico peru-psiquiatra a arrastar as penas inchadas na alcatifa soluçando glu glu para os clientes, fico peru-tecnocrata, peru-chefe de família, peru-escritor, peru-pateta, peru-maluco sem graça, peru-doutor, no meio dos perus-amigos, dos perus-colegas, dos perus-parentes, todos a soluçarmos glu-glu no decurso de aborrecidos jantares melancólicos como velórios. Sentado no banco incómodo do carro, no meio de pedais, e botões, e alavancas, sozinho no silêncio do Alentejo, no silêncio da tarde do Alentejo que parece desdobrar-se e desdobrar-se como um aceno sem fim, um aceno de ama à noite no quarto, que aumenta e se aprofunda enquanto adormecemos, aumenta como os objectos aumentam nas madrugadas de insónia, nítidos, hostis, repletos de súbitas arestas, de ângulos inesperados, de irregularidades dolorosas. Sentado no banco incómodo do carro, com Ourique ao longe, o amontoado de casas de Ourique que o calor refractava, lembrei-me que nós, os psiquiatras, nos assemelhamos todos ao noivo, tão ridículos e apavorados como ele, arrastando uma mala repleta de pastilhas, de ampolas, de conceitos e de interpretações, o enxoval de uma ciência inútil no braço. Lembrei-me do nosso ridículo, do nosso pavor, da miséria da nossa pompa e comecei a rir-me. Ria um riso ao mesmo tempo pobre e alegre, o riso pobre e alegre dos carrascos. Ria dos que manejavam os aparelhos de electrochoques nas clínicas da periferia de Lisboa destinadas aos ricos, em que as camisas de dormir cheiravam melhor e não havia pó nas secretárias, das clínicas rodeadas de jardins tristes da periferia de Lisboa, onde os quartos se aparentam a jazigos habitados por cadáveres sonâmbulos, nos quais os psiquiatras instalam a esperança postiça das pílulas. Ria-me dos médicos bem vestidos, bem alimentados, solenes, comedidos, competentes, majestosos, ria-me da sua falsa segurança, do seu falso interesse, da sua falsa ternura, e o riso soava desfigurado e humilde aos meus ouvidos, soava como a queixa dos bois doentes quando se aproximam deles para os matarem, os bois que levantam os olhos moles para o braço que os assassina, numa ternura insuportável. Ria com Ourique ao longe no sossego da tarde, na paz da tarde do Alentejo cheia de rolas bravas e silêncio, ria dos psicanalistas detentores da verdade a jogarem xadrez na cabeça das pessoas com o seio da mãe e o pénis do pai, e o seio do pai e o pénis da mãe, e o seio do pénis e a mãe do pai, e o peio do seis e o pãe do mai, ria dos que curam homossexuais com diapositivos de rapazes nus e descargas eléctricas, dos que tratam o receio das aranhas com aranhas de arame parecidas com insectos de carnaval, dos que se juntam em círculo para dissertar sobre a angústia e cujas mãos tremem como folhas de olaia, brandidas pela zanga do vento. Ria-me de pensar que éramos os modernos, os sofisticados polícias de agora, e também um pouco os padres, os confessores, o Santo Ofício de agora, ria-me de pensar nos oleosos psiquiatras obesos que impingiam sessões musicais aos seus pacientes em nome de técnicas obscuras, dos barrigudos, desonestos, assexuados psiquiatras obesos, dos budas repelentes seguidos de uma corte de feios discípulos extasiados, de barbicha de bode e de cabelo sujo, segregando-se na orelha inanidades convictas.

Depois do 25 de Abril, por exemplo, tornámo-nos todos democratas. Não nos tornámos democratas por acreditarmos na democracia, por odiarmos a guerra colonial, a polícia política, a censura, a simples proibição de raciocinar: tornámo-nos democratas por medo, medo dos doentes, do pessoal menor, dos enfermeiros, medo do nosso estatuto de carrascos, e até ao fim da Revolução, até 76, fomos indefectíveis democratas, fomos socialistas, diminuímos o tempo de espera nas consultas, chegámos a horas, conversámos atenciosamente com as famílias, preocupámo-nos com os internados, protestámos contra a alimentação, os percevejos, a humidade, os sanitários, a falta de higiene. Fomos democratas, Joana, por cobardia, pensou ele vendo um bando de rolas poisar num olival, agitar a tranquilidade do olival com o rebuliço do seu voo, tínhamos pânico de que nos acusassem como os pides, nos prendessem, nos apontassem na rua, pusessem os nossos nomes no jornal. E demorámos a entender que mesmo em 74, em 75, em 76, as pessoas continuavam a respeitar-nos como respeitam os abades nas aldeias, continuavam a ver em nós o único auxílio possível contra a solidão. E sossegámos. E passámos a trazer dobrados no sovaco jornais de direita. E sorríamos de sarcasmo ao escutar a palavra socialismo, a palavra democracia, a palavra povo. Sorríamos de sarcasmo, Joana, porque haviam abolido a guilhotina.

Sentado no banco incómodo do carro (quando eu tiver dinheiro compro um automóvel confortável como uma poltrona de orelhas), ria-se ao recordar as assembleias de médicos no salão nobre do hospital, na antiga capela que era agora o salão nobre do hospital, forrada de azulejos azuis transparentes como os olhos das bonecas, delicados como um bordado de veias. Propunha-se com entusiasmo que um internado fizesse parte da direcção do asilo, um internado, mais o familiar de um internado, mais um representante da população, que os doentes discutissem, com o eleito dos médicos, o governo do manicómio, todos os braços se levantaram para aprovar esta democrática, esta revolucionária proposta, e nisto, nas nossas costas, por detrás das nossas entusiasticamente democráticas costas, das nossas revolucionárias costas, sentimos um vagaroso arrastar de sapatilhas, um soluço de tosse, o mal estar, a comichão que um olhar teimoso, insistente, inesperado, estranho, nos provoca na espinha se nos procura, nos fita, nos toca uma vez, e outra vez, e outra vez como um dedo infantil. Voltámo-nos (Ourique, cada vez mais pequeno, evaporava-se no retrovisor, minúscula manchazinha branca de paredes que se adelgaçava e desaparecia) e à entrada da capela, à entrada do salão nobre do hospital e dos seus pesados reposteiros vermelhos, ali onde a luz descia oblíqua da janela num feixe ardente de pó, estava um homem de pijama, pequeno, quase calvo, de redondos óculos escuros, imóvel na ombreira a mirar-nos. A princípio cuidei que fosse cego pela postura demasiado atenta da cabeça, pela rigidez do corpo, pelas mãos que se mexiam levemente, como os dedos dos polvos, palpando a textura elástica do ar. Voltámo-nos, ele tirou os óculos (uma farripa da testa tombava-lhe sobre a orelha), as órbitas sonâmbulas e baças demoraram-se em nós num soslaio lento de lagarto, deu um ou dois passos em frente a tropeçar nas alpercatas miseráveis (o que seria antes de vir para aqui? escriturário? pintor de automóveis? carpinteiro?), trazia a boca seca dos remédios, pastosa de saliva endurecida, os ombros bambos, as coxas flácidas, o tronco mole, e logo nós, os psiquiatras democráticos, os psiquiatras socialistas, os psiquiatras revolucionários (e isto fazia-me rir, Joana, a caminho de Aljustrel, à medida que a noite enrolava as bordas do horizonte à laia dos cantos de uma folha, e o sol se assemelhava à pálida tangerina de uma natureza-morta poisada na copa de um sobreiro), lhe começámos a gritar Vai-te embora vai-te embora vai-te embora, acompanhando os nossos berros dos grandes gestos imperativos circulares com que se afastam os cães, com que se expulsam os cães que nos observam, ávidos, de longe, numa timidez desanimada.

— Vai-te embora — gritávamos — vai-te embora vai-te embora —, para o homem que cambaleava entre os reposteiros, de óculos em punho, com a papada luzidia de suor a estremecer de indecisão. Vai-te embora, repetíamos, vai-te embora vai-te embora, até que um enfermeiro surgiu do corredor, puxou o internado pelo casaco seboso, e o arrastou para longe de nós num raspar de solas de borracha no soalho encerado. Murmúrios de ultraje percorriam ainda a assembleia (um internado atrever-se a interromper a reunião dos médicos) quando o socialista democrático revolucionário que presidia, acolitado por dois doutores socialistas democráticos revolucionários que tomavam notas pausadas, informou que por unanimidade se havia decidido a participação activa dos doentes na gestão do hospital, e os psiquiatras se ergueram, entusiasmados, para saudar esta socialista, democrática e revolucionária medida com um temporal de aplausos.

Ria-me ao pensar nos argumentos absurdos com que tentavam conciliar o marxismo e a psiquiatria, isto é, a liberdade e a sua condição de carcereiros, ria-me das invenções que descobriam para apaziguar a sua má consciência, Psiquiatria Social, Sectorização, Psiquiatria Democrática, Anti-Psiquiatria, das suas justificações e dos seus subterfúgios, ria-me no crepúsculo do Alentejo que descia em grandes lâminas azuis sobre as copas das árvores, fazendo ondular os ramos em estremecimentos de vazante, um mar com pássaros, Joana, cantando como devem cantar os polvos as coloridas vozes do seu silêncio, em que um vento de algas palpita como uma artéria na testa.

Somos como o noivo, pensava eu, a cavalo entre compromissos impossíveis, indecisos, pálidos, aflitos, discutindo solenemente o que chamamos casos clínicos, mulheres deprimidas, homens que vêem duendes, adolescentes blindados num silêncio aterrador. O que é que acha acerca deste doente? Qual a sua opinião? O colega não quer dar um contributo? Não triangulou? Personalidade pré-genital? Narcisismo primário? Esquizofrenia incipiens? Fase de trema de Konrad? E ele ria de gosto pensando O que é que isto tem de semelhante com a vida, o que há de real, de verdadeiro, de autêntico neste tubo de ensaio idiota, nestes palavrões imbecis, nestas explicações que nada explicam, neste Reader's Digest pretensioso? Os psiquiatras falavam a espetar o dedo como batutas, falavam dos outros, falavam em tom falsamente afectuoso dos outros, do sofrimento dos outros, da angústia dos outros, da perplexidade dos outros, sem perceberem que estavam mortos, Joana, definitivamente mortos, dissertando sobre os vivos com a inveja que anima os gestos fosforescentes e moles dos defuntos, as suas órbitas ocas, as suas enormes bocas sem dentes.

O que me conta o colega acerca do meu caso?, pensou ele a rir um riso divertido e triste, um riso ao mesmo tempo amargo e bom que lhe sacudia os ossos dos ombros, lhe arrepiava a nuca, o abanava todo de uma alegria sarcástica e violenta. A noite sitiava Aljustrel dos seus mil murmúrios, dos seus mil olhos agudos, de estrelas cor de opala à deriva nos verdes sobrepostos do céu, enredadas nos cabelos estirados das nuvens. As vilas do Alentejo assemelhavam-se na sua ideia a rostos de palhaços em caixões, com as bochechas dos muros pintadas do alvaiade da cal. A noite sitiava Aljustrel de ruidosos insectos e de fúnebres véus, uma mancha de tinta negra, idêntica a uma nódoa de sangue, crescia no cemitério, dos beiços cheios de terra dos mortos, despedaçando-se no ar em pétalas escuras de poeira, densas como escamas, como unhas, como as pálpebras cartilagíneas dos lagartos, as ruas enrolavam-se translúcidas, à maneira das espirais dos caracóis, babando um resto pálido de sol pelas fissuras das paredes. Um ramo de glicínia pendurava-se das hastes de uma grade como uma gravata de um pescoço enferrujado. A lua viajava de ramo em ramo como um balão à deriva, um seio inchado, redondo, uma bolha de gás. As primeiras casas da vila sumiam-se nas trevas, os cães, inquietos e imóveis, aguardavam o momento de principiarem a uivar. Parei diante de uma garagem iluminada e saí do carro. Gosto de garagens. Gosto do cheiro de óleo queimado e de borracha, gosto do cimento onde os passos ou o tombar de uma ferramenta ecoam sem fim, gosto dos calendários sujos do fumo dos escapes, das bancadas repletas de velas, de parafusos, de pedaços de lata, de bornes de bateria avariados, de lâmpadas fundidas de faróis. Gosto do som do metal contra o metal, do trabalhar manso ou raivoso dos motores. Saí do carro (as pernas, dormentes, recusavam-se a sustentar a rigidez do corpo), corri a mão ao longo do flanco morno do capot, e o homem de fato-macaco que se dirigiu ao meu encontro, a limpar os dedos a um resto de pano, enquanto outros dois acabavam de lavar uma furgoneta de matrícula espanhola, pareceu-me, na luz precária de néon vinda do tecto muito alto, o sujeito de boina, já idoso, que trabalhava no hospital numa pequena oficina idêntica a um armazém de ferro-velho, atravancado de bidés, de colchões de arame, de baldes, de espaldares de cama, de mil inutilidades oxidadas e torcidas. Era um tipo magro, pequenino, de uma delicadeza extrema, que assassinara à machadada a família inteira, a mulher, a cunhada, a sogra, os filhos. Gostava de conversar com ele no seu cubículo, de o ouvir falar da sua vida, de lhe observar os olhos intensamente azuis, cor de papel selado, que o tempo não lograra ainda desbotar. Quando o automóvel se me avariava, debruçávamo-nos ambos na direcção da ventoinha, ou do dínamo, ou dos platinados, convergindo numa atenção afectuosa para um monte complicado, inextricável, de fios, unidos por um respeitoso espanto comum. E era o senhor Carlos que vinha ao meu encontro na garagem de Aljustrel, poisando os sapatos no cimento numa leveza de insecto, a tratar-me já por vosselência, a tocar a boina com a mão numa vénia respeitosa de pajem. Na oficina, sob uma espécie de latada, os insectos zuniam à laia de estames desfolhados de narcisos, vibrando contra os fios de prata de uma teia de aranha suspensa do nada como um riso sem rosto. Um débil mental de beiços enormes, sentado num banco de pau, seguia-nos da penumbra dos bidés na estupidez tensa, alarmada dos cães, a estupidez um pouco triste, lamurienta, pegajosa, dos cães. O senhor Carlos batia a chapa de um guarda-lama amolgado, com a minúcia, a destreza, a apaixonada solicitude de um relojoeiro, rodava para mim o azul de esmalte dos olhos, informava-me:

— Disseram na rádio que os americanos iam arrasar o mundo — e ficávamos os dois a sonhar, em silêncio, com um templo de Diana do tamanho da Terra, de que se erguiam, aqui e ali, restos de incêndios radioactivos.

— Descanse vosselência que se salva o hospital. Ainda ontem mandei um cheque de quinhentos milhões de dólares ao presidente deles, a adiar. Estou a fazer capacetes especiais para nós.

E apontando desdenhosamente o débil mental que gemia baixinho no seu canto:

— E já agora para aquele infeliz também.

Martelada suplementar no guarda-lama:

— Que pensa vosselência que isto é?

— Os nossos capacetes, senhor Carlos.

— Depois. Este é para o general Nixon, senhor doutor. Encomenda secreta. Delegaram um cabo-verdiano das obras a avisar-me. Camisola verde e amarela, percebe?

— Hum hum — grunhiu o débil mental a baloiçar-se. Tinha a pila de fora e afagava-a como se afaga um passarinho ferido.

O mecânico chegou ao pé de mim. Cheirava, como a garagem, a óleo queimado e a borracha, e também à paisagem do Alentejo, quente e suada no crepúsculo, reverberante de miríades de sons. Os primeiros latidos dos cachorros vadios serpenteavam ao rés da terra, numa esteira aguda de magnésio.

— Boa noite senhor Carlos — disse eu.

O homem, que era grande e moreno, de largos ombros ossudos sob o fato-macaco, principiou a engelhar-se, a diminuir de tamanho, a enrolar o tronco numa curva educada. O pano com que limpava os dedos tomou a forma, progressivamente, de guarda-lama torcido e inútil, crivado de marteladas ao acaso. Uma boina lustrosa do uso surgiu-lhe nos cabelos escuros, formando na testa uma prega de sombra que lhe ocultava os olhos subitamente azuis. À nossa volta, o asilo (ou Aljustrel?) era um monte desordenado de ruínas, colunas quebradas, capitéis em fragmentos, um pó muito antigo à deriva no silêncio enorme. Os indivíduos que lavavam a furgoneta fitavam-me em silêncio, sentados num banco, na estupidez alarmada e tensa dos cães, murmurando hum hum pelos lábios grossos como bifes. O mecânico retirou a mangueira do suporte da bomba e mergulhou-a no depósito do carro: a gasolina corria de leve como o sangue de uma artéria aberta:

— Boa noite senhor doutor — respondeu ele.

**6.**

Nunca saí do hospital, pensou ele ao receber o troco da gasolina, observando o sujeito de onde o rosto, as maneiras, a voz do senhor Carlos desapareciam lentamente, do mesmo modo que um sorriso se esfuma num retrato antigo de praia, ou as acácias se dissolvem na neblina pálida de outubro, incolor e sem ruído como os animais dos sonhos. O senhor Carlos desaparecia lentamente, os empregados que lavavam a furgoneta friccionavam as janelas em gestos circulares com uma espécie de esponja, o mecânico limpava os dedos ao seu pedaço de pano, mirando-me com a estranha fixidez dos Cristos de coração de fora no oratório da avó, que nos perseguem com a teimosia atenta e severa de um olhar de garoto. Numa parede enegrecida pelos gases dos escapes estava escrito a tinta vermelha Não Fumar, por cima de um anúncio de pneus Michelin rasgado pelo desinteresse e pelo tempo, e as letras desbotavam-se devagarinho, encavalitavam-se devagarinho umas sobre as outras, como se o reboco se enrugasse à maneira das pregas gastas da pele. No interior de um cubículo envidraçado, sobre uma secretária repleta de papéis ao acaso, uma pilha de facturas empalava-se num prego ferrugento. Uma nódoa de óleo no chão reflectia as lâmpadas do tecto, estilhaçando as luzes num caleidoscópio de escamas coloridas. Uma motorizada com tosse convulsa abanava-se de achaques na rua: no espelho nítido, biselado, do céu, as primeiras árvores da noite imprimiam o sangue roxo dos ramos, pesados das pálpebras subitamente opacas das folhas, densas de um murmúrio imóvel de crianças ou de pássaros. Aljustrel aparentava-se, a pouco e pouco, não a uma vila concreta, real, quase geométrica, habitada por pessoas, por vozes, pelas inquietas pagelas dos mortos, mas a um labirinto de sombras, a uma aparição suspensa entre a terra negra e o céu verde, à deriva, como um enorme barco, num lago prateado de oliveiras.

Nunca saí do hospital, pensou ele no covil de cimento da garagem, em que o mais insignificante dos ruídos adquiria a desmedida amplidão de um berro informe de náufrago. Ao crepúsculo, o avesso das coisas sobressalta-nos de medo como se do nosso rosto aflito e sério nascesse de súbito a corola imprevista de um sorriso. A aparência dos objectos modifica-se, os relógios aceleram-se angustiadamente no escuro, o corpo que se move debaixo dos lençóis ao nosso lado ameaça-nos com a sua raiva pastosa. Entrei no hospital, pensou ele, para uma viagem tão sem fim como esta viagem, como o mar das oliveiras aproximando-se e afastando-se, cintilante, nas trevas, agitado por ciciados cortejos de fantasmas. Nunca saí do hospital, pensei, e apesar disso nunca entendi os internados: digo Bom dia ou Boa tarde, subscrevo diagnósticos, ordeno terapêuticas, mas não compreendo, de facto, o que se passa por detrás das expressões vociferantes ou opacas, dos olhos apagados, das bocas sem saliva dos doentes. Um gajo de pijama garante, por exemplo, Apetece-me ter relações com um puto de seis anos, os livros explicam o motivo mas não é isso, não pode ser só isso, há outra coisa, outras coisas que sucedem tão fundo que as não percebo, adivinho-lhes os contornos imprecisos e não percebo, de modo que receito calmantes, receito calmantes, receito calmantes, como quem cala os gritos do telefone enterrando-o sob uma pilha de almofadas.

Nunca saí do hospital, pensou ele no labirinto de ruelas de Aljustrel, onde as casas se aparentam a guardanapos dobrados, rígidos de goma, para jantares de cerimónia. Os aparelhos de televisão dos cafés difundiam pirâmides baças de claridade azul, espectrais como as olheiras de álcool da manhã, amarrotadas de insónia, e essa constelação de halos iluminava a vila, maquilhando as órbitas encovadas das varandas ou revelando as silhuetas amarelas dos bichos, de pupilas agudas como fragmentos, cheios de arestas, de ardósia. Os arbustos do largo trouxeram-lhe à ideia a praça de Malanje, defronte da esplanada, uma praça sem cisnes nem pombos, a que apenas a noite conferia um peso de mistério, feito da ausência de gritos e de vultos. Os peixes dormiam de olhos abertos no lago, e ele sentava-se, às vezes, nas cadeiras da esplanada vazia, preso das suas caprichosas melancolias, repletas de fúria e de desdém. E agora regressava a Lisboa sem nunca ter saído do hospital, porque quando alguém entra no asilo cerram o enorme portão à chave nas nossas costas, despojam-nos da carteira, do bilhete de identidade, do fato, do relógio, dos anéis, injectam-nos nas nádegas cinco ou seis centímetros cúbicos de doloroso esquecimento, e na madrugada imediata o nosso corpo é um puzzle de pedaços espalhados no lençol, impossíveis de reunir pela moleza incerta das mãos.

Nunca saí do hospital, pensou ele, nunca sairei do hospital: os sócios a quem se dava alta desciam a alameda a caminho do Campo de Santana, olhavam as casas, as rolas, as pessoas, os automóveis, e regressavam à pressa ao manicómio apavorados por uma cidade a que se desabituaram, pela complicação do trânsito, pela atrapalhação sem possível saída das ruas, pelo rio ao fundo que era como que um abismo sobre o qual houvessem estendido uma folha de papel azul a imitar a domesticada tranquilidade das águas, um abismo que os podia engolir em cada esquina, porque em cada esquina o rio espreita-nos, aguarda-nos, insinua sob os pés uma toalha traiçoeira de lodo. Regressam ao hospital e escondem-se a tremer nos corredores dependurando-nos do casaco os punhos suados de medo. O ano passado um doente chegou aos Mártires da Pátria, desceu ao urinol subterrâneo, fechou-se numa retrete, regou-se de petróleo, acendeu um fósforo, e transformou-se do pescoço para cima num torresmo horrível, numa estátua calcinada, num leve pedaço de madeira onde luzia a coroa de prata de um dente. De outra ocasião, num dos seus dias de serviço, um homem jogou-se da janela da 7.ª enfermaria, e esmagou-se cá em baixo, de braços abertos, como um sapo: O delírio, explicavam os médicos, Um impulso epiléptico, explicavam os médicos, e assinava-se a certidão de óbito numa segurança tranquila: ninguém tem culpa. E no entanto crescia em mim uma espécie de vergonha, ou de aflição, ou de remorso, sempre que preenchia um boletim de internamento e aferrolhava no manicómio as íris surpreendidas e tímidas que me fitavam. Ninguém tem culpa e eu preciso de comer, obtive este emprego do Estado, procedi a exames, concursos, testes de cruzinhas, provas públicas, pago renda de casa, electricidade, gás, aluguer de telefone, gasolina, e justifico os vinte contos que ganho aprisionando pessoas no asilo, escutando desatento as suas inquietações e as suas queixas, chegando tarde ao dispensário para consultas apressadas (Que mal faz se os doentes esperam por mim das nove ao meio-dia, que mal faz se em cinco minutos os oiço e os despacho, que mal faz se me preocupam mais as pernas cruzadas da estagiária do que a angústia dos que me procuram?), entrando e saindo no asilo numa pressa de cuco de relógio. Os gajos matam-se porque se matam, porque o delírio, porque a epilepsia, porque a psicose, declaram-me Não sei que volta hei-de dar à minha vida, e eu penso E à minha que volta darei eu, que volta darei à minha vida na noite plana, imensa, sem limites do Alentejo, que parece anunciar-me constantemente, no zunir dos insectos e no setembro das árvores, o segredo de uma mensagem indecifrável.

 Lentamente, progressivamente, o assento do carro transformou-se no muro baixo, leproso, derruído, empoleirado no qual, no verão, eu passava longas horas a observar os pijamas no pátio, girando ao acaso na sombra delicada, quase transparente, das árvores, idêntica à de certas florações marinhas que projectassem as suas silhuetas contra as paredes do asilo. A poeira de agosto e o pólen dos plátanos assemelhavam-se ao pó-de-arroz das caixas velhas, flutuando no ar sem aderir às rugas das nuvens ou às bochechas demasiado lisas do céu, num odor morno e fechado de gaveta. Os automóveis dos psiquiatras dir-se-iam duplicados no chão, na claridade excessiva do chão, como batráquios num espelho, com as órbitas protuberantes dos faróis mirando-me nessa espécie de maldade neutra das coisas, nessa espécie de maldade neutra com que as coisas, escarninhas, nos espiam. Costumava sentar-me no muro para sentir o sol na nuca, nos ombros, no corpo inteiro, e apetecia-me deitar-me também na terra ou no empedrado da 1.ª enfermaria, ou lá atrás do edifício, onde a erva era mais alta e uma espécie de vento desarrumava os arbustos, deitar-me na terra como um bicho estranho, de bolsos cheios de beatas e de pedaços de jornal, à espera da chamada do almoço. Balouçava as pernas no muro e ia procurar um cigarro no casaco, quando um servente me tocou no ombro o indicador lenhoso como um pedaço aguçado de pau:

— Ó ruço o médico quer falar contigo.

Era um homem vesgo, assimétrico, de enormes mãos de camponês, de pescador, de operário, nítidas e grossas como as raízes do sangue, que me costumava cumprimentar nos corredores, às arrecuas, inclinando o corpo gigantesco numa cerimónia infinita:

— Senhor doutor senhor doutor senhor doutor senhor doutor senhor doutor.

Julguei que me não tivesse reconhecido, que não houvesse notado a minha condição de patrão, de amo, de carcereiro, de dono dos malucos que cirandavam no pátio, arrastando os chinelos, a roçarem pelas visitas as expressões vazias de pedintes. Um rapaz magro, de nariz encostado a um tronco, gesticulava a sua zanga para um espectro invisível. O senhor Moisés, já cego, passou a tactear cautelosamente com a bengala na direcção da casa mortuária: o bigode, alarmado, tremia-lhe adiante da boca como as pestanas dos insectos.

— O médico quer falar contigo.

Eu ia de férias dentro em pouco. Os membros doíam-me de cansaço, um lento torpor de lassidão, de indiferença, trepava-me dos tornozelos para o ventre, e espalhava-me na barriga as suas asas moles. Principiava já a desinteressar-me de Lisboa, do hospital, do trabalho, as minhas filhas sorriam no pinhal da casa na praia, a oeste o sol escorregava, cor de laranja, sobre a água, a mãe colocava os pratos do jantar na toalha de plástico de ramagens. Eu ia de férias dentro em pouco e cagar-me, durante um mês, para a miséria, para a decrepitude, para a nojenta hipocrisia do asilo, derramado numa cadeira de lona junto à porta da garagem, a ver o sol tornar-se branco como a testa dos mortos. Estava-me nas tintas para o Durand, o Baleizão, o Agapito, o Luís: se não fizessem o favor de morrer encontrá-los-ia um mês depois, implorativos e humildes, solicitando teimosamente a alta que não queriam, ou que eu não queria que de facto, genuinamente, quisessem. Os funcionários iam e vinham do refeitório do pessoal à maneira de um carreiro cabisbaixo de formigas: Vou para a praia, pensei eu olhando-os, vou safar-me desta chiça por um tempo, safar-me deste manso Tarrafal, deste inferno patético, do meu monótono ofício de distribuidor de pílulas. Safar-me antes que os testículos do Baleizão cheguem aos joelhos por via da hérnia, ou o cego Lino se dependure de uma trave, com os sapatos podres de velhice à altura do meu queixo espantado.

— O médico quer falar contigo — repetiu o servente vesgo, inabalável.

A sua enorme mão de camponês, de pescador, de operário, nítida e grossa como as raízes do sangue, anzolava-me o sovaco como os ganchos cromados dos talhos as carcaças dos porcos, difundindo em volta um fedor gorduroso de lama. Não me achava habituado a que me falassem assim, a que me puxassem pela axila, a que me empurrassem à força na direcção dos gabinetes, por entre o rebanho dos automóveis sob as árvores, pastando as próprias sombras numa serenidade herbívora. As pálpebras dos faróis seguiam-me em silêncio, desinteressadas. Este gajo não está bom da cabeça, pensei eu, o contacto com os malucos virou-lhe a pinha do avesso: o homem passava oito horas seguidas numa enfermaria, a lavar o chão, a servir almoços, a fazer recados, a raspar nas paredes as costas embaciadas de suor: era na realidade tão prisioneiro como os outros, os que cambaleavam de cama em cama, em ceroulas ou em cuecas, tentando acender cigarros de jornal em fósforos apagados, e as suas pupilas estrábicas zebravam-se por vezes desses estranhos, inquietantes arrepios amarelos que se encontram no pêlo dos cães, quando uivam, no escuro das ruas, no seu lancinante pavor. Este gajo não está bom da cabeça, pensei eu, é dos malucos ou do calor do verão, pode ser que os vesgos sejam diferentes da gente e sintam as coisas insólitas, torcidas ou estiradas como os objectos que os ilusionistas extraem dos tubos forrados de estrelinhas, e que a pouco e pouco alargam e incham, soprados de dentro por uma boca invisível.

— O médico fartinho de perguntar por ti e tu repimpado no muro no xarope.

Abrandou o andamento para ultrapassar uma carroça com uma lanterna vermelha a oscilar entre os varais, e escutava a terra do Alentejo respirar pela janela aberta, morna e ampla como um grande peito adormecido. As silhuetas dos arbustos fugiam para trás, muito direitas, à laia dos bonecos de tiro nas feiras, as estrelas agrupavam-se por cima da sua cabeça em constelações indecifráveis. Tinha a impressão de que dezenas de animais amedrontados o espiavam da erva movendo para trás e para a frente os focinhos molhados de terror. O servente empurrou-o ao longo de uma espécie de jardinzito bordado de bancos de pedra e de canteiros de couves roídas pelos caracóis, onde meia dúzia de catalépticos, de queixo nas mãos, fumavam num silêncio opaco, ou coçavam as canelas no resignado desespero dos saguins enjaulados. Debaixo de um telheiro de zinco um lázaro desabotoava a breguilha de outro, e ambos arrulhavam, pelo bico dos beiços, uma sopa confusa de frases. O servente apartou-os com uma palmada, um dos tipos principiou a gemer, e ele decidiu Em chegando à sala de pensos mando enfiar-te uma ampola no cu para aprenderes, não pela bofetada nos doentes mas pelo que considerava uma intolerável falta de respeito em relação ao seu estatuto de psiquiatra: como todos os conservadores envergonhados aceitava a familiaridade dos subalternos desde que proviesse de uma concessão sua, parcimoniosamente distribuída. No entanto, qualquer coisa de indefinido o inquietava: um enfermeiro cruzou-se com ele sem o cumprimentar, um asilado, o Rainho, não se ofereceu, como de costume, para derrubarem em conjunto o governo. O vento nas folhas das árvores possuía uma tonalidade diversa da habitual, mais cava e mais grave, como um sussurro de violoncelos. Um repulsivo e açucarado cheiro de caserna ondeava no corredor, idêntico a um bicho míope a tropeçar nos azulejos, sem destino. O servente estrábico enxotou-o para o interior de um gabinete, e dobrou-se pela cintura em vénias de mujique:

— Ora aqui tem o passarinho, senhor doutor.

Era uma das salas de consulta habituais, pintada de verde e de branco, de um verde feio e de um branco triste, desconfortável e poeirenta, com o pequeno lavatório no canto, o armário de vidro das histórias clínicas, um calorífero ferrugento imemorialmente avariado, e uma enorme secretária de pau por detrás da qual se instalava, numa cadeira de braços, o assistente, rodeado de três ou quatro aprendizes que me miravam numa curiosidade intrigante. Sorri para o colega a palpar o sovaco que me doía, e designei com o vértice do queixo a porta que se fechava com respeitosa cautela:

— Ali o estrábico não está bom dos pinchavelhos. Subiu-lhe o manicómio à cabeça.

Os aprendizes agitaram-se de imediato como papagaios num poleiro, olhando-se de soslaio uns para os outros numa cumplicidade que me irritou. A poeira do pátio coçava-se no vidro sujo da janela:

— Senta-te aí — disse o psiquiatra examinando uma ficha.

A única cadeira livre era a cadeira dos malucos, do outro lado da mesa: assim que eles se começarem a agitar atire-lhes com a secretária para cima, recomendava um especialista de Santa Maria aos seus internos, a maneira de lidar com eles é atirar-lhes a secretária contra o corpo e chamar imediatamente a enfermeira de serviço: esmagá-los como percevejos, percebe? Isto parece uma brincadeira de mau gosto, pensou ele, dá ideia que o percevejo sou eu.

— Então, rapaz? — perguntou o psiquiatra com um sorriso oleoso. Os aprendizes, sedentos de saber, inclinaram-se para a frente a fim de não perderem um cisco da conversa. Uma horrível gravata de ramagens doiradas e castanhas cintilava por baixo do sorriso. Os botões de punho do clínico eram duas enormes pedras de vesícula, amarelas. Se queres chuchar comigo estás feito.

— Então o quê?

O psiquiatra desembrulhou um rebuçado peitoral, observando-o sempre. Um dos aprendizes acendeu o cachimbo: o primeiro fósforo quebrou-se e o tipo guardou-o cuidadosamente na caixa. Um suave aroma de eucalipto impregnou-lhe as narinas de sugestões de mar, e ele recordou o azul extraordinariamente límpido e triste das tardes de verão. Recordou os paus de barraca erectos na praia deserta, apontando as nuvens do crepúsculo. Recordou o vento da vazante ao rés das rochas e os caranguejos minúsculos, vermelhos escuros, ocultos nos cabelos dos limos.

— O que estás a sentir? — disse de repente um dos aprendizes. Possuía uma voz desagradável como o raspar de uma faca num prato, e o nariz subia e descia à laia de um focinho aflito de coelho.

— A lembrar-me de setembro — respondeu sem pensar. — A lembrar-me do mês dos meus anos e do equinócio do mês dos meus anos, das ondas a quebrarem os dentes na muralha em mil fragmentozinhos de osso, leves e salgados sobre a pele. A lembrar-me das aves de cauda branca que pulam de penedo em penedo e sacodem as asas húmidas, muito dignas, no gume das rochas.

Mas de repente veio-lhe à ideia que era psiquiatra, que pertencia à mesma categoria profissional do assistente, e o outro um psicólogo qualquer que terminara talvez o curso no ano anterior, um mero aprendiz de carcereiro sem direito a uma satisfação sequer.

— Bardamerda — declarou para o coelho, o qual, imperturbável, se apressou a anotar a sua resposta num bloco timbrado.

— Bardamerda — repetiu pensativamente um segundo aprendiz como se tomasse o peso a uma palavra nova, como se a língua dele fosse o prato de uma daquelas balanças de liceu em que se depositam lasquinhas ridículas de minerais, sob o olho geológico do professor. Extraíam-se com uma pinça as décimas de grama de um estojo de madeira. Foi nesse ano, verificou, que eu fui pela primeira vez ao Cem, com o Ismael, que já fazia a barba e trazia o retrato da namorada na carteira. Ao despirmo-nos no vestiário da ginástica, o Ismael explicava-me o jeito de meter a mão entre as coxas de uma rapariga: Faz-se assim com o mindinho, topas? e a unha avançava e recuava diante da minha boca estupefacta. Nunca cheguei a fazer assim com o mindinho: os bons conselhos acabam sempre por se perder.

O psiquiatra lançou um soslaio de entendimento às suas tropas e esticou a gravata de ramagens na urbanidade complacente que se usa com as crianças malcriadas:

— Aqui o senhor doutor perguntou-te o que sentias.

As sílabas saíam-lhe dos beiços redondas, leves, sem arestas, e vinham estalar cá acima, à superfície, desfazendo-se como os dentes do mar se desfazem no dorso rugoso da muralha. Por momentos apeteceu-me estender-me ao comprido da sua fala à laia de um corpo nu na pele de metileno das piscinas. Estender-me a pensar em setembro e nas grandes ondas mansas do equinócio, quase lilases sob o azul extraordinariamente límpido e triste das tardes de verão. Queria dormir no aroma de eucalipto do rebuçado peitoral, que pairava ainda no gabinete como a infância ciranda, de sala em sala, pelas casas antigas, idêntica a um pavio aceso. Um enfermeiro abriu de súbito a porta, fitou-me, exclamou

— Ah, já caçaram o melro

e tornou a fechá-la a um sinal de sobrancelhas do psiquiatra. É absolutamente necessário não os excitar, perorava o especialista de Santa Maria, para que nos não obriguem aos meios extremos: lançar-lhes, por exemplo, a secretária para cima como percevejos; ou aplicar-lhes electrochoques; ou metê-los numa camisa de forças. Apesar de tudo são seres humanos, acrescentava. Perturbados mas humanos. Diferentes de nós. Uma grande placa de caliça do tecto parecia prestes a descolar-se e formava como que uma cicatriz saliente junto ao candeeiro, uma cicatriz irregular idêntica ao desenho de um continente num mapa: a humidade devia insinuar-se no interior do edifício como um cancro, corroendo o cimento e a madeira. Um dia destes acabamos todos debaixo de vigas poeirentas, médicos, enfermeiros, asilados, ampolas e pílulas: talvez que sobeje um frasco de xarope e uma gravata de ramagens, sinais risíveis de uma época defunta, com o homem que se julga aeroplano a esvoaçar por cima, planando como um abutre sobre o manicómio devastado.

O coelho regressou à carga com a sua vozinha inoxidável:

— Perguntei-te o que estavas a sentir.

Há qualquer coisa de idiota nisto, pensou ele, qualquer coisa de infantilmente parvo que toda a gente, do estrábico a estes artolas, dá ideia de tomar a sério.

— Qual é o gozo? — disse para o colega que parecia aguardar a sua resposta, de caneta em punho, com intenso interesse.

— Que dia é hoje? — atirou-lhe o outro, de chofre. E para os lados, didáctico:

— A primeira coisa a fazer é pesquisar a orientação no tempo.

O terceiro aprendiz apressou-se a tapar a agenda com a data, lançando-lhe em cima uma tradução brasileira rasca de Freud, de páginas repletas de marcas de várias cores. Um vapor psicanalítico escapava-se, desagradável, da lombada, como de um molho excessivamente gorduroso: devia haver um retrato do autor lá dentro, a mirar com os seus olhos de antílope magoado o complexo de Édipo do fotógrafo. Se um dia me mumificarem assim, morro outra vez, decidiu ele. E imaginou-se a posar de sobrecasaca, muito rígido, num estúdio repleto de focos poeirentos, diante de um sujeito míope, de barbicha. — Dia de te armares em esperto, meu padreca — declarou ao psiquiatra. Os aprendizes escreviam febrilmente, radiantes. Um deles virou a página num ruído escolar de bom aluno.

— Onde é que desencantaste estes guarda-livros?

A gravata de ramagens recostou-se para trás numa satisfação digestiva:

— Psicose paranóide — informou o sujeito como se berrasse Fogo! a um pelotão de execução. — Agressividade, delírio de grandeza, alucinações. Caso comum: cuida-se psiquiatra.

E ele percebeu que os aprendizes escreviam à uma Psicose paranóide nos seus blocos, do mesmo modo que as bailarinas do casino levantam sincronizadamente a perna. Isto está a ir longe demais, decidiu. Procurou os cigarros nos bolsos para se conceder tempo de pensar mas não havia bolsos: os dedos esbarraram, cegos, de encontro a uma resistência de cotão. Olhou para baixo, surpreendido: tinham-lhe substituído a roupa pelo uniforme hospitalar, comprido e hirto como as vestes dos judeus. As letras HMB imprimiam-se a vermelho no cinzento das calças: pareço um rabi num gueto, um rabi chamado aos SS para dar conta de si próprio e dos outros, dos que passeiam lá fora, rente aos muros, as feições desabitadas dos prisioneiros.

— Dá-me um cigarro — pediu ao psiquiatra. E reparou que a sua voz adquiria o tom suplicante e humilde dos doentes, que tantas vezes sacudia de si como moscas incómodas. Estendera os dedos por sobre a secretária na direcção da gravata de ramagens e implorava um cigarro, uma ponta de cigarro, a esmola de um novelo consolador de fumo pela garganta abaixo. As pontas acesas de tabaco eram as únicas estrelas que no hospital se conheciam.

— Alternâncias características de agressividade e submissão — observou o psicólogo do cachimbo, chupando, de bochechas cavadas como godés, o fornilho apagado.

— Graves problemas de identificação com a imagem paterna — sugeriu o coelho.

O psiquiatra varreu as considerações dos discípulos com as costas da mão e sorriu: duas florinhas de saliva surgiram, a espumar, nos cantos dos beiços:

— O António não quer dizer o que está a sentir?

Os chinelos de lona apertavam-me os pés, os testículos comichavam. Alguém me roubara a roupa, os atacadores, o cinto. A costura do pijama doía-me nos rins.

— Sou médico — informei num murmúrio. — Sou médico aqui. Trabalhámos juntos, participámos juntos em reuniões comunitárias, herdei doentes teus.

— Actividade delirante actividade delirante actividade delirante — grasnou o cachimbo num júbilo insuportável.

O admirador de Freud uniu as cabeças dos dedos e desceu as pálpebras com unção recolhida:

— Introjecta por incapacidade de competir. Este homem é uma personalidade oral.

— Oral ou não vamos dobrar-lhe a dose — resolveu o psiquiatra premindo a campainha.

— Sou médico, estou inscrito na Ordem, pago as quotas — argumentou de mão estendida para o maço de cigarros da gravata. Kayak mentolado: tira a tesão. De qualquer das maneiras se me dobram a dose perco-a na mesma: os remédios do hospital capam um exército inteiro, transformam as pessoas em tristes bois castrados e pacientes, mugindo na cerca a sua mágoa mansa. Talvez que lhes apetecesse ganir, uivar, latir, estrangular os enfermeiros, quebrar os vidros das janelas. Talvez que lhes apetecesse morrer mas os remédios do hospital capam até a simples, raivosa, natural, quase agradável vontade de morrer, param o sangue nas artérias, suspendem os gestos, engelham os sorrisos, reduzem os passos a um cambaleio hesitante de criança: os manicómios não passam de hortas de repolhos humanos, de miseráveis, grotescos, repugnantes repolhos humanos, regados de um adubo de injecções. Desceu as nádegas da cadeira até se colocar de joelhos no linóleo:

— Não quero ser boi, não quero ser legume, não quero deitar-me lá fora ao sol como os cadáveres dos desastres alinhados nos carris. Não quero as visitas aos domingos, os passeios ao Jardim Zoológico, o programa de Natal na televisão. Não quero jogar as damas com os defuntos.

— Esquizofrenia? — inquiriu o cachimbo ao assistente, erguendo uma sobrancelha sábia. Durante o curso estudara com certeza os apontamentos todos, decorara dezenas de sintomas, e esforçava-se agora por os articular, sem sucesso, num mosaico coerente.

— Linguagem estranha, absurda, sem contacto com a realidade — apoiou o Freud. — Fala de legumes e de bois.

As florinhas de cuspo do sorriso aumentaram num desabrochar repelente, como o das plantas que se alimentam dos sucos gelatinosos dos caixões:

— Dobra-se a dose a ver. E tira-se-lhe a roupa não vá ele pirar-se.

O Sequeira, lembrei-me: mandei que deixassem o Sequeira em cuecas, fechado à chave, para não fugir. O Sequeira e as suas pernas magras, a fala embrulhada, os projectos grandiosos, o velho tio anarquista de bigode branco a mostrar o cartão sindical a toda a gente: O comunismo libertário, senhor doutor, há-de salvar o mundo. O Sequeira, em cuecas, fitava-me por detrás dos vidros como um animal preso, tinha uma fisga de plástico pendurada no cordão de prata, a boca abria-se e cerrava-se em palavras que eu não podia ouvir. Escapava-se para casa da mãe e iniciava de imediato uma frenética actividade de negócios impossíveis, passava cheques sem cobertura, contactava lojas, vendia centenas de equipamentos desportivos que não tinha, oferecia casamento na rua às mulheres que topava. Lembrei-me do Sequeira, nu, sentado na cama, a tremer, olhando-me por detrás dos vidros como um animal preso, um pobre animal preso sem defesa. E comecei a chorar em silêncio diante do psiquiatra, sentindo as lágrimas descerem-me pela cara como as gotas de humidade que procuram caminho nos azulejos da parede, babando atrás de si rastos pegajosos de caracol.

— Labilidade emocional — verificou com desprezo o cachimbo como se me observasse à lupa. — Manifesta labilidade emocional.

— Estes doentes têm muitas vezes reacções imprevisíveis — explicou o médico. — Nunca convém falar com eles a sós. Comover-se é o menos mas com a agressividade não se brinca. Ainda outro dia levei um pêro de surpresa no corredor.

O Sequeira morreu meses depois, de repente, na rua, numa dessas transversais pequeninas perto do asilo, repletas de vendedores ambulantes, de crianças, de octogenários, de ferrugentos triciclos de bilhas de gás a cavalo no passeio: sífilis. Algumas injecções de penicilina teriam bastado para o curar, mas eu preocupava-me apenas em mandar tirar-lhe a roupa e em fechá-lo na enfermaria deserta. Na cama ao lado um negro enorme urrava o dia inteiro, exigindo a alta, a brandir uma muleta de inválido:

— Fodo os cornos do primeiro que se aproximar.

O Sequeira pousava o cigarro num prato amolgado de alumínio, e erguia para mim, seu dono, as pupilas submissas de cão: posso fazer o que me der na gana a estes gajos sem que nenhum dedo se erga para protestar: posso leucotomizá-los, roubar-lhes a potência, proibi-los de comer, esquecer-me deles. Posso não vir semanas o fio ao hospital. Posso interrogá-los acerca dos assuntos mais íntimos de um homem, dos seus segredos, das suas envergonhadas misérias, posso impingir-lhes as minhas certezas de plástico, a minha torta visão do mundo, a grandiosa pompa oca dos meus discursos. Empurrar-lhes a secretária para cima como percevejos. A voz de faca raspou-me de súbito as terrinas das orelhas:

— Como te davas em pequeno com os teus pais?

O vento de verão ergue de tempos a tempos pequenos redemoinhos de pó e folhas que giram furiosamente no pátio, embatem nas janelas, nas esquinas das paredes, nos troncos dos plátanos, desmaiam no sol verde de julho, mole e inchado como um furúnculo de luz. Via-os erguerem-se, oblíquos, junto ao edifício da 5.ª e da 7.ª, arrepiarem a relva, crescerem nos taludes, engolirem os asilados estendidos à sombra, chupando as suas beatas de jornal. Uma boina, solta, dançava no ar. O alumínio do céu devolve os nossos rostos deformando-os, raiados de veias, como se as nuvens palpitassem de uma espécie de sangue. O Freud bateu com o dedo na secretária a chamar-me a atenção:

— O senhor doutor perguntou-te como te davas em pequeno com os teus pais.

Em pequeno com os meus pais era pequeno demais para lembrar-me. Havia Lagos e não me recordo de Lagos, do mar, da minha mãe jovem. Pessoas intemporais passeiam-me vagamente na memória, a figueira sobre o poço oscila ainda os ramos desfocados, a criada do abade, de mãos cruzadas sobre o avental, sorri. Não, espere, o meu irmão caiu um dia ao tanque, debatia-se nos limos, entre os peixes. Comecei a gritar. Vestiam-nos de igual antes da longa e dolorosa saga de herdar a roupa dos tios. A costureira que lá ia a casa comia em cima da máquina, num tabuleiro, de costas curvadas para o prato. Às vezes sentava-me nos degraus de pedra do quintal, junto à janela para a rua, e apetecia-me chorar. Sem motivo: chorar. Tinha seis, sete, oito anos, não sei bem. Se não se importa dê-me um cigarro. Mesmo hoje me acontece essa comichão na garganta, essa aflição, o corpo de repente tenso, duro, grávido de uma angústia inexplicável. Aos domingos à noite, por exemplo, quando tudo se torna absurdo, ridículo e triste, e me assemelho a uma múmia acocorada no chão da cozinha, à espera, vem-me à ideia o miúdo nos degraus do quintal, repleto de uma melancolia suave e cruel. E no entanto (você nunca entenderá isto) acho que em certo sentido era feliz: não ia morrer, a minha família gostava de mim, assistia ao caseiro a compor as plantas com os grossos dedos inexplicavelmente delicados, compor uma planta como uma estátua viva, de carne. Pétalas, sépalas, estames, troncos direitos, frágeis, de mulher. Quando o avô morreu o Pedro chegou a casa a correr: tinha já quase voz de homem nessa altura e os olhos dele pareciam dois pingos de verniz. Estão a comprar o caixão para um de nós. De facto, apesar do receio do escuro, da minha solidão selvagem e da falta de massa, era feliz: como diria o Pop Kramer, vivíamos sob o olhar de Deus.

— Não se tira muito mais dele hoje — informou o psiquiatra para os carcereiros estagiários que inscreviam aplicadamente nos seus blocos sugestões e dúvidas. Um deles sublinhava certas palavras com o lápis que segurava atravessado nos dentes, como um freio. — Quando as gotinhas começarem a fazer efeito repetimos a entrevista. Vocês vão ver como tudo isto sai diferente.

Querem mudar-me a infância, pensou ele, torná-la asséptica, despovoada, inabitável. Querem roubar-me os bibelots do passado, a comunhão solene, a primeira masturbação, os Três Vintes clandestinos das férias grandes, transformar-me a vida num quarto de hotel impessoal e feio, com flores de pano na mesa de cabeceira e a espiral apagada do radiador num canto: afasta-se a cortina e a Filipe Folque, lá em baixo, mira-nos com as inexpressivas, ocas órbitas murchas das estátuas. As cabeças das pessoas vistas do alto, as calvícies, as raízes grisalhas do cabelo. A merda branca dos pássaros no tejadilho dos carros, nos telhados. As árvores lívidas, fatigadas, da manhã. Querem roubar-me a ansiedade, o medo, a alegria, oferecer-me ao fim-de-semana um maço de cigarros pequenos, mata-ratos, que penetram nos pulmões numa chuva de lâminas agudas, venenosas. O psiquiatra carregou na campainha atrás de si para chamar o enfermeiro, os aprendizes fecharam os blocos de apontamentos à maneira de alunos depois de uma aula acabada, e ficámos em silêncio, imóveis, à espera, ouvindo o sopro feminino do vento contra os caixilhos das janelas, ou o rumor de minúsculos sinos de vidro das folhas dos plátanos, que se entrechocavam no ar côncavo da manhã, da cor dos seixos dos rios. O tipo das perguntas da infância batia o cachimbo apagado na sola. O psiquiatra sorria. Como é que a mulher dele aguenta este sorriso eterno, pensei, esta infinita compreensão, esta indulgência sem limites? E imaginou o sorriso mastigando, inalterável, o jantar, ou defronte da televisão, ou a fazer amor, de luz apagada, ao cintilar no escuro, eriçado de uma fieira dupla de gigantescos dentes. O sorriso ocupava o gabinete inteiro despedindo em redor um fresco bafo de rebuçado peitoral, um sopro de eucalipto, um vento de hortelã, e ele afastou instintivamente a cadeira para se furtar um pouco a esse aroma que o perseguia, espesso e denso como o relento dos mortos.

— Nunca vi nenhum doido — disse alto — mas se existem doidos você sorri e fala como eles. Às vezes, sabe como é, no Campo Grande, num sinal vermelho, surge do passeio um bando de internados do Hospital Júlio de Matos, armados de panos imundos, para limparem os vidros dos automóveis parados. Acenam o pano num braço, pedem esmola com o outro, possuem rostos vazios e desertos como placas de pedra, mas se por acaso sorrissem sorririam como você o riso torcido e mau dos defuntos. Deviam tirar-lhe a roupa e fechá-lo em cuecas como o Sequeira, o Sequeira de mamas pendentes e peludas, sentado na borda da cama, de mornas pálpebras chorosas de cachorro.

O psiquiatra alargou mais o sorriso sem responder: aguentar a agressividade faz infelizmente parte da nossa profissão, até que se torne necessário empurrar-lhes a secretária contra o peito, dizia o especialista de Santa Maria aos seus internos; era um sujeito gordo, de cabelo eriçado, com uma eterna expressão atarefada e estúpida nas bochechas inchadas. O mau gosto da gravata de ramagens doía-me como um grito aberrante, o riscar do giz mal talhado numa ardósia, uma unha comprida na parede: um percevejo pomposo cercado de percevejos pomposos, sugando pomposamente o nosso sangue. Um dos insectos levantou-se para ensaboar as mãos no lavatório do gabinete, sob o espelho oblíquo e ligeiramente turvo como um mar irreal, e a água esguichou dos canos aos arrancos, em sucessivas cuspidelas castanhas da raiva, acompanhadas de borborigmos que se assemelhavam às hesitações de um motor. A gravata de ramagens desembrulhou um novo rebuçado num gigantesco ruído de papel idêntico à crepitação da caruma, e o odor de eucalipto regressou, mais forte, e com ele o cheiro atenuado e leve do equinócio de setembro, delicado como um desenho à pena japonês. O equinócio de setembro faz-me lembrar os cães das praias, oxidados do outono, a trotarem pela areia deserta em manadas cabisbaixas, lambendo as algas, os pedaços de madeira, os desperdícios que as ondas devolvem e recusam, fragmentos de pano, bichos, conchas. Os cães lambem as algas e os desperdícios, roçam uns nos outros os flancos magros salpicados de crostas de feridas, os banheiros recolhem os últimos toldos que ninguém usou, a água possui a tonalidade rósea de um dorso de criança, a respirar a medo nos limos da muralha. Um enfermeiro de barbas entreabriu a porta com a precaução respeitosa com que os padres, no altar, fazem girar os postigos dos sacrários:

— O senhor doutor chamou?

A gravata de ramagens estendeu-lhe a papelada numa urbanidade cúmplice:

— Aumentar a medicação deste sócio. E guardar-lhe a roupa de caminho: nu, sempre ficamos mais seguros que se não evapora.

O enfermeiro ecoou numa gargalhada breve aquela piada subtil:
— Alcoólico?
— Não, paranóico. Daqui a três dias estás manso como um paralítico.

E eu lembrei-me do Joaquim Carlos, do Lourenço, do Valdemiro, do D. Manuel, a cirandarem pelos corredores do manicómio de pupilas apagadas como lâmpadas fundidas, obedientes e submissos. As suas visões grandiosas, os seus fantásticos projectos, a constelação dos seus sonhos, reduziam-se a um magro presente de paredes manchadas de humidade e de bolor, dos pegajosos cogumelos cinzentos do bolor, devorando a madeira dos caixilhos com as mandíbulas pardas e moles. O Valdemiro presidia ao movimento dos astros, em sentido no pátio, à noite, a assobiar para um rebanho de estrelas. Todas as estações de rádio falavam nele (Um português comanda o firmamento), todos os jornais escreviam sobre ele, as pessoas que cruzava na rua fitavam-no com supersticioso terror, murmuravam-lhe nas costas nos cafés, nas esplanadas, nas bichas do autocarro, nos semáforos das esquinas. Trouxeram-no para o hospital, encheram-lhe as nádegas de caroços de injecções, e uma semana depois a gente, a rádio, os jornais, tornaram a ocupar-se da cura do cancro, do salto à vara, e do matemático polaco que demonstrou que um e um são sete, ao cabo de dezoito anos de estudos. As estrelas boiavam ao acaso no céu desgovernado, e o Valdemiro, fardado de uma espécie de mendigo, pedia cigarros às visitas no átrio do hospital.

Uma tarde, no Montijo, ouvi chamar por mim. Era uma voz alegre, cheia, jovial, a voz terna e quente de um amigo. Eu estava com o Jorge ao pé do rio (íamos regressar a Lisboa acabada a consulta) a olhar o lodo da margem povoado de barcaças apodrecidas em que a água penetrava devagar em escuras espirais de limos, as gaivotas esfomeadas rasando desesperadamente a erva, a cidade distante na outra margem, como que reflectida, a tremer, numa placa de estanho, à laia de um sorriso desbotado. O fumo sujo do Barreiro crescia para nós franzindo de ameaças os sobrolhos das nuvens, densas de uma aflição de tosse. Achávamo-nos ao pé do rio, a aspirar o odor putrefacto, de cadáver muito antigo, das ondas, o odor gelatinoso e açucarado das ondas, e para trás de nós um labirinto de ruelas, de travessas, de becos, de casas baixas, de armazéns, de lojazinhas esquecidas, dobrava-se e redobrava-se sobre si próprio como um punho cerrado, a apertar nos dedos um tesouro inexistente. Tínhamos acabado de escutar, no posto médico, um cortejo de longas queixas, e íamos regressar a Lisboa por uma estrada atravancada de bicicletas e de camiões, falando de Fausto Coppi, de Gino Bartali, de Charlie Gaul, o Anjo da Montanha, de Federico Bahamontes, o Águia de Toledo, do suíço Hugo Koblet que se penteava cuidadosamente antes da chegada das etapas, de Freddy Kubler, dos míticos heróis da Volta à França da nossa juventude, falando de Carl Bobo Olsen e da sua tatuagem que dizia Mama no braço esquerdo, de Sugar Robinson, de Rocky Marciano, de pugilistas e de gangsters, e nisto uma voz alegre, cheia, jovial, a voz terna e quente de um amigo, chamou por mim entre os berros das gaivotas e o monótono som de corpo morto da água, uma voz que expulsava os fumos sujos do Barreiro e ecoava de beco em beco num riso divertido:

— Já mexo outra vez nas estrelas, senhor doutor.

O Valdemiro trazia o cabelo comprido, a barba por fazer, o casaco seboso rasgado num dos ombros, as sapatilhas acalcanhadas do asilo, e sorria. Sorria junto ao rio podre do Montijo, junto às barcaças rombas afundadas no lodo, e as gaivotas agitavam-se em torno da sua cabeça redonda iluminada pelo sol da tarde, como os pombos à volta dos santos nos retábulos de igreja, os santos que parecem elevar-se no ar para se fundirem com um nada místico, possuídos por um júbilo incompreensível e imóvel. O Jorge falava de Ma Barker, de Baby Face Nelson, de Machine Gun Kelly, do grande John Dillinger assassinado à traição pela polícia à porta de um cinema, falava de Carl Bobo Olsen e da sua célebre tatuagem Mama, falava de Louison Bobet, de Geminiani, de Coppi, o Campeoníssimo, a agonizar de paludismo em África, durante um safari, à maneira dos sublimes e risíveis heróis de Hemingway, mas eu cessara por completo de o ouvir. Joe Louis, o Bombardeiro de Chicago, cujo gancho da direita atingia noventa quilómetros por hora, abandonou Walcott a sangrar no centro do ringue, sob essa violenta claridade branca que confere aos combates inesquecíveis uma espécie de auréola inapagável, e evaporou-se-me da ideia num ruído decrescente, cada vez mais longínquo, de aplausos, de assobios, dos berros roucos dos segundos. O Valdemiro, à minha frente, sorria, irreal como um anjo bêbado, como os padeiros de antigamente espalhando um pó angélico nas escadas, como um Cristo em transe a passear de sandálias freak pelas ondas, sorria e apontava o fumo sujo, avermelhado, do Barreiro, com o indicador exultante:

— Já mexo outra vez nas estrelas, senhor doutor. Repare como elas me obedecem.

Eu ia regressar a casa e encontrava-me cansado, cansado como Charlie Gaul depois do Val d'Isère, cansado como Georges Carpentier vencido por Jack Dempsey, cansado por dezenas e dezenas de monótonas queixas no posto médico do Montijo, repleto de gente exausta gasta pelos duros trabalhos da chacina e da cortiça. Doía-me o corpo, doíam-me os ombros, doía-me a cabeça, uma leve vertigem ondulava-me adiante das órbitas idêntica a um véu de celofane, o estômago, o fígado, o baço, as tripas apertavam-se-me lamentosamente de fome. A cidade, distante, tremia na outra margem semelhante a um sorriso desbotado. Ia regressar a casa a caminho da ponte, numa longa fileira de camiões, de triciclos, de motoretas, de tractores com reboque abanando-se e sacudindo-se como velhos patos orgulhosos, a oscilarem nas coxas curtas, espalmadas, das rodas. Uma sombra de pálpebras descia, oblíqua, sobre as árvores, roxa e azul como uma espécie de tristeza. Uma voz desconhecida, uma voz que não era a minha, uma voz hirsuta de carrasco, soltou-se-me da boca num sopro azedo de inveja e de raiva:

— Fugiste do Bombarda, Valdemiro.

Tinha ciúmes, na tarde pantanosa do Montijo, da alegria do Valdemiro, do seu riso sem manchas, do cabelo comprido, da barba por fazer, da miséria triunfal. Tinha nojo de me achar exausto e pálido, roído por uma profissão que me destruía, me dissolvia os ossos, me transformava numa figurinha de caixa de música condenada a dois ou três movimentos, sempre os mesmos, ao ritmo de baladas hesitantes e esquemáticas. Não tinha coragem de me pirar por meu turno do Bombarda, de me despir rua abaixo do cheviote psiquiátrico que me vestia por fora e por dentro, para passear, na cara estupefacta dos cisnes do Campo de Santana, tão silenciosos, tão educados, tão estúpidos, tão de baquelite na pele verde do lago, os trinta e dois dentes de um urro formidável. Não tinha coragem de me mandar à merda para não me mandar à merda, de mandar à merda a medicina, a psicanálise, os tranquilizantes, os antidepressivos, a psicoterapia, o psicodrama, a puta que os pariu. Recebia o cheque pontualmente todos os meses e fingia acreditar no meu trabalho. Fingia acreditar na insulina, nas curas de sono, na terapêutica ocupacional, fingia acreditar nos psiquiatras e instalava-me atrás da secretária no edifício da Caixa do Montijo, perto da escola e das amoreiras antigas do largo, a fim de receitar pílulas que ajudassem os chacineiros, as operárias da cortiça, os camponeses que aravam em vão o nevoeiro e a humidade, imersos no odor putrefacto, enjoativo, do rio, a durarem sem sonhos até à madrugada seguinte, pálida e gelada como o olhar de vidro cego dos defuntos. De modo que uma voz desconhecida, uma voz que não era a minha, uma voz hirsuta de carrasco, se me soltava da boca num sopro azedo de inveja e de raiva:

— Vais voltar comigo para o hospital, Valdemiro.

Em que ano Charlie Gaul, o Anjo da Montanha, ganhou no Val d'Isère? É verdade que Federico Bahamontes se sentava no topo das colinas, de queixo nas mãos, aguardando em silêncio, a sorrir, o pelotão atrasado? Como é que o tímido, o neutro, o apagado Roger Walkowiak conseguiu uma vitória inesperada? O Jorge conversava com as gaivotas que rasavam o lodo em bandos sôfregos de fome, debruçava-se para as plantas castanhas da margem a fim de lhes explicar o Puy de Dôme, ajeitava os óculos com o anular à laia de um professor de matemática debitando uma tabela de cossenos. As motorizadas dos jornalistas trepidavam no asfalto em busca do divino Merckx, o qual voava solitário, curvado sobre o guiador, a caminho do Parque dos Príncipes. O sorriso do Valdemiro deixou de balouçar entre as travessas, os becos, as ruelas do Montijo, na atrapalhação de casas baixas, aparentemente desertas do Montijo, impregnadas do vapor putrefacto que ascendia do rio, e deu lugar por momentos, instantaneamente, à careta de pânico oco dos internados do asilo, suplicando sob os plátanos a patética esmola de um cigarro. O Valdemiro começou a recuar ao longo do cais, pulando nas pedras soltas do piso. Uma sapatilha, solta, escorregou para a lama, flutuou um momento, desapareceu, um cão amarelo desatou a ladrar junto a uma lojazeca abandonada, o Valdemiro pedia, recuando sempre

— Não não não não não não não

e uma voz desconhecida, uma voz que não era a minha, uma voz hirsuta de carrasco, soltava-se-me da boca num sopro azedo de inveja e de raiva, vociferando

— Vais voltar comigo para o hospital, meu sacana.

O Jorge, de frente para a cidade distante na outra margem, semelhante a um sorriso desbotado, falava da misteriosa dama branca de Fausto Coppi, que o aguardava, exuberante e secreta, no termo das etapas, falava de Jacques Anquetil, de André Darrigade, de Nencini, de Luís Ocaña, de Poulidor triste como um cachorro sem raça, e eu desatei a correr desesperadamente atrás do cabelo comprido, da barba por fazer, da miséria triunfal do Valdemiro, que se escapava a tropeçar, pedindo

— Não não não não não

no odor de peixe podre das ruelas do Montijo.

De forma que quando o enfermeiro se aproximou de mim de seringa armada e me ordenou
— Ora baixa lá as calcinhas ó artista
desfiz o laço de nastro do pijama e ofereci as nádegas à agulha como se tentasse pagar um pecado inexpiável.

7.

O carro parecia vogar, a caminho de Lisboa, em qualquer coisa de morno, de comovente, de nu, como através de um corpo de mulher que dorme, estendido de bruços, no lençol de silêncio e árvores da noite. Os pássaros, transformados pelo escuro em monstruosos insectos, rastejavam aos gritos nas trevas repelindo-se e chamando-se, riscando a ardósia dos campos do zunido de giz vermelho das antenas. O céu oscilava como o tecto de uma cave em que as vozes e os passos circulam no primeiro andar, a sacudirem o estuque sob o seu peso subitamente enorme, e eu pensei Estou de novo na Beira, deitado na cama, a ouvir despeitado os risos, as tosses, as palavras confusas das pessoas crescidas lá em cima, os sapatos do avô que rangem nas escadas na timidez retraída, quase súplice, dos surdos. Pensei O que me oprime é o peso da Beira contra o peito, as têmporas, a curva que incha do meu ventre, esse peso de intermináveis crepúsculos e de melancolias de infância, sobre o perfil enorme da serra. É o avô com a mão em concha na orelha que tenta escutar em vão, de pé no meio da sala, as conversas ciciadas das figuras dos retratos, olhando-o para lá do vidro com órbitas de gato moribundo. Mas a bomba do poço não guinchava no quintal, nenhuma chávena brilha no aparador, o cheiro da vinha não crescia em ondas açucaradas, pegajosas, até mim, num cambaleio de mar. Um odor diferente, liso, igual, mole, distraído, um odor de útero, um ilimitado vazio em que as oliveiras se agitavam brandamente numa inquietação aflita, alastrava ao rés da terra à laia de uma toalha de nevoeiro, afogando os gritos dos ralos e o invisível assobio das estrelas nos novelos confusos das árvores. Não sentia o tremor, o medo, o indefinível receio que as noites da Beira invariavelmente me provocam, erguidas como paredes verticais, impossíveis de abater, diante das minhas mãos suadas. Não sentia a torturada angústia dos castanheiros a acenarem nos caixilhos das janelas os braços verdes e negros, chamando-me para vaguear com os espectros dos cães, das galinhas, das pessoas, os espectros dos espectros, pela extensão ondulada dos pinhais percorridos por tumultuosos e mudos rios de sombra. Não sentia o vento no topo pálido dos eucaliptos, a afastar as folhas prateadas e estreitas em busca de qualquer coisa que perdera: achava-me à entrada de Grândola, na direcção de Lisboa, vogando num gigantesco corpo morno, comovente e nu de mulher, O Alentejo de bruços no lençol de silêncio do escuro. Achava-me nas redondezas de Grândola, a caminho do Canal-Caveira para jantar, e cruzava a vila como o anjo da morte as cidades condenadas, abandonando um rastro carbonoso de fumo pelas ruas desertas. Os faróis inventavam do nada à minha frente portas, janelas, uma estação de caminho-de-ferro, ângulos de jardim que o verão murchara do mesmo modo que os anos esvaziam um seio da sua luminosa espessura de leite, e eu imaginava-me a viajar no interior de um cenário de madeira e de cartão, do outro lado do qual se escondiam decerto instrumentos de carpinteiro, latas de tinta, as cabeleiras postiças dos actores, humildes como pêlos púbicos sem uso. O cenário desdobrava, sempre igual, o seu túnel de paredes desenhadas, uma montra fitava-me de repente, aclarada por grinaldas de ténues lâmpadas coloridas, uma bomba de gasolina espetava na minha direcção a tromba curva da mangueira, e a bexiga doía-me docemente de vontade de urinar, balindo nas minhas entranhas gemidos suaves de criança, os gemidos de uma criança com febre chorando baixinho no seu sono.

Mijo no restaurante do Canal-Caveira, decidiu ele, numa retrete nauseabunda atulhada da merda imemorial dos comensais, que deixa na loiça dedadas arrastadas e sujas de Arquivo de Identificação, que nenhuma água limpará. Mijo no restaurante do Canal-Caveira, onde me sentarei diante do bife do ano passado com o fastio do ano passado nas tripas, recusando as batatas fritas da travessa num enjoo imenso. Sento-me sozinho à mesa e fico, de cotovelos na toalha, a sorrir e a inclinar a cabeça para os frequentadores que conheço, à espera de uma companhia que não chega, afogando cigarro após cigarro no resto de café do cliente anterior, que me aqueceu o banco e me abandonou na toalha uma aljubarrota de pratos desbastados. E lembrou-se do jantar dos doentes no hospital, às seis ou sete da tarde, em refeitórios húmidos e tristes, por entre cujas mesas os enfermeiros circulavam com os copinhos de plástico das medicações, distribuindo, de avental, gotas e pílulas. Os asilados comiam em silêncio como as vacas nos estábulos, presos por argolas que se não viam aos azulejos da parede, entornados nos pijamas à maneira de bonecos de cera em rígidos moldes de cotão. Comiam em pratos de folha, em púcaros de folha, com talheres de folha, comiam e olhavam para mim, enquanto mastigavam de queixo rente à pedra da mesa, com a expressão implorativa e medrosa dos cães debruçados para as tigelas de arroz junto ao tanque de lavar roupa do quintal. São homens, pensava eu, homens destruídos pelas pastilhas, pela miséria, pelos seus tristes fantasmas, homens que a pouco e pouco se parecem com esquisitos bichos, com desesperados, obedientes, estranhos bichos girando na cerca à laia dos animais nas grades do Jardim, de expressões trituradas pelo desinteresse e pelo medo. Uma espécie de repugnância, de nojo, de zanga crescia em mim numa onda de marés, e apetecia-me empurrá-los, Joana, apetecia-me bater-lhes, apetecia-me enxotá-los na direcção do portão, apetecia-me insultá-los até que recuperassem a insolência, o desafio, o orgulho, o desprezo, a firmeza, até que levantassem o queixo da mesa e me fixassem, no refeitório nauseabundo e húmido, sorrindo de altivez e de sarcasmo.

Sentado no restaurante do Canal-Caveira, de cara nas mãos, afogava cigarro após cigarro no resto de café do cliente anterior, na pasta escura, amarelada de açúcar, do cliente anterior, a ouvir sem entender o ruído gritado das vozes, das pequenas discussões, das conversas. Tinha passado os campos de Grândola talhados nas trevas como órbitas ocas em cujo bojo as árvores e os insectos invisíveis se agitavam com misterioso furor, e onde o céu se aparentava a um largo, ilimitado estuário ao mesmo tempo turbulento e imóvel, tinha passado a vila de cartão que os faróis obrigavam à rigidez de cenário de uma peça acabada, e achava-se no refeitório do asilo, de pé no meio das mesas, observando com alheada indulgência o meu rebanho de condenados, enquanto outros jantares, noutros lugares, noutros anos, me apareciam e desapareciam, confundidos, na memória, tal a sobreposição de imagens num filme que houvesse abolido, de súbito, o tempo e as distâncias: um luxo que os asilados se não podem consentir porque os amputámos do passado e do futuro e os reduzimos, por meio de injecções, de electrochoques, de comas de insulina, a bichos obedientes de expressões trituradas pelo desinteresse e pelo medo.

De pé no meio das mesas aspirava o relento do urinol vizinho, em que se mijava contra placas de pedra ao longo das quais escorria, por intermédio de um sistema ferrugento de tubos, uma baba musgosa de água que arrastava molemente os cagalhões por um veio de cimento, na direcção de um ralo improvável: e pareceu-me, fitando as fezes que boiavam devagar, que elas giravam interminavelmente em círculo no asilo, através dos quatro ou cinco andares do asilo, da horta, da farmácia, da cozinha, do salão nobre, da capela, giravam em círculo empestando tudo do seu odor podre, exalando um grosso aroma de cárie envenenada, idêntico ao dos mortos em África, nos caixões de chumbo, a decomporem-se na arrecadação como alimentos estragados.

— Podemos comer os mortos? — perguntei uma vez ao cabo que

tentava vedar a maçarico as fendas de uma urna. Se comermos os mortos livramo-nos do cheiro: podemos finalmente dormir sem que o cheiro nos acorde, a meio da noite, a sacudir-nos os ombros com as mãos pegajosas e nojentas.

E lembrei-me de uma mulher me contar que em pequena a levavam de visita ao jazigo dos pais no dia de Finados. Enquanto as pessoas punham flores nas jarras de vidro, as flores melancólicas e inúteis que os cadáveres recebem de presente e aceitam sem protestos, nessas manhãs de novembro de um branco acinzentado idêntico à lividez das cicatrizes, ela aproximava-se dos féretros alinhados nas prateleiras de mármore com as suas pegas de prata e os seus crucifixos oxidados, batia com os nós dos dedos no caixão da mãe, escutava atentamente o som oco da madeira, e pensava no interior de si mesma, muito alegre

— Não está ninguém lá dentro

como quando se toca com uma faca numa garrafa vazia e uma ausência de líquido nos responde.

— Podemos comer os mortos? — perguntei ao cabo que cerrava os olhos para se proteger da chuva de faíscas do maçarico, cuja língua de fogo amarela e verde, da forma aproximada de uma amêndoa, dobrava lentamente o metal. Era a urna do Pereira que estoirara num acidente de unimogue ao termo de vinte e quatro meses de guerra, e possuía o sorriso inocente e sabido dos meninos pobres.

— Porque é que em lugar de lhes dar comida — sugeri ao enfermeiro que distribuía o almoço — não os manda devorarem-se uns aos outros? Tenho a certeza de que lhe obedeciam se os mandasse devorarem-se uns aos outros: todos os animais obedecem aos donos.

No restaurante do Canal-Caveira as mulheres e os homens simulavam uma espécie de distracção, de divertida alegria, e eu sabia, afogando o quinto cigarro na chávena de café que não bebera, que se mastigavam na verdade a si mesmos como se os dentes se voltassem para dentro a fim de lhes roer a cara, os ombros, o pescoço, o pedaço de peito que as camisas abertas exibiam. A pouco e pouco, a noite do Alentejo, nítida e clara como um rosto sem nuvens, deu lugar à noite húmida de Sintra, poisada como um véu molhado na superfície transida das coisas. Os vidros embaciados dos automóveis adquiriam reflexos opacos de bule. Dos ramos depenados das árvores dependuravam-se enormes frutos translúcidos de água, que baloiçavam como lâmpadas dos fios. No claustro do palácio da vila passavam fantasmas fosforescentes de pajens, segurando gigantescos candelabros de estanho nos pulsos estreitos. Os médicos, os enfermeiros, as assistentes sociais, os psicólogos, os terapeutas ocupacionais reuniam-se para uma dessas comemorações confusas, um aniversário, uma despedida, uma promoção qualquer, que servem usualmente de pretexto para uma ilusória sensação de camaradagem, num súbito júbilo de guardas prisionais em férias, vestidos como para um casamento sem noivos, em que parece aguardar-se, a todo o momento, a chegada de um véu branco.

Sintra é um aquário, Joana, o fundo do mar povoado de casas antigas imersas na ondulação do nevoeiro, em que peixes cor-de-rosa e azuis flutuam por entre as cómodas, os retratos, o perfil geométrico dos armários, balindo suavemente como um rebanho de ovelhas, fusiformes, de longas pestanas trémulas e atentas. A luz não vem do sol mas das árvores, oblíqua e imóvel, uma claridade que se diria nascer dos nossos próprios ossos, dos nossos próprios dentes, dos nossos cabelos, dos nossos gestos, das palavras que dizemos, e se espalha em círculos concêntricos no ar, rodopiando e vibrando, à maneira de uma folha enorme.

— Não é verdade que estás farto do rancho e te apetece mastigar um pedaço do ombro do Pereira? — perguntava eu ao cabo que soldava o caixão a maçarico, inclinando a cabeça para se proteger da chuva de faíscas que saltavam, prateadas, do chumbo, idênticas a minúsculas pétalas de fogo. — Porque é que não abrimos a urna e comemos ambos um pedaço do ombro do Pereira? Ainda deve haver cerveja lá em baixo, cerveja morna, da que deixa na barriga como que um lastro de lodo. Porque não vais buscar cerveja lá abaixo para acompanhar o ombro do Pereira?

— Não está ninguém lá dentro — repetia a miúda batendo com

os nós dos dedos na madeira, como quando se toca com uma faca numa garrafa vazia e uma ausência de líquido nos responde. Não está ninguém lá dentro, não pode estar ninguém lá dentro, não esteve ninguém lá dentro nunca.

Tocou no braço de um sujeito que passava carregado de pratos:
— Acha que o bife vai demorar muito?

Costumavas sempre adormecer no carro por alturas da Tercena, por alturas do Cacém, e às vezes eu abrandava a marcha para olhar para trás e te ver estendida no banco, de caracóis castanhos espalhados sobre os braços, e a boca espetada numa espécie de amuo como se fosses chorar, ou falar, ou zangar-te comigo. Adormecias por alturas do Cacém, e eu escutava a tua respiração nas minhas costas, apressada como a de uma cadelinha febril, e as espáduas arrepiavam-se-me de ternura por ti. Atravessava então Sintra com a minha filha imóvel no banco, e as pestanas dela faziam descer nas bochechas a mesma sombra oblíqua e imóvel das árvores de Sintra, que surgem de repente dos lados da estrada como corais submersos. O cabo desligou o maçarico com o polegar enegrecido:
— É pecado comer os mortos, senhor doutor.
— Os pretos juram que a gente ganha dessa maneira as qualidades deles — respondi eu.
— Um instantinho — justificou-se o sujeito dos pratos, cuja testa suada se aparentava à superfície de uma panela ao lume.

Os médicos, os enfermeiros, as assistentes sociais, os psicólogos, os terapeutas ocupacionais conversavam uns com os outros cortando o cadáver do Pereira, sorrindo-se mutuamente a misteriosa e incompreensível alegria dos carrascos. O perfume das mulheres entontecia-me de um princípio de náusea, à laia de um vinho muito leve, e o meu corpo tendia, insensivelmente, na direcção dos seus seios, como para enormes flores carnudas e inchadas, ocultas pelas pétalas de pano dos vestidos, desprendendo um odor poeirento de estames.
— Como se sente no hospital? — perguntou-me a esposa do chefe de equipa, a estender sobre a carne do soldado morto uma chuva

doirada de molho. Duas libras tilintavam numa pulseira da espessura de uma corrente de escanção. — Eu cada vez que lá vou com o meu marido penso que é um problema de hábito, sabe como é? A gente acostuma-se a tudo.

— Não está ninguém lá dentro — dizia a miúda no interior do jazigo de família, no dia de Finados, batendo os nós dos dedos na madeira oca. O aroma dos jacintos apodrecidos empestava a casinha de pedra de guardar defuntos e alastrava pela tarde numa mancha semelhante a uma nódoa repulsiva de gordura, uma nuvem amarela e pegajosa como o hálito de um bêbado. O aroma dos jacintos chegava ao nosso quarto de miúdos e inquietava-nos como certos relentos, certos ruídos inaudíveis, certas obscuras ameaças inquietam os cavalos nas cocheiras, levando-os a roçar nas paredes a aflição dos quadris. A minha mãe levantava a cabeça do tricot e aspirava, preocupada, o ar da sala: os seus olhos pardos arredondavam-se de um secreto medo.

— É fácil a gente acostumar-se à miséria dos outros — respondi eu mastigando por meu turno a fracção do Pereira que o empregado me depositara no prato, rodeada de hortaliças e de batatas: uma coxa? o joelho? os tendões do pescoço? Não há nada mais tenro, pensou ele, do que a carne de um militar assassinado.

— Detesto o hospital — afirmou do fundo uma senhora sem queixo, a verter no copo as gotas de um remédio que se espalhava no líquido à maneira de um hálito noutro hálito, turvando a água de uma cor leitosa de cataratas. — É tão sujo.

— Os doentes são normalmente sujos — explicou o chefe de equipa, didáctico, enquanto depositava uma fatia de manteiga num fragmento de pão: o pão desapareceu-lhe instantaneamente na boca como o molho de cenouras na garganta do elefante, na sequência do gesto mole da tromba da manga do casaco. — Os doentes são normalmente sujos e adoram a sujidade. Pergunto a mim próprio o que aconteceria se vivessem num ambiente limpo.

— Abre o caixão — pedi eu ao cabo que recomeçara a soldar o chumbo com o silvo azul e amarelo do maçarico. — Abre o caixão e dividimos ao meio o cadáver do Pereira. Depois de tiradas as tripas vais ver que já nem cheira mal.

O chefe de equipa pousou a faca da manteiga no rebordo do prato:

— Damos-lhes um banho por semana. É tudo uma questão de não exagerar.

— Sinto-me bem no hospital — afirmei procurando com os dedos, às cegas, o copo de vinho branco. — Poder tomar banho uma vez por semana é uma sorte.

Os asilados nus tornam-se mais asilados ainda, mais passivos, mais lentos, cobertos de espuma de sabão, de pé na banheira, idênticos a gigantescos bebés magros e feios que os serventes esfregam à pressa, acocorados nos ladrilhos, e embrulham em lençóis rasgados idênticos a mortalhas de palhaço. As madeixas pegadas à testa escorrem um visco quente de vapor. O molho do assado aparenta-se à água das tinas, igualmente oleoso, espesso, escuro.

— Gostam de doente de churrasco?

Não é o Pereira: é o Durand, o Nobre, o Luís, o Agapito, o Baleizão, o senhor Chambel a conversar com os plátanos do pátio, é o Mário de grandes barbas brancas a enrolar-se em intermináveis cortesias:

— O senhor doutor está bem? Que mil bênçãos o cubram sempre senhor doutor. Que continue de saúde para nossa felicidade senhor doutor. O senhor doutor está cada vez mais viçoso, senhor doutor. Eu sempre defendi que o senhor doutor era a nossa salvação, senhor doutor. Muito obrigado a vosselência, senhor doutor.

Esta carne não é do Pereira, pensou ele, não possui o cheiro de cravo coalhado, do mar sem mar, de moldura sem retrato dos militares assassinados na picada, de nariz na areia como bichos que dormem. Esta carne, pensou ele no restaurante do Canal-Caveira, no restaurante de Sintra, é a carne do homem que se julgava aeroplano e esvoaçava, de braços abertos, sobre o balneário, chamado de baixo pelos enfermeiros desesperados. Quero morrer, desatou uma vozinha a berrar dentro dele numa insistência microscópica: quero morrer, quero morrer, quero morrer.

— Temos cerca de quinze doentes ocupadas em trabalhos de costura — disse a terapeuta que comia à sua frente e manejava os talheres como se fossem agulhas: o linguado era uma camisola que construía pacientemente, a pouco e pouco.

— Vai-me ficar curta nos braços como sempre — suspirei alto.

— O quê? — perguntou o chefe de equipa engolindo outro molho de cenouras. Podia ter perguntado Como? ou Quando? Encontrava-se absolutamente distraído, ocupado pelas suas tarefas esquemáticas de paquiderme amestrado. Felizmente não havia nenhuma corneta nas redondezas para se assoprar.

A noite de Sintra gelava-lhes as veias, gelava-lhes os ossos. Se desembaciasse com o lenço o vidro da janela distinguia lá fora as casas da vila desfocadas pela miopia, da humidade, a que os candeeiros forneciam a profundeza inesperada das aparições. De longe em longe os faróis de um automóvel qualquer lambiam fugidiamente as fachadas e evaporavam-se na direcção de Lisboa. Uma camioneta encarnada saía do quartel iluminado dos bombeiros como uma língua obscena. Atravessavas sempre Sintra a dormir, e as tuas pestanas escureciam as bochechas do tremor transido das acácias. Quero morrer, insistia a vozinha numa obstinação tenaz: quero morrer, quero morrer, quero morrer. Os empregados iam e vinham transportando pedaços de doente afogados em batatas coradas e salada.

— Temos quinze na costura — declarou a terapeuta —, outras tantas que pintam e mais umas sete ou oito a modelar o barro. Entre quinhentas mulheres não é muito mas lá iremos: daqui a um ano ou dois enchemos a cidade de esculturas e aguarelas.

— Ninguém — murmurava a garota a bater com os dedos na superfície de mogno envernizado. — Não está cá ninguém.

— Um instantinho — pediu o tipo do restaurante do Canal-Caveira, equilibrando uma pilha de pratos nos pulsos estendidos. — Chega o verão e é um serviço do caraças.

Os tubos de néon do tecto reduziam as sombras a pequenas amibas assimétricas, encolhendo e expandindo, sob as cadeiras, o protoplasma dos braços.

— Dentro em breve — profetizou um assistente —, os que sofrem de perturbações mentais serão de novo úteis à sociedade.

E eu lembrei-me das mulheres idosas da costura, no gabinete junto ao elevador, a bordarem macabramente no silêncio resignado que constituía o mais insuportável ruído do asilo: o silêncio das pupilas apagadas, o silêncio das bocas, o silêncio de vagarosas anémonas dos gestos. No Natal comiam a sua fatia de bolo numa lentidão pasmada: o assistente agitou ameaçadoramente o garfo na direcção da terapeuta ocupacional, como se as órbitas fossem duas azeitonas de Elvas que ele hesitasse em escolher:

— Abre o caixão — ordenei eu ao cabo. — Vamos começar o almoço pelos olhos.

— Úteis à sociedade em empregos menores — emendou o chefe de equipa que segurava na faca com a tromba mole da manga, como o elefante na corneta do Jardim Zoológico. — O colega não se esqueça da desestruturação da personalidade. Contínuos, porteiros, chofers de praça é como o outro. Agora um médico, por exemplo. Vocês já pensaram no perigo de um médico desestruturado, de um médico esquizofrénico? Um psicótico não pode passar, quando muito, de varredor da Câmara. Costura, escultura, pintura, coisas assim, muito bem. Actividades artísticas, óptimo: para se ser artista não é necessário uma cabeça sólida. Palavra de honra que tenho tratado vários e visto o que eles são por dentro: tão frágeis que por dá cá aquela palha se suicidam, se alcoolizam, se drogam. Há qualquer coisa de feminino neles, qualquer coisa de louco e feminino, de profundamente mórbido. O próprio facto de escrever, se examinarem de perto, é caricato: pessoas adultas, há, a torturarem-se para compor redacções de escola, enredos imaginários, entrechos inúteis. Os romances servem para se ler na cama antes de adormecer: dobra-se o canto da página, apaga-se a luz, e na manhã seguinte recomeça-se a pensar na vida.

— Eu quando vou ao cinema — afirmou a esposa a tapar a alça do soutien com a camisola —, digo logo ao meu marido: escolhe um filme levezinho que me ponha bem disposta porque para tristezas e maçadas basta o dia a dia.

— Eu gosto de policiais — advertiu um interno do canto da mesa. O bigode dele, de cartão, parecia pegado com cola Cisne ao vidro escarlate da boca. Percebia-se a mancha da língua no interior das bochechas quase transparentes, idêntica à sombra de um bicho da seda a mover-se por dentro do casulo. A humidade de Sintra embaciava as janelas do seu hálito pegajoso: as árvores emergiam, açucaradas, da névoa, à maneira dos arbustos das garrafas de anis escarchado que nos deixam na boca o delicado e suave gosto da infância, bebido às quintas-feiras pelos cálices azuis do tio Elói, enquanto os relógios de parede badalavam, no silêncio, o eco de horas infinitas. A voz de Chaby Pinheiro subia ainda, em espirais fanhosíssimas, do gramofone antigo. Pela janela do sótão via-se a tarde avermelhar as árvores de Monsanto, do mesmo modo que o frio da manhã torna as praias lilases em setembro, desse tom de mucosa comum às conchas e aos búzios, gastos pelo ácido de espuma da vazante.

— Já pensaram no perigo de um médico esquizofrénico? — repetiu o chefe de equipa a apontar com a faca da manteiga os assistentes, as terapeutas ocupacionais, os psicólogos, os internos, os enfermeiros, o pequeno exército jantarante dos seus súbditos.

Os empregados depositavam atenciosamente diante de nós nacos assados de doente, nacos do Durand, do Baleizão, do cego Lino, do Marques, do senhor Chambel, sepultados sob cones de hortaliça e de batatas coradas. Uma veia palpitava, regular, na travessa, talvez o arbusto que pulsa obliquamente na testa pálida do Nobre quando ele me fixa, do outro pólo da secretária, com indignação e espanto. Uma assistente social mastigava, segurando-a com as unhas vermelhas, uma costela do Luís, e o osso surgia, branco e liso, da dupla fieira gulosa dos seus dentes. Os rabanetes aparentavam-se a enormes molares engastados na gengiva azeda da casca. As cenouras eram pénis cozidos, obscenos. Algo de cena bíblica, de martírio bíblico, de chacina de inocentes, de flagelação de santos, algo das atrozes cenas místicas dos quadros das igrejas, escurecidos pela humidade e pelo fumo das velas, se reproduzia no restaurante do Canal-Caveira, no restaurante de Sintra, levando-me a contemplar os comensais num misto inextricável de curiosidade e de terror. As luzes oscilavam como num velório, aumentando os narizes, encovando as órbitas, prolongando os gestos como se as falanges fossem longas chamas magras de estearina.

— Abre o caixão — ordenou o chefe de equipa para o cabo que desligou o maçarico coberto de fuligem, o pousou no soalho, e principiou a martelar a divisória de chumbo da urna, através da qual se escapava um fedor desagradável e morno. Por cima das nossas cabeças as altas árvores de Gago Coutinho murmuravam de leve, combinando o rumor das suas folhas com o zumbido monótono das conversas. O céu ao longe, revolvido pela trovoada, subia e descia à maneira de uma maçã-de-adão impaciente: os nossos cabelos, a terra, o corpo adormecido da minha filha no banco de trás, a caminho da praia, cheiravam já à gorda, raivosa chuva de África que se aproximava, rebolando sobre o Cambo, o rio dos crocodilos, numa fúria distante. O soba Macau, ajoelhado na areia, examinava a tempestade com os olhos de porcelana muito antiga dos velhos. Sozinho na varanda da casa de Nelas como numa ponte de comando, o meu avô, ao vento, embrulhava o pescoço num cachecol de relâmpagos: um aroma ácido de enxofre atravessava as portas fechadas da varanda e iluminava-nos os ossos sob a pele, da sua claridade amarelada. Os móveis, assustados, gemiam baixo na penumbra. Cães transidos de medo rastejavam nos socalcos da vinha. De tempos a tempos, por instantes, fendia-se uma enseada, um golfo, um abismo nas nuvens, prateado como um espelho, e avistava-se a foice estreita da lua a decepar os ramos sem cor das oliveiras. O chefe da equipa apontou com a faca da manteiga a urna colocada na mesa do restaurante de Sintra como um gigantesco bolo de pau:

— Abre o caixão — ordenou ele para o cabo que martelava a divisória de chumbo. Um fedor insuportável disseminava-se no ar.

Os médicos, os enfermeiros, as assistentes sociais, os psicólogos, as terapeutas ocupacionais, debruçavam-se para o féretro, de talheres em punho, num apetite ansioso. Os colares e as gravatas vibravam. Incisivos de prata luziam aqui e ali nas bocas gigantescas. O padre do batalhão, paramentado ao fundo do restaurante, junto aos cubículos dos sanitários, benzia solenemente os comensais lançando com o hissope gotas viscosas de molho. O vidro convexo dos óculos brilhava de compreensiva indulgência.

— Olá Honório — disse eu. Não nos víamos há muitos anos, desde Luanda, desde março em Luanda antes do embarque do regresso, nos derradeiros e febris dias de guerra repletos de amargura, alívio e expectativa.

— Vou voltar para África — tinha ele explicado mas estava ali, no restaurante de Sintra, no restaurante do Alentejo, a desenhar no nada, com a manga da batina, piedosos arabescos geométricos. Estava ali, sorrindo, de botas da tropa a despontarem por debaixo da saia, como o sacristão ao lado a segurar na molheira com unção fingida.

— Honório — chamei eu. A voz saía-me sem som da boca, à laia de um coaxar silencioso idêntico aos gritos das estátuas.

— Abram o caixão — suplicou uma assistente social gorda em cujo decote o peito se alargava e encolhia, inquieto. Introduzira o garfo por um intervalo do chumbo e revolvia o interior como nesses jogos de pesca das crianças, em que com o auxílio de um íman se tentam prender peixes numerados contidos num prisma de cartão. As árvores de açúcar, suspensas na humidade e no nevoeiro, pulsavam como veias exangues.

— Tenha paciência — pediu-me o empregado do Canal-Caveira, encostando-me ao ouvido um bigode de suor. A sua expressão tornara-se de súbito misteriosa, inexplicável: senti obscuramente que nutria por mim a espécie de pena e de repulsa que os cadáveres nos provocam, estendidos nos lençóis na dignidade quieta das coisas. A esposa do chefe de equipa retira o lenço da carteira e aproxima-se de mim para me tapar a cara como se tapa a cara dos defuntos.

— Não pode haver um médico esquizofrénico — declarou em volta procurando desesperadamente, por cima dos copos, uma aprovação que não chega.

— Os psiquiatras são malucos sem graça — informa suavemente o amigo num sussurro de bétula.

Os psiquiatras que endoidecem, pensou ele remexendo o resto de café com a ponta apagada do cigarro, arruínam-se tão rapidamente como um dente com cárie. São loucos tristes, melancólicos, azedos, moídos por um fundo caruncho de amargura, instalados às secretárias, de órbitas ocas, mirando a parede fronteira numa indiferença ausente. Conheci um que trabalhava todos os dias até às três, quatro horas da manhã, dando consultas, receitando remédios, assinando internamentos, muito alto, muito curvado, muito magro, sumido no casulo da bata como numa carapuça de quitina. Aos sábados enchia a mala do automóvel de garrafas de conhaque e passava o fim-de-semana num coma pastoso, ao pé do mar, sentado num banco da cozinha, encostado ao fogão, de cotovelos apoiados no lava-louças de pedra que arrotava de quando em quando uma impaciência de gases. As ondas esmagavam-se na cerca de tábuas do quintal, o salitre envenenava lentamente as paredes da casa, as glicínias desfolhavam-se devagar numa chuva translúcida de pétalas que o vento empurrava pela janela aberta e poisava nos armários, nos tachos, no frigorífico avariado, leves e azuis como a neve dos sonhos. Algumas tocavam na testa, no cabelo, nos ombros do psiquiatra, outras manchavam-lhe de nódoas ovais a brancura das mãos, outras ainda sumiam-se revoluteando no corredor, na direcção do quarto de dormir em desordem, de lençóis brutalmente afastados como pernas no ginecologista. O médico fitava as pétalas que dançavam no ar, escutava o ruído de corpo inerte das vagas no quintal e estendia o braço na direcção do copo (uma flor azul aderia, húmida, ao rebordo de vidro) para expulsar os terríveis fantasmas da sua solidão, da solidão que tratava, com pastilhas, nos seus doentes, muito alto, muito curvado, muito magro, sumido no casulo da bata como numa carapuça de quitina.

— Não está aqui ninguém — repetia a miúda a raspar com as unhas a pedra do jazigo. — Não está ninguém cá dentro.

O cabo ergueu a tampa do caixão e um relento insuportável alastrou na sala, relento de fezes, de tripas decompostas, de carne podre, o relento repulsivo da morte, o das enfermeiras do hospital, aos domingos, depois da partida das visitas, quando o silêncio fura um poço sem fim aos nossos pés, repleto de papéis de embrulho amachucados e de migalhas de queque, o das reuniões de família em que as pessoas envelhecem visivelmente minuto após minuto, cabelos brancos nascem nas cabeças, as rugas se multiplicam, as costas se dobram, as vozes adquirem tonalidades cinzentas, baças, sem brilho, vozes de bodes tristes que balem. As pétalas da glicínia flutuavam no restaurante, sobre os pratos, transparentes e azuis como as íris dos meus irmãos, o vento remexia docemente as cortinas bombeando os músculos arredondados do tecido, o mar lutava contra as tábuas da cerca desfeita do quintal. Os doutores, os enfermeiros, as assistentes sociais, os psicólogos, as terapeutas ocupacionais ergueram-se de prato em riste para a urna, falando ao mesmo tempo, agitando-se ao mesmo tempo, rindo ao mesmo tempo, o chefe de equipa informou em torno

— Chega para todos, chega para todos

o cabo estendeu-lhe o serrote de carpinteiro com que amputávamos os feridos das minas para que ele trinchasse o defunto, o cadáver desfeito, horrorosamente queimado, do Pereira, no acidente de unimogue vinte e quatro meses depois do nosso desembarque em Angola, perto do Belo, a caminho da estrada de Malanje, no princípio de janeiro de 1973, daqui a um mês ou dois no máximo estou aí saudades para todos deste que se assina António. Eu fora fazer o exame do internato a Luanda, com os brancos pomposos e mal educados de Luanda que me observavam numa desconfiança azeda, e ao regressar ao quartel o capelão, na porta de armas, puxou-me o braço para trás da sentinela (uma chuva lenta e mole como sangue tombava da placa de cobre liso do céu), informou-me baixinho numa espécie de segredo inconfessável

— Foram três da sua companhia para o galheiro — e o murmúrio escapava-se-lhe, pelo bico dos lábios, cheio de recriminação e de vergonha. (Foi por essa época, Joana, que te fiz, numa cama militar de ferro branco idêntica aos leitos do asilo, a qual gemia abominavelmente a cada movimento protestos roucos de ferrugem. Fiz-te na mata, em Marimba, à hora da sesta, enquanto a minha outra filha dormia sob o mosquiteiro, e o meu corpo se fundia vegetalmente no da tua mãe do mesmo modo que as mangueiras junto à administração de posto misturavam o verde escuro, sempre carregado de noite, dos seus ramos, de uma noite espessa como um sumo de sombra, em cujo bojo vibrava a aflição de crepes dos morcegos.)

— Isto é uma grandessíssima porra — disse o padre.

E eu entendi que se achava indignado de fúria, de piedade, de horror, para utilizar a palavra porra, porque a palavra porra constituía para ele uma exclamação proibida, um pecado, um desabafo ordinário.

— Chega para todos — gritou o chefe de equipa afastando com o serrote os internos mais próximos, que avançavam os garfos, as colheres, os copos, as próprias mãos, na direcção do cadáver, como um enxame raivoso de formigas atacando um pedacinho de alimento. Os vestidos, os casacos, os brincos, tremiam de uma febre gulosa: os psiquiatras gostam dos defuntos, pensei, amam os defuntos com ternuras sequiosas de vampiro, gostam de adormecer as pessoas com pílulas para a seguir se debruçarem sobre elas, a gargalharem em silêncio, imaginando-as mortas nos quartos das clínicas, a fim de lhes sugarem a alegria, a tristeza, o entusiasmo, a raiva, o desânimo das veias, e as transformarem em bichos empalhados e lentos, de pupilas vazias, indiferentes a tudo, babando-se nas salas de convívio como os velhos na Mitra, diante de um tabuleiro de damas de que ninguém move as pedras. O homem que se julgava aeroplano voava cada vez menos, pesado de injecções e comprimidos: acocorado nos degraus da 1.ª enfermaria erguia para mim as pupilas de pombo descoroçoado e doente dos anjos sem leme: quando não fosse sequer capaz de um simples, milimétrico pulo, encontrar-se-ia curado: curado do mesmo modo que os sapos são saudáveis.

Aproximei-me do caixão e espreitei para dentro: as lâmpadas do restaurante, ampliadas na louça e no metal, coalhavam de súbito a luz em clarões que me cegavam, me impediam de discernir a forma estendida de mãos no peito, os sapatos que apontavam ao tecto as biqueiras rebrilhantes, aguçadas, o nariz céreo de pássaro cujas asas, demasiado brancas, se diria prolongarem o açucarado nevoeiro das árvores de anis de Sintra, afogadas para lá da janela do feltro molhado da noite. Aproximei-me do caixão (o cabo sorriu-me um tímido sorriso de desculpa) e espreitei para dentro sobre o ombro de um interno que cravara energicamente o garfo numa massa mole de fazenda: não era o Pereira, não era nenhum dos meus mortos de guerra esquartejados pelas armadilhas, amputados pelas minas, desfeitos pelas balas, que encontrava por vezes, ao chegar a casa, instalados nas cadeiras da sala, fitando-me de longe numa angústia indizível: não eram os meus doentes do hospital, o Durand, o Nobre, o Mário, o Luís, o Agapito, o Sequeira, a cirandarem no pátio numa sonolência inofensiva de feras de circo, de pobres feras castradas de circo rosnando de tempos a tempos bocejos desdentados: não era a minha filha adormecida no banco traseiro do automóvel, a respirar de leve pelo amuo da boca. A pouco e pouco reconheci as feições, a forma dos ombros, as ancas, a tonalidade dos cabelos pegados à testa ou em grumos sobre as orelhas, nas quais a esposa do chefe de equipa espetava palitos de plástico idênticos aos dos croquetes dos aniversários, apoiada pelos gritinhos de entusiasmo das terapeutas ocupacionais.

— Experimentem antes a alcatra — aconselhou um psicólogo.

Eu estava deitado na urna, de costas, e não possuía a minha idade da guerra, os vinte e oito anos da guerra e a cara entrapada com que embarquei para África numa manhã de chuva já tão longe, a oscilar, desfocada, na memória. Tinha o rosto de agora, o que encontro de repente, surpreendido, nos espelhos, estúpido, melancólico, bovino, o rosto mole e envelhecido de agora, a boca, as rugas, as madeixas quebradiças, o rosto idiotamente sabido de psiquiatra que uma barba de musgo sombreia, o meu rosto pateta de carrasco.

(— O que é que o traz por cá, o que é que o traz por cá?)

O rosto opaco de ouvir em silêncio, doutamente, de falar doutamente do sofrimento alheio, de me tornar importante para o sofrimento alheio, indispensável ao sofrimento alheio, o rosto de me esconder atrás de mim a espiar a tristeza dos outros, a alegria dos outros, a ansiedade dos outros, o rosto que se esvaziava quando as consultas terminavam e se torna grotesco e oco como as máscaras de carnaval numa montra, a caminhar para o elevador, depois de apagar as luzes, no andar hesitante dos fantasmas. As feições com que saio do trabalho, Joana, jaziam no caixão do restaurante de Sintra, aguardavam pacientemente o jantar no restaurante do Canal-Caveira, e a noite da serra e a noite do Alentejo, o húmido e o seco, o pequeno e o grande, o estreito e o largo, as casas e os palácios de amêndoa e o silêncio enorme da terra, o silêncio que respira como um odre da terra, aproximavam-se e confluíam como a minha respiração se confunde com a tua se te beijo quando dormes, e sinto nos meus dedos os ossos tenros do teu peito.

— Uma fatia de lombo bem passado — pediu uma assistente social parecida com uma boneca holandesa de biscuit. As bochechas de louça, vermelhas, luziam de cosmético.

O chefe de equipa abriu-me o casaco, desabotoou-me os botões da camisa, descobriu-me a pele branca das costelas

— Não fui à praia este ano — pensei eu, envergonhado.
e principiou a retalhar-me o ventre com o serrote em golpes fundos e precisos. O odor de sangue podre, de vísceras podres, de carne podre, enjoava-me como o perfume excessivo das mulheres velhas nas termas, jogando mah-jong em salas repletas de cactos em vasos, com um marreco calvo a tocar violoncelo num estrado. O gerente, de mãos atrás das costas, dobrava-se à esquerda e à direita em vénias obsequiosas, à medida que o pó-de-arroz subia como incenso entre as pesadas cortinas de damasco, na direcção das pérgulas de estuque do tecto, dos cachos de uvas do tecto, dos lustres do tecto onde a luz tilintava e se dividia em breves contas coloridas, em pedacinhos escarlates, azuis e verdes de papel, que poisavam nos cabelos pintados das senhoras idosas como essas sementinhas peludas que o vento sopra e se imobilizam, a vibrar, no peitoril lascado das varandas.

— Como é que morri? — espantou-se ele a procurar dentro da cabeça uma agonia de que se não lembrava. Os garfos, as facas, os palitos de plástico iam-lhe despindo os ossos de cartilagens e de músculos. Alguém lhe raspava os tendões das pernas com um trinchante, a assistente social de biscuit mordia-lhe os dedos com os incisivos de boneca.

— Como é que fui morrer? — perguntou ele ao enfermeiro no refeitório dos doentes.

— Vamos a los novilhos um dia destes? — propôs o enfermeiro. Exprimia-se numa mistura cantada de português e de espanhol, e aos domingos trabalhava com touros nas praças, na quadrilha de um matador qualquer. O médico gostava de o ouvir falar de Luís Miguel Dominguin, de Paquirri, de Curro Romero, de António Ordóñez, dos seus caprichos, dos seus terrores, da sua coragem sem ironia, delicada e patética.

— Há quién siga Curro Romero uma temporada inteira — contava o enfermeiro — e Curro Romero foge, adelante dos touros, cheio de medo. Às veces nem entra na arena, se queda a babar de cagaço na trincheira. E depois, uma tarde, se sai um touro como lhe gosta, faz uma faena de ficar todo o público embasbacado, preso, em delírio, uma faena de maravilha. E as pessoas siguen Curro Romero a temporada inteira à espera do milagre porque sabem que más tarde ou más cedo Curro Romero entra no redondel como más ninguém entra e o animal desliza debaixo da mão dele como mercúrio. Es um artista.

Curro Romero atravessa obliquamente o refeitório, orgulhoso e lento, com a sua graça pesada, hesitante, o volume dos testículos contra a coxa esquerda, a montera enterrada até às sobrancelhas negras, os lábios apertados de vaidade pueril, e os doentes observam-no de baixo para cima, de queixos nos pratos de alumínio, de saliva a correr pelos cantos dos beiços como os touros depois do segundo tércio, carregados das flores de papel das bandarilhas, e desaparece ao fundo na direcção do relento de mijo do urinol, de onde chega a claridade translúcida, tingida pelas folhas dos plátanos, da manhã.

— Melhor que Curro Romero só Ordóñez — explica o enfermeiro. — A mão esquerda de Ordóñez não era deste mundo. Ordoñez bordava com a muleta, doutor, bordava passes como una tapeçaria: o braço a correr, os pés quietos, o corpo magro como um vime, e aquela nobreza, aquela majestad, aquela raça, a serenidade de la morte.

Ordóñez entrou a rodopiar pela janela como uma flor volante, doirada e roxa, girando sobre o fumo das marmitas do almoço em espirais evanescentes de aparição, e elevou-se até ao tecto onde se desvaneceu nas manchas de humidade da caliça. Os seus olhos sérios e carregados de sombra ficaram a pairar, sozinhos, no refeitório, idênticos a dois insectos febris, e os asilados pareciam aquietar-se ao seu peso como inimigos vencidos, de focinho inclinado para o chão, diante do matador imóvel.

— Doutor — disse o enfermeiro — esto es um chiqueiro de bois moribundos.

— Vamos dinamizar o manicómio — declarou o chefe de equipa exibindo uma pasta de cartão. — Abrir um hospital de dia, oficinas protegidas, reactivar a terapêutica ocupacional, incrementar a psicoterapia e as reuniões de grupo, criar departamentos especiais para as famílias, os drogados, os alcoólicos.

— Esto es um chiqueiro de bois moribundos — disse o enfermeiro a apontar com o dedo o refeitório, os urinóis, os edifícios decrépitos com as mulheres fechadas à chave no interior, os homens estendidos ao sol a chuparem cigarros de jornal.

— Isto é um chiqueiro de bois moribundos — acrescentei eu — e nós somos os Curros Romeros desta merda: o patrão garantiu que íamos dinamizar o manicómio.

O enfermeiro começou a recolher, ajudado pelo servente, os pratos vazios:

— Experimente hacer boca a boca a um defunto e veja se ganha alguma coisa com o quiosque: dinamizar o manicómio sirve para morrer de outra maneira. Em vez de chuparem cigarros de jornal falecem a fabricar cartuchos de papel. Ninguém quer as pessoas que aqui están: são bois gastos, doutor, são bois corridos.

O empregado do restaurante do Canal-Caveira depositou à minha frente um fragmento gelatinoso de mim mesmo. Os malucos abandonavam devagar o refeitório, em bicha, arrastando as alpercatas no cimento molhado do chão. Um sujeito de pijama gatinhava ladrando pelo pátio. O enfermeiro considerou-os pensativamente:

— Apesar de tudo es lo único sítio que os aceita. E a nós quién nos aceita noutro lado?

— Há que desdramatizar a doença mental — proclamou o chefe de equipa desenhando setas numa ardósia —, racionalizar os asilos, torná-los habitáveis, decentes, aprazíveis até.

— Como plantar canteiros de flores à volta dos fornos crematórios? — perguntei. — Os nazis rodeavam de jardins as câmaras de gás.

— Você está sempre a brincar — asseverou o chefe de equipa apontando-me a esferográfica zangado. — Sempre a brincar.

O sujeito que gatinhava pelo pátio desatou de repente a torcer-se, aos sacões, numa crise epiléptica: as pernas e os braços esticavam-se e encolhiam-se como êmbolos metálicos, uma rosa de espuma crescia-lhe dos dentes cerrados.

— Engana-se — garanti eu.

Os últimos internos, as últimas assistentes sociais, os últimos psicólogos, abandonaram o caixão vazio. O cabo voltou a colocar a tampa, ajustou-a, retirou uma tira de chumbo do bolso, e acendeu o maçarico: uma túlipa lilás jorrou a silvar do bico de ferro. A minha filha aproximou-se da urna, bateu com os nós dos dedos na madeira, escutou atentamente o som oco da resposta, pensou

— Não está ninguém lá dentro

e afastou-se sozinha pelo restaurante fora a caminho da noite húmida de Sintra, que afogara as derradeiras árvores num nevoeiro de anis.

**8.**

— Ontem à tarde estive três horas em Carcavelos — disse o psicanalista aos outros médicos durante a pausa matinal do café.

As órbitas pestanudas dele olharam em volta numa timidez feminina, numa espécie de abandono enternecido e pueril. Segurava a chávena com as pontas dos dedos como se a asa fosse um gafanhoto venenoso, e cruzava as pernas ao modo das mulheres, a fim de esconder de nós a saliência improvável do sexo.

— Sentia-me sequioso de um contacto com a mãe e então fui à praia, despi-me, e as ondas eram um grande seio materno que me inundou de leite.

— Os banhos de mar devolvem-nos a pré-genitalidade — completou um sujeito vestido como para um baile de província, palhaço rico cuja gravata enorme se assemelhava ao ponteiro das horas às bolinhas de um relógio de parede ancilosado nas seis. A cabeça de pássaro movia-se constantemente inquieta, esfomeada, à procura de uma taça de alpista invisível.

— Um leite cheio de alcatrão — sugeri eu —, um leite de merda. Vocês já repararam na quantidade de cagalhões que a mãe traz a boiar?

E pensava:

— Estes gajos estão doidos, estes gajos é que são mesmo os doidos.

— O desejo consciente de união com a mãe — continuou o psicanalista cruzando e descruzando as pernas num meneio oleoso (Não tem nada no centro, apostei comigo mesmo, nada de nada no centro, a não ser talvez um alfinete de ama a segurar as fraldas das cuecas) — significa a resolução não neurótica da relação precoce, do narcisismo primário. A mãe torna-se objecto ao mesmo tempo bom e mau, amado de maneira saudável e crítica.

— Desaparece o seio-pénis, desaparece o mamilo ameaçador — acrescentou o palhaço rico (Sempre detestei palhaços ricos, sempre detestei o giz na cara, as lantejoulas, os ombros de cabide, o acordeão) —, desaparece a configuração omnipotente do fantasma todo poderoso, e surge a mulher real, sexuada, a quem os nossos doentes, por incapacidade de assumirem os próprios genitais, se não conseguem ligar.

— Estes gajos estão de facto doidos — pensei eu na noite já completa da estrada para Alcácer, uma noite ampla e oca como um corredor vazio de que os faróis revelavam a custo as árvores pálidas, cor de pele, das bermas, reduzidas aos contornos do perfil como os rostos das medalhas. As trevas haviam engolido por inteiro os campos e eu deslizava a vibrar ao longo de um túnel tacteante de luz. Através da janela aberta o bafo vivo da terra despenteava-me os cabelos, quente como um hálito de febre, povoado das gotículas de saliva de minúsculos insectos fosforescentes que se esmagavam contra o vidro, as borboletas cor de prata, cor de amianto, cor de enxofre e de mercúrio do Alentejo, surgidas do chão para se precipitarem para a melhor claridade num ímpeto desordenado e cego. De longe em longe adivinhava vagamente a mancha imprecisa de uma casa (um muro, um telhado, as hastes de óculos dos varais de uma carroça) a girar para trás de mim à laia dos alvos recortados das feiras. O bife do Canal-Caveira, inconformado, trepava-me o esófago a pulso numa vingança de azia: chegando a Lisboa passo numa farmácia e meto um pepsamar no bucho, uma dessas pastilhas que sabem a cré e a excremento de pássaro, destinadas a forrarem as paredes do estômago de um papel de jornal enjoativo. Acordo o empregado e parlamentamos, sonolentos, sobre o balcão, envoltos no suave aroma cúmplice dos remédios, enquanto os óculos escuros da montra me observam numa desconfiança de espiões. Ou espero até casa e procuro as rennies da minha mãe no saco de verga abandonado no canto do sofá, assinalando a sua presença silenciosa na sala que toda a gente desertou: não a mãe de Carcavelos, com cagalhões a boiarem nas ondas dos rins, mas uma senhora concreta, pequena, magra, séria, instalada à cabeceira da mesa a distribuir a salada do almoço.

— O problema do mamilo ameaçador persiste sempre — garantiu o psicanalista pedindo um cigarro à médica à sua esquerda, criatura de feições moles e circunflexas de quem se conhecia apenas o silêncio polar que um sorriso inquieto de quando em quando sombreava, tão vago como o reflexo da nuvem de uma ideia nos seus espessos gelos interiores. Às vezes diz Bom dia, admitiu ele, diz Bom dia mas se calhar é uma pessoa qualquer, atrás de um biombo, a responder por ela. O psicanalista acendeu o isqueiro e aproximou-o do cu de galinha da boca num gesto precioso. Puxava desesperadamente a risca da orelha na mira de ocultar a nódoa clara, crescente, da calvície, e exalava o inconfundível odor adocicado de água de colónia e de cavalo morto dos psiquiatras, um aroma ao mesmo tempo repugnante e suave, como o de um homem sepultado com um frasco de perfume no bolso.

— O mamilo ameaçador persiste sempre: ontem em Carcavelos uma onda mais forte quase me arrastava, e eu imaginei logo: vou morrer afogado no leite materno.

Uma interna parecida com um insecto agitou-se de aflição movendo as antenas esqueléticas dos braços, e o psicanalista, voltando-se para ela, perguntou de chofre:

— O que é que há de inquietante no orgasmo?

De todos os médicos, verificou ele com Alcácer ao longe, impressa ao contrário na barriga do rio à maneira da cara de baixo, povoada de olhos, da dama de espadas, cercada de cintilações, de escamas, de brilhos, de inesperadas labaredas nocturnas que o Sado transportava consigo a caminho do mar (e por isso Alcácer é uma vila à deriva, nunca ancorada, eternamente móvel como um navio enorme), de todos os médicos que conheci os psicanalistas, congregação de padres laicos com bíblia, ofícios e fiéis, formam a mais sinistra, a mais ridícula, a mais doentia das espécies. Enquanto os psiquiatras da pílula são pessoas simples, sem veredas, meros carrascos ingénuos reduzidos à guilhotina esquemática do electrochoque, os outros surgem armados de uma religião complexa com divãs por altares, uma religião rigidamente hierarquizada, com os seus cardeais, os seus bispos, os seus cónegos, os seus seminaristas já precocemente graves e velhos, ensaiando nos conventos dos institutos um latim canhestro de aprendizes. Dividem o mundo das pessoas em duas categorias inconciliáveis, a dos analisados e a dos não analisados, ou seja, a dos cristãos e a dos ímpios, e nutrem pela segunda o infinito desprezo aristocrático que se reserva aos gentios, aos ainda não baptizados e aos que se recusam ao baptismo, a estenderem-se numa cama para narrarem a um prior calado as suas íntimas e secretas misérias, as suas vergonhas, os seus medos, os seus desgostos. Nada mais existe para ele no universo além de uma mãe e de um pai titânicos, gigantescos, quase cósmicos, e de um filho reduzido ao ânus, ao pénis e à boca, que mantém com estas duas criaturas insuportáveis uma relação insólita de que se acha excluída a espontaneidade e a alegria. Os acontecimentos sociais limitam-se aos estreitos sobressaltos dos primeiros seis meses de vida, e os psicanalistas continuam teimosamente agarrados ao antiquíssimo microscópio de Freud, que lhes permite observar um centímetro quadrado de epiderme enquanto o resto do corpo, longe deles, respira, palpita, pulsa, se sacode, protesta e movimenta.

— O que é que há de inquietante no orgasmo?

O insecto moveu as antenas para diante e para trás como um lou-

va-a-deus aflito, a segurar a mãos ambas a mosca moribunda de uma fatia de bolo. Possuía um rosto triangular de lagarto onde se concentrava uma estupidez angustiada e sem remédio, a estupidez submissa dos cães, a estupidez surpreendida, repleta de ansiedade e de pasmo, dos soldados, quando descia do helicóptero na picada a fim de recolher os feridos das minas, e eles se aproximavam, de barba por fazer e arma a tiracolo, roçando por mim a húmida perplexidade nos narizes. Os guias negros, acocorados no chão, assemelhavam-se a figuras de mural desenhadas no painel castanho e verde das árvores, coçando os grossos dedos amarelos dos pés com a palidez das unhas, ou desenhando com pedaços de pau riscos ao acaso na areia. Estes caraças desconfiam de nós como o diabo, pensava eu, o nosso coração não se contrai ao mesmo ritmo, não conhecemos o que os preocupa, o que os interessa, o que os assusta. Viemos de metralhadora em riste, partimos de metralhadora em riste, e chamamos-lhes irmãos enquanto lhes comemos as mulheres nas esteiras deles, e os tipos esperam lá fora, encostados às estacas das lavras, a esconderem na mão o cigarro de liamba. A gente sai para o luar a apertar a breguilha e ouve contra a nuca
— Boa noite, nosso tropa
sem zanga nem revolta, tranquilamente, ouve
— Boa noite, nosso tropa
e uma forma oblíqua some-se no escuro a assustar as galinhas e os cabíris à medida que nós nos afastamos, a tropeçar nas raízes como nadadores com barbatanas, a caminho do arame do quartel.
— O orgasmo em Carcavelos, mergulhados no leite da mãe até ao pescoço, torna-se menos inquietante — disse eu. — Abre-se a boca para gemer e entra-nos um cagalhão pela garganta.
O psicanalista considerou-me com desprezo (Para este palerma estou irremediavelmente perdido, sou o protótipo acabado do pecador sem salvação) e aceitou uma fatia de bolo de laranja cozinhado pela médica circunflexa, com a pompa de quem recebe um óscar:
— Falismo adolescente, exibicionismo, desenfreada competição com o imago paterno — discursou ele.

— Pavor de castração — acusou o palhaço rico erguendo a sobrancelha pintada.

Alcácer derivava à minha frente à maneira de um transatlântico naufragado, cujo clarão de luzes, na noite de setembro, luzes de candeeiros, de janelas, de restaurantes, de lojas, adquiria a tonalidade espectral de um rosto morto, habitado de dentro por um pavio secreto. Um resto de crepúsculo enredava-se ainda, vermelho, nas copas das árvores, à espera da lividez transparente e gelada da manhã, que confere às coisas o aspecto pregueado, repulsivo, das bochechas enfermas: é a hora em que os gestos tilintam como as vasilhas dos leiteiros, e o vigoroso apito musculado dos navios nos enxota brutalmente para fora da cama na direcção de uma aventura começada: a aurora, em Alcácer, sobe do rio como um grande bicho molhado, um grande, verde, informe bicho molhado, e a vila assemelha-se a um recife submerso de silêncio, enrolando em si próprio os tentáculos das ruas à maneira de um polvo que agoniza.

— Boa noite, nosso tropa — disse o negro roçando-me o hálito no ombro. A mulher jazia estendida lá dentro, embrulhada no nojo do meu cheiro.

— Pavor da castração — repetiram em coro, como na escola, os aprendizes de psicanalistas durante a pausa do café.

O gabinete do hospital tornou-se numa espécie de circo, de arena redonda de circo impiedosamente iluminada por holofotes de várias cores (um oval de chichi dos cãezinhos amestrados cintilava aos meus pés, trapézios vazios oscilavam lá em cima, para um e outro lado, junto à alta cúpula do tecto) e um público imenso de psicanalistas vestidos de palhaços ricos cochichava gravemente, pelas bocas maquilhadas, as suas idiotices convictas. Uma orquestra inlocalizável desafinava com estrépito um pasodoble, e eu, de bóia à cintura, aguardava pacientemente a consoladora onda de leite materno que havia de chegar pela porta dos bichos, em cujos bastidores gemiam focas, relinchavam póneis de penachos no lombo, sussurravam de leve os pombos tímidos dos mágicos.

— Depois de acabarem as vossas análises olharão para o mundo de uma forma diferente — profetizou o amante de Carcavelos retirando com o dedo mindinho uma migalha de bolo do vértice do queixo: no gesto dele subsistia qualquer coisa do abandono enternecido e feminino das visitas da minha infância, em que senhoras idosas bebiam chá e comiam biscoitos sob chapéus de véu, numa atmosfera morna saturada de porcelanas e naperons, em cuja sombra oscilavam pêndulos gigantescos de relógio.

Principiei a tossir e a agitar-me na cadeira até todos se voltarem, surpreendidos, para mim:

— Depois de acabar a análise deixo de ver a 8.ª enfermaria? — perguntei eu.

A 8.ª enfermaria de homens do Hospital Miguel Bombarda, afastada das outras, perto da garagem, das oficinas, e do muro alto e escuro para a Avenida Gomes Freire, junto das couves anémicas da horta e dos arbustos por tratar, é um esquisito edifício em forma de praça de touros, com as palavras Pavilhão de Segurança por cima de uma porta de ferro. Nela se encerram, em cubículos fechados por enormes trincos, os doentes que a polícia, os tribunais, os médicos consideram perigosos, pobres criaturas lentas e obtusas, de dedos idênticos a gordos vermes esmagados, chinelando sob um céu que se despenha nas cabeças à maneira de um gigantesco cubo de chumbo azul, de arestas aguçadas pelo olho cego, vazio e branco, do sol. As portas abrem-se com chaves de palmo, a miséria é evidente, lamentosa, trágica, os gabinetes dos enfermeiros desconfortáveis e tristes. Havia asilados que se mantinham ali há trinta ou quarenta anos, que se manteriam ali até morrer, que morreriam ali naqueles cubículos abjectos e gelados, que uma cama desconjuntada ocupava quase por inteiro, tossindo nos lençóis rotos a sua humilde condição de bichos. Um odor indefinível de podre e de sujo, o odor dos defuntos e dos cachorros escorraçados, flutuava como uma nuvem sobre o mar lamacento dos rostos.

— Sim, tem de se acabar com isto — diziam solenemente os médicos —, tem de se dar melhores condições a estas pessoas.

E esquecíamo-nos no momento seguinte das nossas promessas para continuarmos a discutir generosas e hábeis teorias importadas de França, de Inglaterra, de Itália, da Alemanha, dos Estados Unidos, acerca da Psiquiatria Social, das intervenções na comunidade, das oficinas protegidas, dos lares pós-cura, e das sinistras maravilhas concentracionárias que os clínicos inventam para prolongar a loucura, a transformar em massacres aceitáveis em nome de irrisórios, de obscuros, de profundamente discutíveis padrões de saúde.

— Depois de acabar a análise a 8.ª enfermaria desaparece? — insisti eu. — Desaparece o vergonhoso e repugnante, o odiento escândalo do manicómio e passo a preocupar-me unicamente, encantado, com o leite da mãe em Carcavelos? Passo a tomar banhos de generosa mama em Carcavelos?

— Boa noite, nosso tropa — segredou-me o negro. Eu mijava contra uns caniços nas traseiras da cubata (mijar depois de foder é a primeira condição para prevenir doenças venéreas) debaixo de um imenso rebanho de desconhecidas estrelas, incrustadas em veludo negro como diamantes pontiagudos, minúsculos. Sentia ainda nas mãos, no pescoço, no peito, um aroma passivo, um aroma obediente de mulher. Cabelos como lã e uma boca que fugia constantemente da minha, não brusca, não agressiva, obstinada apenas. Uma boca que fugia e um corpo inerte, de pernas abertas na esteira, com o bebé a gemer ao lado no seu sonho.

— O que haverá de inquietante no orgasmo? — inquiriu o psicanalista com um sorriso de eleito, um sorriso de bispo.

Os internados da 8.ª enfermaria, à falta de mulher, penetravam às escondidas com o pénis as nádegas uns dos outros, ou masturbavam-se no refeitório, de boca aberta, manipulando com os pulsos desajeitados os tufos magros da breguilha. O orgasmo subia como uma onda, uma onda de merda, e recuava abandonando na areia das coxas uma espumazinha amarelada de esperma. Eu tinha os meus orgasmos em casa, depois do jantar e da boîte, com Shirley Bassey a cantar-me baixinho ao ouvido cumplicidades de violinos. Ficava a fumar estendido de costas nos lençóis procurando com a mão o JB sem água que a mãe, ou a mulher, ou os filhos de um internado lhe haviam oferecido dias antes embrulhado em papel de seda, no intuito de amaciar a pergunta

— Que tal está ele, senhor doutor?

que se não atreviam a fazer porque os médicos são pessoas importantes, pessoas demasiado importantes para eles, são os seus patrões, os seus capatazes, os seus carcereiros, e é necessário, é conveniente, é imperioso conseguir a benevolência dos donos à custa de uma submissão compungida de vassalos.

— Sim, tem de se acabar com isto — diziam os médicos —, tem de se dar melhores condições a esta gente. Têm de esperar menos pelas consultas, de serem mais bem atendidos, de serem observados com mais atenção, mais cuidado, de ouvir as famílias, de se fazer atendimento — garantiam os médicos e esqueciam-se no momento seguinte das suas promessas, entretidos a discutir a última novidade psiquiátrica de Paris, de Londres, de Chicago, de Nova Iorque, e a última teoria, o último medicamento destinado a eliminar a inquietação do orgasmo. Acabavam à hora do almoço, entravam nos automóveis, iam-se embora, os carros desapareciam na esquina do edifício lá em baixo, e na manhã seguinte, às dez ou onze horas, tornavam a estacionar sob os plátanos (as manchas das folhas tremiam nos capots, corriam nos capots como a brisa no verão) e os médicos, oscilando as cabeças como turíbulos repletos de loção para a barba, dirigiam-se aos gabinetes espalhando em torno o Dior da ciência.

— Boa noite, nosso tropa — murmuravam os doentes da 1.ª, da 2.ª, da 5.ª e da 6.ª enfermarias, sentados nos degraus como os velhos nas soleiras das aldeias, como os negros acachapados na erva à espera que lhes abandonássemos as mulheres, que lhes saíssemos de casa para poderem dormir, para estenderem os corpos escuros no nosso odor pegajoso de invasores. Eu urinava encostado a um feixe de caniços, cobria o pénis de pomada antivenérea, e regressava ao arame farpado a corta-mato, tropeçando em raízes, em pedras, em pedaços de troncos, como se pisasse a cada passo ventres duros de cadáveres.

Às vezes, de madrugada, quando principiava a derivar no denso delta do sono à maneira de um navio desgovernado, quando a cabeça se deslocava de mim e se elevava verticalmente no quarto como um balão de papel soprado pela chama oblíqua da estearina, quando os membros se me espalhavam no colchão em reptações moles de lagartos, uma voz de repente enorme, imperativa, acusadora, a gigantesca voz de um homem acordado algures nas trevas sobrepostas do asilo, chamava-me pelo telefone para verificar um óbito. Para muitos médicos existe sempre qualquer coisa de consolador na morte, qualquer coisa de justificação, de paga, de doce vitória na morte: há médicos que cursam Medicina sobretudo para ver morrer os outros, não para os tratar: gostam das feridas, das chagas, das pústulas, gostam do aroma grosso e suave do sangue, gostam dos gemidos de aflição dos moribundos, gostam do sofrimento e da febre mas gostam acima de tudo da imobilidade da morte, da digna quietude, do grave silêncio, da repentina pureza da morte, do sabor a maçãs verdes, a goma, a flores de papel de seda da morte, e inclinam-se para os agonizantes com a fúnebre crueldade dos grandes pássaros do campo, que espiam ao crepúsculo as casas dos doentes num júbilo cruel, remando as asas escuras numa água lilás. Chamavam-me pelo telefone para verificar um óbito, a minha cabeça descia do tecto para os ombros, os braços enganchavam-se de novo no tórax, apanhava bocados de mim pelo tapete, sob a cama, escondidos debaixo do jornal, perdidos no interior oco dos sapatos ou enrolados no novelo das meias, e saía para o corredor, a caminho do finado, a compor com os dedos o cabelo em desordem.

Há médicos, Joana, cruéis e trágicos como anões, como aleijados, como corcundas, como músicos soprando trombone de varas na cauda dos cortejos, entre anjos que choram e feios Cristos de pasta. Cruéis, trágicos e comedidos, voam com as rémiges das batas brancas em torno do balão de soro do sol. Sempre que uma pessoa vai morrer agrupam-se, guiados por qualquer estranho instinto de insectos, à volta de um doente emagrecido e pálido, compulsando alegremente radiografias, análises, relatórios de biópsia, prontos a discutir aquilo que denominam eufemisticamente um caso bonito: cancros complicados, leucemias esquisitas, infecções incuráveis, farejando radiantes a iminência de um cadáver. Saía para o corredor

— Boa noite, nosso tropa

a compor com os dedos o cabelo em desordem ou a palpar com a mão a lixa da barba nas bochechas, e os plátanos cá fora inchavam ao luar como grandes meloas de sombra, soltando de tempos a tempos nuvens de pólen fosforescente semelhantes a eructações prateadas. O perfil da 8.ª enfermaria aparentava-se a um bolo arruinado, junto ao muro da Avenida Gomes Freire em que os carros eléctricos arrancavam dos fios súbitas chispas azuis que se dissolviam nas frontarias dos prédios em clarões baços a coalharem a pele dos azulejos de rugas inesperadas. Na oficina do senhor Carlos tilintava o eterno eco de um martelo diurno, entre ferros torcidos e bidés em pedaços. O rio era uma faixa horizontal de vidro preto balizada pelas lâmpadas paradas dos barcos, uma placa de verniz apertada pelas silhuetas das casas. O servente esperava-me à porta, de pálpebras gordurosas de sono como os sapos em outubro:

— Demos-lhe uma injecção mas ficou-se de repente. Ainda ontem a mulher e o filho cá estiveram.

— Que tal está ele, senhor doutor?

E a garrafa de JB num saco de plástico na tentativa humilde de não ofender o patrão, o capataz, o carcereiro, o dono, a garrafa embrulhada em papel de seda, em papel de estrelinhas, a garrafa num saco de plástico

— O senhor doutor não se zangue com a oferta

que eu bebia nu, deitado de costas na desarrumação dos lençóis, a olhar pela janela a massa enorme do prédio vizinho em construção, cujo cimento adquiria, antes da aurora, o brilho leitoso e espectral da cera branca. O servente abriu a porta do redondel com uma chave enorme (a lingueta guinchou e protestou indignações de hemorróidas) e conduziu-me a um dos estreitos e nauseabundos cubículos da praça de touros do Pavilhão de Segurança, onde o enfermeiro me esperava de estetoscópio no bolso, a pentear igualmente com os dedos os cabelos desfeitos. Um cadáver apontava o nariz agudo na direcção do tecto, e os dentes cinzentos reflectiam, à maneira de espelhos minúsculos, o filamento da lâmpada. Os dentes dos mortos, pensou ele, transformam-se em pedacinhos de mosaico engastados no tijolo das gengivas, em seixos sem rio, em pedras cariadas, em fragmentos sujos de gesso: se lhes tocarmos com os dedos quebram-se, desfazem-se, esfarelam-se numa espécie de grumos repugnantes, as bochechas principiam lentamente a engelhar-se, as orelhas desaparecem no interior da cabeça, a testa escava-se, as têmporas evaporam-se, e apenas as pálpebras subsistem no rosto vazio, idênticas a duas flores gelatinosas e roxas.

— Acha que ele está melhorzinho, senhor doutor?

— Cheira tão mal aqui — disse ao enfermeiro que descobria o peito do cadáver para que eu confirmasse a ausência de palpitações do coração. Estávamos em junho e as ervas em torno da garagem sussurravam e riam como se um bando de crianças as habitasse.

— Cheiramos todos mal aqui — respondeu o outro. — Qualquer dia a minha mulher deixa de querer dormir à minha beira.

— Talvez seja por isso que eu durmo sozinho — pensou ele a olhar as costelas salientes do defunto, cobertas de uma penugem grisalha que o suor da agonia coagulara. Recebeu o estetoscópio do enfermeiro, introduziu as olivas nos ouvidos, experimentou o diafragma raspando-o com a unha do indicador, e ao aplicá-lo no peito do doente veio-lhe de súbito à memória o dia 13 de outubro de 1972, em Marimba, na Baixa do Cassanje, Angola, quando os oficiais empurraram os três negros para o posto de socorros e os obrigaram a estender-se no chão, lado a lado, no exíguo espaço entre a marquesa e a parede. Eram os três negros que roubavam a roupa, o dinheiro, os objectos pessoais dos alferes ao longo desse comprido segundo ano de guerra, durante o qual as chuvas destruíram as picadas, cortaram as comunicações, abriram fundas valas nas estradas, tombando raivosamente, em espessas faixas de cotão, na terra saturada. Os relâmpagos estalavam de contínuo num fedor acre de enxofre. O novo administrador observava pela janela o lago de alumínio em que o campo de futebol se transformara, e para onde as mangueiras debruçavam os altos ombros musculosos das copas, em que espreitavam as pupilas míopes dos morcegos. Os três negros levavam porrada desde há horas por roubarem a roupa, o dinheiro, os objectos pessoais dos alferes, murros, chibatadas, insultos da companhia inteira, exausta por muitos meses de guerra, dos soldados a quem se haviam tirado as armas para que se não assassinassem uns aos outros na caserna, depois das últimas cervejas, lá em baixo, num toldo de bambus, junto ao canhão protegido por uma gabardine de oleado. Faltava dinheiro, faltavam calças, faltavam camisas, apodrecíamos de parasitas, de paludismo, de água choca, de medo, e os três negros, com as feições irreconhecíveis pelos inchaços das pauladas, eram os culpados dos tiros, da angústia, da injustiça, da estupidez da guerra, e como tal desatámos a deixar tombar sobre os seus peitos, sobre os ventres, sobre as coxas, pontas acesas de cigarro, fósforos a arder, morrões de cinza, que pregueavam a pele de bolhas translúcidas que se elevavam e estalavam. As nuvens acumulavam-se a norte, muito longe, como os muros de uma aldeia devastada, de uma aldeia de granito e de basalto cujas paredes se afastavam por vezes, inesperadamente, deixando ver os degraus, os desvãos, as varandas azuis do céu sem fim. Fechei à força o posto de socorros (todos os homens queriam participar no massacre, vingar a sua angústia, a sua raiva, o seu medo nos três negros que uivavam de pânico e de dor a torcerem-se nas tábuas do soalho).

— Quietos — gritávamos-lhes nós aos pontapés, e pousei o estetoscópio nas costelas do cadáver como apagara anos antes o cigarro num umbigo apavorado. O enfermeiro e o servente, de pé na chuva de Marimba, assistiam à formalidade conversando baixinho um com o outro: a manhã nascia devagar nas veias tensas e gastas dos seus rostos, nascia das rugas da sua insónia como a alegria arrepiada e triste do álcool, a linha dos telhados sublinhava-se de uma suspeita de luz, e o vento frio da aurora remexia o capim junto ao canhão, junto à garagem, sacudia com mãos gasosas de fantasma os ombros dos doentes que dormiam, chamando-os de longe com a voz rouca de febre.

— O que haverá de inquietante no orgasmo?

Devolvi o aparelho ao enfermeiro enquanto o servente tapava o morto com o lençol como se tapasse com o próprio casaco um filho adormecido, no repentino, inesperado, frágil cristal de um gesto de ternura:

— Como está ele, senhor doutor?

Está melhor, está sempre melhor, todos estão melhor aqui e o seu pai cura-se de vez, acabo de resto de verificar a cura dele, se quiser dar uma espreitadela, se faz favor, ora essa, está lá dentro, pálido demais, é certo, imóvel em excesso, concedo, mas perfeitamente bem, sem sobressaltos, sem delírio, sem agitação, sem doença, vou escrever tudo tim tim por tim tim num papel, entrego-lhe daqui a nada e depois basta contactar a agência funerária que entender, nem é preciso incomodar-se ao telefone porque eles aparecem por aí, eficientes, rápidos, em conta, uma pechincha, pode pagar a prestações e assinar estas letrinhas, seis, doze, dezoito mensalidades que lhe descontam automaticamente no ordenado, nem dá por isso, um dos alferes puxou-me, inquieto, pelo braço:

— Já viste o estado em que eles ficaram? O que se faz agora a estes gajos?

— Chama-se um fazendeiro do café para lhes dar um tiro — respondi eu a sacudir-me.

Os trovões cambulhavam como pianos de cauda pelas escadas do ar ao nosso encontro, a chuva esmagava-se violentamente no zinco cuspida por uma boca castanha, plana, oblíqua, enovelada de vapor, onde as mangueiras enterravam como pregos os cones espessos dos ramos. O palhaço rico bateu um cigarro americano no polegar e apontou na minha direcção o indicador definitivo:

— Falismo adolescente.

O psicanalista, recolhido, limpou as migalhas dos dedos a um guardanapo de papel. Através do cabelo ralo, grisalho, percebia-se a pele cor de bola de bilhar na cabeça:

— Factores gravemente exibicionistas da personalidade. Não consegue entender que a relação entre as pessoas é puramente mental.

— Estes cretinos estão chonés — pensei eu. — Agora fodem com a testa.

E fodiam na verdade com a testa: juntavam-se em grupo e bichanavam Freud uns para os outros, reduzindo a fome, o ódio, a cobardia, o contentamento, a esperança, a um jogo vazio de palavras, a um salto de cavalo de frases sem nexo, a uma espécie de mate em três lances das emoções. Foi assim que aprendi que bichanar constitui para eles a única forma possível de fazer amor: a boca na orelha a salivar sensualmente os perdigotos do Édipo.

— Preenche a certidão no gabinete? — perguntou o enfermeiro. O servente fechou a cela sobre a forma estendida do morto.

— Pode sempre perguntar-se aos sujeitos da Pide — alvitrou um oficial gordo que usava um camuflado de pára-quedista remendado a adesivo e repleto de crachás: aqueles meses de guerra haviam-nos transformado em pessoas que não éramos antes, que nunca tínhamos sido, em pobres animais acuados repletos de maldade e de terror. No fundo dos nossos olhos amarelos uivava um medo pânico de infância, um pânico calado, tímido, embaciado de hesitação e de vergonha.

— Levantem-se seus cabrões — disse eu. Pensei Estamos fritos, ao ver as chagas dos corpos deles, as feridas, os inchaços: o seu pai está muito melhor, minha senhora: um banho de leite de mãe em Carcavelos, uma baforada de mamilo e fica como novo.

— O pulso desapareceu-me de repente debaixo do dedo — explicou o enfermeiro. — Vi-me grego para lhe apanhar a veia.

— O que haverá de inquietante no orgasmo?

Pela janela do gabinete da 8.ª amanhecia: o cinzento dos edifícios, da erva, dos automóveis estacionados, dos barracões das oficinas, dividia-se a pouco e pouco num feixe de cores cada vez mais claras, mais vivas, mais pulsáveis. O sol gelado e ácido, comestível, pousava como um fruto na prateleira dos telhados, difundindo em torno de si um leve aroma acastanhado. Sentado na cadeira de pau do gabinete a fim de preencher a certidão de óbito, sentia os olhos exaustos doerem-me como dois tumores de pus. Um gato pequeno sumiu-se nos arbustos. Da varanda iluminada da Urgência um vulto debruçava-se, transido, para a rua.

— Como vai ele, senhor doutor?

Causa da morte, exigia o papelucho impresso. Anotei Paragem Cardíaca em lugar de escrever morreu de estar aqui, morreu de estar farto de morrer aqui. Calma que tens que ganhar a vida, repetia eu dentro de mim, e um emprego do Estado é um emprego do Estado, a garantia da reforma, a certeza de não pedir esmola nas esplanadas, ao fim da tarde, a comover as pessoas com os diplomas: auxiliem um psiquiatra na miséria por favor. E eles de queixo no jornal subitamente interessante. Amanhecia: o enfermeiro guardou o estetoscópio na gaveta. As nódoas da bata aumentaram de tamanho. A barba crescia, livre, nas bochechas, numa impetuosidade de capim. Sacos de roupa suja acumulavam-se num canto, moles como ventres ao mesmo tempo inchados e vazios. Cheirava a remédio, a desinfectante e a tabaco frio. Uma bolha de gás escapou-se-me da boca.

— Vamos ter um dia de calor.

Os primeiros doentes começavam a acordar e espreitavam para fora das celas, estremunhados, numa estupidez mansa de bois. O Valentim, antigo bailarino, vestido de rapariga, passou por nós a saracotear-se a caminho da rua. Funcionava como mulher dos outros e exibia as nádegas murchas atrás das moitas, soltando gritinhos submissos e patéticos de ovelha, observando numa gula de chupa-chupa os pénis que saíam das breguilhas dos pijamas, ao puxar de um cordel, à laia das pilas dos frades de brinquedo das batinas de barro. Costumava bordar ou fazer crochet no seu cubículo atulhado de xailes, de frascos de verniz, de velhos sapatos de salto onde os seus pés, demasiado grandes, se deformavam e torciam. Um odor húmido andava no ar como uma cortina que o vento húmido agitasse. Paragem Cardíaca é uma solução simples, sem problemas: não faças ondas, não te tornes incómodo. E depois aparentemente é verdade: o coração deixou mesmo de bater, nem sequer ficas de mal contigo mesmo. As cores ganham consistência, os contornos precisam-se. O servente, num gesto lento de sono, apagou a luz do gabinete.

— Bom dia — disse ele.

É sábado de manhã e vai chover, pensei. Vai chover o sábado inteiro, monotonamente, a chuva lisa, igual, silenciosa de maio, leve e melancólica como a recordação do meu avô, de quem me lembro às vezes se estou só, a reconstruir no tecto a frágil arquitectura do passado. É sábado de manhã e um funil de horas desesperantes aguarda-me.

— Vocês deviam ter tido mais cuidado — aconselhou amigavelmente o pide examinando os corpos em úlcera dos negros. — Há maneiras de fazer as coisas sem se deixar marcas.

Sorria da nossa ingenuidade, da nossa inexperiência: há maneiras de se fazer as coisas sem se deixar marcas. Um electrochoque, por exemplo, não deixa marcas. Um coma de insulina não deixa marcas. Dez anos de psicanálise não deixam marcas: são formas educadas de matar as pessoas, formas decentes, aceitáveis. Nem uma cicatriz e os cadáveres continuam a falar, a trabalhar, a produzir filhos, definitivamente assassinados mas completamente bons.

— Põe-te a pau com o que escreves — disse um amigo na casa da praia, a seguir ao almoço, olhando o mar pela baía envidraçada. — Mais cedo ou mais tarde acabam por te cair em cima, por se vingarem. Ficas com uma porção de sacanas a jurar-te pela pele.

— Para a próxima — sugeriu o pide — arreiem-lhes só na planta dos pés. O efeito é o mesmo e não se topa.

O enfermeiro despiu a bata e procurou o casaco no cabide do armário. As órbitas, ocas de cansaço, pousavam distraídas no túnel pardo da chuva:

— Vou pregar para outra freguesia. Carnaxide.

— A Lapa dos malucos ricos — ri-me eu. — Só na planta dos pés que se não nota. E um jardim para os finados passearem.

O psicanalista abanou a cabeça, consternado: as obras completas de Freud chocalhavam lá dentro num ruído de ovos podres:

— Agressividade neurótica — suspirou ele.

— Falismo adolescente — acrescentou o insecto.

— Exibicionismo — completaram os outros em coro, com a boca cheia de bolo de laranja.

Alcácer aproximava-se de mim ao longo da ponte, ligeiramente velada pelo calor da noite como se vista através de uma página de celofane que ondulasse as casas e as luzes. As ameias de torrão-de-alicante do castelo escorregavam devagarinho pela colina abaixo na direcção do rio, cuja água deslizava numa dolência morna de variz. Distinguia já as esplanadas junto ao cais, os arcos dos cafés de que as montras difundiam uma claridade sem brilho. Dentro de um barco pequeno um homem dava à bomba de um candeeiro de petróleo: a chama que aumentava e diminuía sublinhava-lhe o perfil como nos quadros de La Tour, um perfil curvado, atento, desenhado a amarelo contra a ardósia do rio.

— Não pensem mais nisso — disse o pide. — Quem é que se importa com pretos?

— Não vai parar de chover — informou o administrador afastando-se da janela. — Não há nenhuma picada transitável.

Daqui a uma hora chego a casa, verifiquei eu. Quando voltei para o quarto do médico a manhã rompera por completo à maneira de uma flor aberta, uma flor parda sobre um dia pardo. Alguns empregados transportavam as vasilhas de café com leite do pequeno-almoço para os refeitórios dos doentes. Os meus ombros estremeciam de insónia e de frio, a cabeça doía-me, um fino zumbido tilintava nos ouvidos, o zumbido do cansaço e da febre: devo ter apanhado gripe em qualquer lado, devo ter o nariz preso, a garganta rouca, os brônquios obstruídos. Abandonei a roupa numa mesa e estendi-me na cama, primeiro de um lado, depois do outro, a seguir de costas, finalmente de pernas encolhidas contra a barriga como um feto: não conseguia adormecer. As artérias das têmporas estalavam como tambores: É do morto da 8.ª, pensei, ainda não me habituei aos mortos, ao seu insólito sossego de estátuas que apodrecem, ainda não me habituei a esta miséria, a este nojo, a esta crueldade sem razão, ao Valentim aos gritinhos entre as moitas, de rabo murcho ao léu, às pilas de frade de barro dos doentes. A aurora insinuava pelas frestas de metal das persianas feixes puídos de luz, a cruzarem oblíquos o compartimento como os berros dos faróis no nevoeiro, para imprimirem na parede uma pauta pálida de linhas. À medida que o corpo se me tornava mais pesado, que a nuca se afundava no travesseiro, que os pés cessavam de explorar, inquietos, as zonas frescas do lençol, que qualquer coisa (a cabeça, as orelhas, o nariz, os olhos que a pouco e pouco se fechavam) se desprendia de mim para vogar, solta, no quarto do hospital, percebi que me encontrava, de facto, não deitado nu no colchão mas de gravata na sala onde tinham lugar, de ordinário, as reuniões dos analistas. Dezenas de palhaços ricos e de donas de cãezinhos amestrados examinavam-me reprovadoramente, murmurando consternados uns para os outros comentários que eu não podia ouvir, e de que percebia apenas um vago cicio de indignação. Por fim o tipo de óculos que presidia e cujos vidros chispavam duros brilhos autoritários, apontou-me energicamente o púbis e urrou

— Mostre

numa fúria trémula de soprano. As donas dos cãezinhos amestrados debruçaram-se para examinar melhor. As criaturas do fundo, sequiosas, colocaram-se de pé no assento das cadeiras. Perto de mim o psicanalista do leite materno segredou uma confidência indistinta a uma senhora idosa, plantada numa poltrona na pompa humilde dos inválidos, a qual se apressou a trocar de lentes remexendo com os dedos trémulos no lixo de lenços e papéis da carteira.

— Mostre — repetiu o tipo dos óculos numa indignação de ganso. Ele próprio se ergueu num arroubo, accionou o fecho éclair, e me puxou para fora das cuecas o cilindro escuro do pénis, rodeado de um bosque de pêlos cor de cobre.

— Como podem verificar tem — avisou ele para a assistência ultrajada —, o que contraria frontalmente o primeiro parágrafo dos estatutos. Proponho a sua imediata expulsão da Sociedade.

— Talvez que não faça uso dele — opinou uma rapariga gorda que se recusava a acreditar em tão horrenda traição. Parecia-se com as toupeiras dos desenhos animados e o enorme nariz fungava, míope, o ar à sua volta.

— Não tem ar disso — contrariou a senhora velha estudando-me de perto. — Utilizou-o de certeza esta tarde: basta cheirar.

Um homenzinho de pêra apressou-se a abrir a janela para que o repugnante odor se evaporasse da sala. As relações são mentais, vociferava ele a lutar contra o trinco, há um letreiro à entrada que diz As Relações São Mentais. Fui eu que o desenhei a escantilhão no outro dia.

— Ou se expulsa ou se castra — decidiu o dos óculos, definitivo.

— Proponho as duas coisas para exemplo futuro — ganiu uma rapariga que não cessava de agitar-se no seu banco.

— Ó Clara, trouxeste a faca do bolo de laranja? — perguntou o psicanalista à colega de feições moles, que se apressou a estender-lhe em silêncio, como sempre, uma lâmina suja de açúcar e migalhas.

— Dê um passo em frente — ordenou-me rispidamente o soprano. E para a criatura idosa, amabilíssimo:

— Quer fazer o obséquio?

Dois Freuds ajudaram a octogenária a erguer-se do fundo do fofo da poltrona, onde o seu corpo se sumia em areias movediças de almofadas estampadas. O diácono do falismo adolescente segurou-me o prepúcio com dois dedos enojados. A múmia agitou tremulamente o braço armado no ar:

— Abaixo o pénis — baliu ela.

E de um só golpe, apoiada por uma vingativa e entusiástica salva de palmas, desembaraçou-me de cem gramas inúteis.

Acendi o candeeiro: o corpo dobrava-se, gorduroso, numa pasta pegajosa de suor, como quando a febre desce e os objectos readquirem, a pouco e pouco, a consistência e a forma habituais. Deviam ter já transportado o doente para a casa mortuária, e avisado ao telefone a família:

— Era para lhes comunicar que o vosso pai está curado.

Saí da cama, fui ao quarto de banho, e enrolei uma toalha nas coxas para estancar o sangue. Grossas gotas mornas escorriam-me dos dedos.

— Boa noite, nosso tropa — murmurou um sopro ao meu ouvido.

E tombado sobre o lavatório distingui os três negros de Marimba, sorrindo-me mansamente na reverberação dos azulejos.

## 9.

Estou a chegar à minha terra, pensou ele depois de Setúbal, reconheço este cheiro, esta respiração do campo, esta tonalidade intumescida e húmida do ar. No regresso da guerra passara alguns anos difíceis nos pequenos hospitais das vilas da margem sul do Tejo, que os pântanos do rio apodreciam, e vira a água arrastar gaivotas mortas cujos olhos voavam ainda, claros e agudos, no céu repleto de uma teia de fracturas como um espelho quebrado. Em Alcochete, em Coina, no Barreiro, no Montijo, milhares de olhos de pássaros flutuavam sobre as árvores, as casas, o fumo sujo das fábricas, brandindo desordenadamente as asas das pálpebras em espirais aflitas, junto aos coretos cercados de amoreiras de que as folhas são semifusas que o vento de uma valsa agita. Estou a chegar à minha terra, pensou ele, sei de cor este cheiro, esta respiração do campo, esta tonalidade intumescida e húmida do ar, sei de cor estas noites atravessadas a cavalo na vassoura de feiticeiro de uma garrafa de medronho, a ouvir na rua as camionetas do lixo que anunciam a manhã, de lâmpadas a girar no tejadilho até que um sopro invisível as apague. Durante meses, porque precisava de comer, fizera bancos na Misericórdia do Montijo, e nos intervalos das consultas assistia à televisão no quarto de um velho que não se movia, não falava, não escutava já, a resfolegar entre os lençóis a tosse árida dos moribundos: quando o velho sacudia nas almofadas, como crinas, as longas farripas brancas do cabelo, eu receava que ele se erguesse de súbito para tropeçar, tal um centauro cego, nos fervedores de seringas e nos baldes de pensos, derrubando à sua volta os produtos de beleza de que a doença se enfeita, compressas, tinturas, agrafes, adesivos, os quais conferem aos enfermos a patética maquilhagem da desgraça. Estou a chegar a casa, pensei eu recordando-me da mulher gigantesca, gordíssima, assustadora, que fazia as radiografias dos acidentados e me chamava à câmara escura, protegida por um grosso reposteiro cinzento, a fim de me mostrar o turvo resultado do seu trabalho. Uma ampola vermelha iluminava as tinas, arrancando da água vibrações pulsáteis como escamas. Eu inclinava-me para observar o perfil de um crânio, uma tíbia, os ossos em leque da mão semelhantes à rígida crista de arame de um grou, e ela agarrava-me por detrás com o braço enorme (as costelas estalavam, custava-me a respirar, os sapatos deixavam de tocar no chão), e colocava-me na nuca um beijo de desentupidor de retrete capaz de me sumir por inteiro no seu esófago sem fim. Devia ter engolido dezenas de médicos em sucções de ventosa naquela cabina povoada de cintilações escarlates, que trepavam pelas paredes, pelo tecto, pelas armações metálicas, como súbitos vermes, como insectos, como ratos, idênticos aos estranhos animais que povoam os delírios de horríveis e irrisórias ameaças. A mulher gigantesca avançava ao meu encontro sorrindo sobre a varanda do peito (faltavam-lhe vários dentes à frente), o soalho tremia, as prateleiras vibravam, e eu fugia em vão aos beiços que me cravavam no pescoço a rodela de cuspo de uma aspiração tempestuosa. Sempre que passo no Montijo, sempre que me falam no Montijo, sempre que na estrada topo uma placa a indicar o Montijo, vem-me à lembrança o ser monstruoso da câmara escura a devorar-me na claridade vermelha do casulo de cimento, soprando baixinho os diminutivos ferozes com que se chamam os cães para os matar.

Quando eu deixar o manicómio, disse dentro de mim com os fanais do poente a brilharem ao longe numa exuberância de quermesse, para lá deles a nódoa de sombra semeada de centenas de faúlhas da cidade e o céu crepitante e transparente que a toca de leve como uma folha a arder, como um pedaço de porcelana riscada de minúsculas rugas, como um olhar embaciado de sono ou de alegria, quando eu deixar o manicómio recordarei a festa de Natal dos asilados, diante do gabinete dos enfermeiros gerais, perto do bar e dos seus bolos melosos como seios murchos? Recordarei as grinaldas desbotadas de papel, os doentes sentados em bancos de correr, a cortina que se abria, torta, ao som choco do piano? As pessoas afirmavam

— É preciso fazer qualquer coisa

de modo que dançavam o malhão no palco, na festa de Natal, com a agulha do gramofone a saltar nas espiras do disco e a empurrar os pares uns contra os outros numa confusão de joelhos. As pessoas afirmavam

— É preciso fazer qualquer coisa

e não percebiam que a única coisa a fazer era destruir o hospital, destruir fisicamente o hospital, os muros leprosos, os claustros, os clubes, a horta, a sinistra organização concentracionária da loucura, a pesada e hedionda burocratização da angústia, e começar do princípio, noutro local, de uma outra forma, a combater o sofrimento, a ansiedade, a depressão, a mania.

Assistia à festa encostado a uma coluna de pedra, via a cortina afastar-se, oblíqua, ao ritmo do gramofone ou do piano, e pensava em como a alegria é tantas vezes triste, uma triste, dolorosa e falsa imitação do prazer, e como, em criança, os olhos que riem me assustavam como os brinquedos mecânicos nas montras das lojas, a bambolearem-se espasmodicamente atrás dos vidros, em gestos sacudidos de raiva. Tenho medo dos brinquedos, pensava eu, tenho medo de me tornar num urso de peluche a tocar pratos, num palhaço de corda que chora, numa boneca eléctrica a andar cabeceando nos móveis o seu zumbido teimoso, tenho medo da paciente tenacidade das coisas que não gritam nem sangram, que prosseguem ferozmente a sua tarefa inútil até que um parafuso, uma mola, uma roda do motor se avarie e então imobilizam-se em silêncio, a meio de um movimento, de um aceno, de um passo, e fitam-nos fixamente com a expressão inquietante e alarmada dos mortos.

Assistia à festa do hospital, via a chuva cair no arco ao fim do corredor, oblíqua e gelada, a chuva interminável de dezembro e o seu odor de sótão, de roupa íntima, de dentadura velha, e pensava que nós, os que trabalhávamos no manicómio, os médicos, os enfermeiros, os serventes, nos parecíamos a pouco e pouco com ursos, com palhaços, com bonecas estragadas, que a pouco e pouco adquiríamos, como eles, o aspecto desesperado e vazio das coisas supérfluas, gastas por centenas e centenas de estremeções sem motivo.

— O senhor Valentim vai recitar um poema da sua autoria — declarou ao microfone uma rapariga rechonchuda, de papel na mão, enquanto por detrás da cortina coxeava ruidosamente uma mudança de cenário.

Em que ano recitarei naquele palco poemas da minha autoria?, pensou ele. Chega uma altura, chega sempre uma altura, em que começam sem aviso a olhar para nós de modo estranho, a tratar-nos com uma benevolência esquisita, a espiarem-nos com um súbito interesse, a segredarem minúsculas conjuras nas nossas costas, a convidarem-nos a ir ao médico porque estamos cansados (não estou cansado), porque talvez necessitássemos de dormir mais (durmo o que sempre dormi), porque talvez umas férias (não quero férias), porque talvez uma baixa (não quero baixa), sabes que sempre fui teu amigo mas acho-te nervoso, desconfiado, irritável, diferente. O chefe do emprego retira-nos trabalho Temos excesso de pessoal, podemos dar-nos ao luxo de redistribuir tarefas, você fica a tomar conta de um pelouro novo, os colegas conversam connosco com excessiva amabilidade, com excessivo cuidado, a família insiste ao jantar Não é um psiquiatra, um doutor de malucos, de doidinhos, é um especialista em esgotamentos, dá-te umas vitaminas, ficas bom, a gente responde Mas eu sinto-me bem e eles sorriem com paciência, com afecto, com inesperada ternura, Olha que não é tanto assim, emagreceste, estás pálido, enervas-te um bocadinho mais, não é verdade João que ele se enerva um bocadinho mais, não tem importância nenhuma uns tónicos e pronto, sempre recuperaste na ponta da unha és um vaqueiroso das Arábias, também o que é que custa dar uma satisfação à gente, vais lá não é nada e pronto acabou-se. E sempre os cochichos, as conspirações, os soslaios, os segredinhos. O médico, simpatiquíssimo, lambe um envelope com uma carta dentro Não se passa nada de anormal consigo mas todos nós mais tarde ou mais cedo com esta vida que se leva precisamos de repouso, uma semana ou duas no máximo, repouso apenas, tratamentos nem pensar que a sua cabeça está óptima, basta olhar para si, a sua mulher o seu marido o seu pai o seu filho levam-no aqui a este hospital eu nem sei se lhe chame hospital para lhe chamar hospital tinha que chamar hospital aos sítios onde os atletas procedem a estágios antes dos jogos, ora aí tem, é disso que necessita, um estágio, uma temporadazita de descanso para retemperar, vai aqui tudo explicado na cartinha é só o frete de a entregar ao meu colega de serviço e ele arruma a coisa, pelo sim pelo não encarrego o seu parente de tomar conta da missiva, os parentes têm de ter uma utilidade qualquer não acha, ora guarde lá no bolso e não se esqueça. As mãos dele, muito brancas, poisam-se, fraternais, nos ombros Tive um grande prazer em conhecê-lo. Cheira a loção para a barba e a égua morta mas ainda não distinguimos o odor, o significado verdadeiro, profundo, do odor. A boca abre-se e fecha-se como a dos pargos Muito prazer em conhecê-lo, muito prazer em conhecê-lo, muito prazer em conhecê-lo. A empregada cá fora cobra o dinheiro da consulta com um sorriso tão vermelho de baton como uma fractura exposta, as unhas encarnadas guardam as notas na gaveta como as funcionárias das bilheteiras dos circos, percebem-se as rendas do soutien pela frincha da bata, a carne lisa, clara, bombeada, suave ao tacto do peito, as pernas cruzadas que se derramam, tenras, na cadeira.

O centro de estágio para atletas assemelha-se de facto a uma prisão mas se calhar é só o aspecto, há hotéis de luxo assim para enganar papalvos novos-ricos, atravessamos corredores e corredores lajeados onde os passos ecoam, enormes, como numa igreja vazia em que as imagens se substituem por cartazes a garantir que fumar faz muito mal, toca-se a campainha diante de uma porta envidraçada, há duas macas com mulheres que se torcem aos gritos, bombeiros, um polícia com um cigano bêbado, de roupa em tiras, a protestar, sujeitos de pijama que arrastam as pernas ao fundo. O colega atrás da secretária risca apontamentos sem olhar para as pessoas, lê a carta, chama o enfermeiro, Hoje é o dia mundial dos esquizofrénicos veja lá se há uma cama para este. Trazem o pijama dele, pergunta o enfermeiro. Como por milagre o pijama surge, engomado, num saco de plástico, o pijama, a escova de dentes, a pasta, os chinelos, dá-me aflição ver os meus chinelos ali num sítio estranho, uma impressão de nudez devassada, de tímido pudor, tenho vergonha dos chinelos, tenho vergonha do pijama Não quero ficar. Calma, diz o médico com um gesto da mão, calmaria. Ó senhor doutor, isto ultimamente é um inferno, sussurra o marido ou a mulher ou o pai ou o filho, fique-nos com ele que a gente já não o aguenta em casa. O cigano começa a cantar uma espanholada no corredor Pela sua saúde cale-me aquele chato, pede o médico ao enfermeiro. Um dos tipos que arrasta as pernas aparece à porta e sorri Boa noite a todos e feliz Ano Novo, quer sentar-se na marquesa, o médico impede-o. Que noite do caneco, suspira ele, se me pilho amanhã até julgo que é mentira. O enfermeiro passa com uma seringa e o cigano emudece decorrido pouco tempo. Um cliente habitual, explica o enfermeiro. Não me aguentam em casa porquê, pergunto eu. Alguém vai abrir a boca o médico corta com um gesto Não vale a pena conversar agora, diz ele. Boa noite a todos, repete o outro. O servente enxota-o para fora. Ó senhor, despache a gente que temos de voltar para Beja, solicita um dos bombeiros. Não tenho quatro mãos, responde o médico irritado, por minha vontade nem tinham saído de lá. Por minha também não, acrescenta o bombeiro. Quero os chinelos no meu quarto, grito eu, este não é o lugar dos meus chinelos. Ele traz alguns valores com ele, pergunta o enfermeiro. Tiram-me a carteira, o dinheiro, o relógio, o porta-chaves. É melhor entregar a aliança, sugere o médico, a gente não se responsabiliza por essas coisas. A aliança não sai do dedo. Se não sai do dedo deixem estar, conclui o servente, expeditivo. Há-de sair, afirma o marido ou a mulher ou o pai ou o filho, tem aí um bocado de sabão? Quem é que deu autorização para trazerem a minha escova de dentes, questiono eu, o lugar dela é na casa de banho no suporte cromado sobre o lavatório, vocês andaram a enganar-me há uma porção de tempo, que chiça de combinação é esta contra mim, tenho o direito de saber o que se passa, dêem para cá os meus chinelos, quem é que deu licença para os fanarem do armário. O enfermeiro segura-me os braços por detrás, Então que é isso pá, pergunta ele, ninguém te rouba os chinelos. Três ampolas a ver se o tipo serena, diz o médico. Desde as duas da tarde que ainda não parámos, queixa-se o servente para o polícia do cigano que acena que sim com a cabeça, mais a ambulância que estou a ouvir lá fora. O número de malucagem cresce na cidade, por este andar ficamos todos chalupas, filosofa o polícia que para polícia tem um ar cordato, não se parece com os polícias do costume. Vocês enganaram-me à má fila, digo eu, ora expliquem-me lá que merda é esta. Alguém principia a chorar no corredor em guinchos convulsivos de criança. O homem que arrasta as pernas aparece de novo, Uma pinga de água, pede ele. O enfermeiro puxa-me pelo braço para um compartimento com uma maca alta, de rodas, dois armários de vidro repletos de frascos de comprimidos, uma caixa de metal em cima de um fogareiro de petróleo, um banco de assento de subir e descer. Arreia as calças, diz ele a chupar com a seringa uma porção de ampolas, que lança a piparote, sem falhar nenhuma, num balde de esmalte, arreia lá as calças caneco, enquanto tira um pedaço de algodão de um recipiente de plástico e o molha numa botija de álcool. São vitaminas, pergunto eu cheio de esperanças, os especialistas não mentem, vem-me à ideia a mulher das unhas vermelhas a guardar o dinheiro na gaveta, apetece-me deitar a cabeça no seu peito fofo cor-

-de-rosa, tocar com os dedos no espaço de entre as coxas, aspirar o perfume espesso, os cabelos, a injecção dói como se me introduzissem um arame nas nádegas, um arame em brasa, fininho, no músculo. Aguenta que é serviço pá, aconselha o enfermeiro. Porque é que me estão a fazer isto a mim, pergunto eu, o que se passa para me fazerem isto a mim. Já podes levantar as cuequinhas, avisa o enfermeiro. Arrasto-me para o corredor com a perna esquerda presa, o cigano adormeceu num banco e ronca de assobio como os faróis, o médico parlamenta de cócoras com as mulheres das macas, Esta fica aquela vai-se embora, há demasiada luz aqui e tenho sono, o arame tornou-se o centro, o eixo do meu corpo. Está a ficar grogue, diz o enfermeiro para o servente, mete-o na cama antes que nos fique aqui. Amparam-me pelo sovaco até ao quarto, cheira a caserna, a pele por lavar, a vomitado. O meu pijama, peço eu e a voz parece flutuar-me, alheia, nos ouvidos, uma voz em que me não reconheço, que me não pertence, pequenina, distante, envergonhada. Amanhã trata-se disso, responde o servente a desabotoar-me a camisa. O tipo das pernas arrastadas estende-se no colchão ao lado, Boa noite a todos, diz ele. Ajuda que este já está como há-de ir, pede o servente a alguém que não vejo e as palavras rebolam-me como pedras na cabeça, como há-de ir, como há-de ir, como há-de ir, o travesseiro é o corpo tenro da empregada, as unhas vermelhas acariciam-me as costas, sinto a barriga dela na minha barriga, as valvas das coxas que se abrem para mim, o servente afasta-se, quieto, a olhar-me, se eu tivesse os meus chinelos comigo a felicidade era completa, há mulheres que se desdobram como navios à vela, cujas madeixas se desfraldam, cujos seios ondulam, mulheres húmidas como conchas, como búzios, desapareço devagar, regresso à tona, mergulho, uma luz ocre entra de viés pela janela, poeirenta, triste, luz de chuva, um aspirador zumbe em qualquer lado, o cigano dorme de dentes na almofada, um homem desperto olha o tecto em silêncio, a ausência da aliança deixa uma marca mais clara no meu dedo, não conheço esta cama, não conheço este colchão, doem-me as costas, oiço a chuva no cimento, gorgolejos metálicos de algerozes, tento levantar-me e o corpo recusa-se, os músculos obedecem num vagar dolorido, o cigano muda de posição e continua a dormir, as ampolas distorceram-me a vista porque as unhas sujas dele me aparecem enormes, quadradas, do tamanho dos vidros da janela, consigo deslizar para fora do colchão, arrasto as pernas no corredor, apetece-me urinar e de súbito, como em miúdo, a bexiga esvazia-se nas calças, desagrada-me a virilha húmida, o contacto molhado da roupa, enfermeiras passam por mim muito depressa, tudo se passa tão depressa agora, não há nenhum bombeiro, nenhuma maca, nenhum polícia, só gente a correr para um e outro lado com papéis na mão, uma criatura empurra-me para uma espécie de refeitório com mesas de fórmica colorida, despejam café com leite em púcaros de folha, mulheres em camisa, despenteadas, comem sem falar, os gestos tremem-lhes, os lábios hesitam, um homem de bata branca aparece a distribuir comprimidos, três, quatro, cinco comprimidos para cada um, porque é que ninguém da minha família me vem tirar daqui, levar-me para casa, dar-me banho, o cigano deixa cair o pão, encosta o queixo à fórmica, adormece outra vez, tem os pés metidos em sapatos grandes demais como a Vovó Donalda, os tornozelos muito magros, o pijama roto,

— O senhor Valentim recita um poema da sua autoria

Um enfermeiro pergunta, Quantos temos cá hoje. Metade é para despachar, responde um baixo, gordo, mal disposto, feriu-se ao barbear-se num canto do beiço e palpa constantemente o lanho com o dedo. De uma varanda gradeada vejo a chuva a cair, as casas deslocadas como colheres que se introduzem na água, o cogumelo de pano luzidio de um guarda-chuva trota numa álea, as cores, desbotadas, sobrepõem-se,

— da sua autoria

sento-me num sofá diante de um televisor apagado, a antena é um arbusto de alumínio, as únicas árvores que dentro em breve povoarão a cidade, o país, o continente inteiro, a Amazónia será uma floresta virgem de antenas, um sujeito idoso instala-se à minha esquerda, desaperta o pijama, pousa-me a mão espalmada no joelho. Gosto deste programa, informa ele, a seguir ao hino do fim com a bandeira é do que eu gosto mais. O écran sem imagens aparenta-se ao dia lá fora, viscoso e mole como o dorso suado de um bicho. A minha senhora quer-me matar, segreda-me o sujeito idoso no ouvido, sempre que me engoma a roupa deita veneno no ferro, basta cheirar as camisas para lhe toscar a marosca, abana a calva desiludido, Todas umas cabras todas umas cabras. Uma das mulheres despenteadas amesenda-se na cadeira à nossa frente, de olhos frios e parados como olhos de vidro, as suas pernas peludas arrepiam-me, os braços peludos, o bigode, um tendão ou uma veia incha e desincha no pescoço. Olhe para ela, cochicha-me o velho, também pertence à pandilha. O telefone desata a tocar em campainhadas descontínuas, aflitivas, prementes. Eu não o avisei, pergunta-me triunfalmente o velho que procedia na sua cabeça a raciocínios que me escapavam, a única solução é desligar o frigorífico antes de nos deitarmos. Um enfermeiro levantou o aparelho, Urgência, disse ele e ficou a escutar calado, enquanto escutava tentava limpar a custo uma mancha na bata, Assim que eu puder, disse ele, molhava o polegar na língua e esfregava. Senhor enfermeiro, anunciou o cavalheiro idoso, esta mulher quer-nos matar. O céu aparentava-se a uma testa leitosa, a uma testa uniformemente leitosa. O enfermeiro saiu sem responder, Vai tomar providências, concluiu o cavalheiro idoso muito satisfeito. Um servente veio chamar-me, não era o mesmo da véspera. Anda ao médico, disse ele. Eu tenho uma conspiração a transmitir, revelou o velho. Vais ter que aguentar a conspiração mais um bocado, respondeu o servente, anda cá tu ó das calças molhadas. A mulher peluda abriu a boca de repente, O gajo mijou-se, disse ela e recaiu de imediato na sua mudez vazia. O gajo mijou-se, o gajo mijou-se, o gajo mijou-se, protestavam as minhas pernas a arrastarem-se pelas lajes fora, o médico era diferente também a não ser que fosse o mesmo mas com uma barba grisalha postiça e um cachimbo cheio de tabaco Gama a fumegar como um cargueiro. Qual deles é este, perguntou o médico a vasculhar numa série de fichas. Sente-se aí, disse uma enfermeira. A família trouxe-o ontem à noite com uma carta, elucidou uma voz nas minhas costas, muito agitado. Nunca estive agitado, digo eu, sou a calma em pessoa. O tabaco Gama solta uma baforada complacente, Então na tua ideia o que é que se passou. Viemos ao engano, os meus chinelos e eu. Os teus chinelos, espanta-se o tabaco. Sempre que vou descalço à noite à casa de banho constipo-me, digo-lhe eu, a si não lhe acontece o mesmo? O que é que achas, pergunta-me ele. Acho que embirro consigo, digo eu, esse tabaco larga um pivete de merda. O enfermeiro apressou-se a retirar o cinzeiro de vidro de cima da secretária e colocou-o no alto de um armário, muito longe de mim. Porque é que estás tão zangado, pergunta o médico numa meiguice de mau agoiro. Porque vocês me estão a trilhar os tomates e eu a ver, queixo-me eu, estão-me a trilhar os tomates comigo a assistir e a pedir desculpa. Assim não entendo nada, geme o tabaco Gama, continuo sem saber o que é que sucedeu. Estamos pates que eu também não sei, respondo-lhe, e se você fumasse outra raça de palha? O enfermeiro do telefone toca-me nas costas, Como é que te andavas a dar lá em casa com a família. Em casa com a família, penso, foi sempre a mesma chumbada, levantar trabalhar deitar, levantar trabalhar deitar, e aos domingos o passeio de carro à Cruz Quebrada, mas em lugar disso digo, Não é da sua conta, da sua conta é devolver-me os chinelos e mandarem-me embora o mais depressa que puderem, não tenho que dar paleios a ninguém, que dar justificações, explicações, que lhes contar como é, sou a calma em pessoa, a calma das calmas em pessoa, trilham-me os tomates e eu manso como uma ovelha morta, não protesto, não acuso, não trago razões de queixa de ninguém, só me quero ir embora abram-me a porta. Deram-lhe a medicação que está marcada, perguntou o tabaco Gama ao enfermeiro, o tipo cospe fininho para esta dose toda o melhor é carregar-lhe mais duas a ver. Mais duas quê, digo eu. A chuva à força de desbotar as cores tornou o dia completamente branco como um rolo de fotografias estragado onde se distinguiam vagamente os contornos das casas ou o que se presumia serem os contornos das casas, soma de linhas indecisas horizontais e verticais que se esfumavam. Vitaminas pá, afirma o médico, vitaminas para te destrilhar os tomates, te pôr em condições, são como um pêro. Já não embarco outra vez no mesmo jogo, garanto eu, não me apanham na curva. O enfermeiro agarra-me de um lado, o servente do outro, um segundo enfermeiro que arrumava ampolas num armário desaperta-me as calças. Fede a mijo que tresanda, verifica ele, a mijo podre que tresanda. Sinto o frio do algodão nas nádegas e depois o arame a arder que me perfura a carne, levam-me para o quarto, despem-me, estendem-me na cama e começo a desaparecer deva

— Recita um poema da sua

garinho de mim mesmo, a diluir-me, a evaporar-me. Os meus chinelos gemo ainda, se eu quiser fazer chichi durante a noite constipo-me na certa, fico a espirrar uma semana inteira no emprego

(Há uma faixa da ponte na qual se circula sem barulho e outra faixa onde as rodas do automóvel fazem trrrrrrrrrrrr, uma espécie de grelha de ferro, Joana, em que tu gostas de andar: a gente vem da Caparica, cheios de areia, doidos do sol, sente a vibração nos pés, no corpo inteiro, na cabeça, vê pelos buraquinhos o rio lá em baixo, de um azul forte e rugoso como o esmalte dos termos e a cidade em frente, os cais, as praças, os cemitérios repletos de labaredas verdes escuras, imóveis, dos ciprestes, que tornam o céu mais baço e pálido em volta, mais velado como se a sombra de um mistério o habitasse, a sombra da sombra de um mistério o habitasse, e pensa: é porreiro. Não, a sério, só isso, vê a cidade, a luz de Alcântara, as Amoreiras, e pensa: é porreiro)

e depois principio a acordar de novo sob a mesma chuva, sem dúvida as mesmas gotas de ontem e anteontem, a mesma manhã eterna e branca, a mesma ausência de cor, estou numa sala enorme cheia de camas vazias, o estuque do tecto empardece de tabaco e de humidade, há outra sala de um lado e um corredor do outro, um tipo de pijama e de vassoura em punho varre o lixo num rebuliço de pó, de pontas de cigarro, de pedaços de papel, um rapaz sentado no chão contra a parede avança e recua o corpo guinchando a compasso ao mesmo tempo, tenho uma mesa de cabeceira de ferro com um prato de alumínio em cima a servir de cinzeiro, afasto a roupa para me levantar, os lençóis, o cobertor, a colcha rota, começo a erguer-me, o corpo inteiriçado recusa-se a mover, não me obedece, procuro apoiar-me nos varões, a mão escorrega, o soalho aproxima-se de súbito de mim, devo ter batido com a cara mas não sinto a dor, qualquer coisa de quente molha-me o nariz, tento firmar-me nos joelhos, gatinhar, um par de sapatos surge à altura dos meus olhos, Caíste da prateleira ó chichas. Puxam-me para cima, sentam-me no colchão, a cabeça rodopia-me, gira, as ideias confundem-se, como é que me chamo, que dia é hoje, quantos anos tenho, lembro-me vagamente da empregada do especialista a guardar as notas na gaveta, do bombeiro impaciente por regressar a Beja, do cheiro Gama a irritar-me a garganta. Os sapatos têm uma bata branca por cima e limpam-me as fuças com um pano Foste de ventas à torneira, amigo. O arame que me introduziram nas nádegas continua a doer-me, dois filamentos de ácido que me prendem os músculos, um fulano quadrado, de pijama, assiste a chupar um charuto de jornal. O da bata pede-lhe Traz-me mais compressas e o frasco do álcool, e para mim Põe o queixo no ar como se fosses foca. Quero ir para casa, digo eu, quero ir para casa agora, quero chegar a casa, tomar banho, mudar de roupa, lavar os dentes, esperar que chegues lendo o Stefan Zweig no escritório, ouvir o ruído da loiça na cozinha, farejar o cheiro da comida, enterrar a cara no vapor de sauna do caldo verde, apetecer-me cantar. Mais uns diazitos na suite e levas alta, garante a bata. Porque é que não me posso ir embora já, pergunto eu, e reparo que a minha voz soa lenta e difícil, a língua enrola-se na boca sem cuspo, pega-se às bochechas, aos dentes, dobra-se-me, viscosa, nas gengivas. Ora aponta lá o queixozinho para o tecto, resmunga a bata

(Por vezes em criança, sem motivo, começava a sangrar do nariz na escola do senhor André. Havia o senhor André, a dona Adelaide que tinha bexigas, a tia da dona Adelaide que a criou de pequenina e um cão chamado Pirata. Uma casa na Avenida Gomes Pereira, do lado direito de quem sobe, com um quintal por detrás com couves e legumes, a fábrica Simões em frente, o segundo andar do Frias mesmo ao lado. O pai do Frias era barbeiro na Estrada de Benfica e não sorria nunca. Eu estava muito bem no meio da aula e começava a sangrar do nariz. Nenhum desses pequenos prédios de antigamente existe já, desses pequenos prédios com jardim que o sol nos plátanos tamisava, e em cujas marquises mulheres curvadas esfregavam roupa em tanques de pedra. E havia o cinema de Benfica e o rinque de patinagem, Barata, Luís Lopes, Cruzeiro, Lisboa e Perdigão, as ratas gordas, enormes, ferozes, do caneiro, o mapa das serras, o senhor André a tirar pêlos das orelhas e a tranquilidade da tarde)

o rapaz sentado no chão adormece de queixo no peito, a chuva, uniforme, afigura-se-me a única coisa viva, real, à minha volta. Por qualquer motivo que desconheço moro num sonho inventado com chuva verdadeira dentro: a chuva vai desbotar o meu rosto, vai desbotar os meus olhos, vai desbotar o meu cabelo como tudo aqui está desbotado, as pessoas, as paredes, os lençóis, as palavras. Então como vai isso, diz alguém jovial nas minhas costas. Palmada no ombro. Inicio a difícil manobra de voltar-me. Isso é que tem sido descansar estás para aí podre de sono, insiste a voz, trouxemos-te uns miminhos para adoçar a boca. Consigo rodar o corpo e eis a família de pé à cabeceira, risonha, amável, condescendente, terna, Que óptimo aspecto que tu tens. Quero responder e as frases não se soltam, agarradas ao céu da boca como caramelos Levem-me para casa. O meu irmão diz A gente não te afiançava que precisavas de repouso ora vai-te ver ao espelho e repara na diferença. Todos acenam energicamente que sim com a cabeça. Arranjámos-te meio quilo de pêras francesas. Exibem como um troféu um saco de plástico com a fruta dentro, a fruta parece transpirar. Se a comida não for grande coisa já sabes. A minha cunhada diz Nunca pensei que as instalações fossem tão boas. O meu irmão dá-me outra palmada no ombro, Seja cego se não me mordo de inveja, um galdério destes num hotel de primeira. O meu pai diz Não te preocupes com o emprego já seguiu um papel para lá, não te descontam um chavo no ordenado. Quando tiveres alta, diz o meu irmão, tens uma data de dinheirinho à espera sem trabalho nenhum. Falta alguém aqui, penso eu. A minha cunhada adivinha-me o olhar A tua mulher não pôde vir, doía-lhe a garganta, manda-te um beijo que talvez amanhã passe por cá. Todos te mandam cumprimentos, acrescenta o meu irmão. Que eu saiba nunca lhe doeu a garganta que porra de desculpa é essa, grito eu, inquieto, sem falar, há uma conspiração qualquer que não entendo, uma ameaça, uma conjura, foi a forma que arranjaram para me matar mas matar-me porquê, não possuo nada que preste, que lhes possa servir, mobília usada, electrodomésticos fora da garantia, nenhum bago no banco, que esperam eles lucrar à minha custa, porque é que inventaram que estou agitado, que estou doente. Voltamos no domingo, diz o meu irmão a despedir-se. O meu fogão tem mais um bico do que o dele será por isso?, interrogo-me a fitar desconfiado o seu sorriso. Trazemos-te os miúdos para os veres, promete a minha cunhada que usa um colar que eu não lhe conhecia, um colar de grandes molas amarelas com um fecho de prata. Se calhar empenharam o meu aspirador para o comprarem: todos de resto me parecem mais gordos, mais alegres, mais felizes, afastam-se pela enfermaria fora a conversar entre si. Penso O que é que estarão a combinar agora, o sujeito tinha talvez razão acerca da esposa, isto não é um hospital é um centro de aniquilamento, um matadouro, as pessoas pagam para se desembaraçarem de nós. Principio a tremer de receio, de terror, de pânico, um negro estende-se na cama à minha esquerda, de malares inchados, um penso na testa, a mão direita embrulhada em adesivos. Porque é que torturam as pessoas, interrogo eu. O negro fita-me calado, desvia as órbitas cinzento escuras embaciadas e tristes

— O senhor Valentim vai recitar um poema da sua autoria.

O enfermeiro vem buscar-me O médico quer falar contigo. Não quero ir ao médico, digo eu, não quero que me façam como àquele. Acho-me fraco demais, o corpo não me obedece, os membros bambos oscilam, tropeço num corredor húmido e escuro onde há gente que espera sussurrando baixinho encostada à parede. Devem ser testemunhas contra mim, penso eu. As solas escorregam no chão molhado, o enfermeiro abre uma porta pintada de verde, entramos, desta feita é uma médica a folhear papéis atrás de uma secretária enorme, pelo menos o que eles afirmam ser uma médica, uma agente da secretaria do matadouro, um guarda em travesti, pela janela entreaberta chove sempre, a chuva acabou de diluir, como um ácido, os derradeiros contornos das coisas, a cidade desapareceu, não existe, não há, o enfermeiro que não é enfermeiro aponta-me uma cadeira, sento-me, o simples acto de dobrar os joelhos tornou-se-me difícil, lento, penoso, substituíram-me as articulações por dobradiças empenadas, a médica agarra numa esferográfica e num bloco, pergunta-me a idade, o estado civil, o nome dos meus pais. Que remédio me deram, inquiro eu. Você estava excitado e fomos obrigados a sedá-lo um bocadinho, diz ela. Eu estava no meu normal, digo eu, e continuo sem entender porque me prenderam aqui. É mais um dia ou dois e pronto, diz ela, vai-se embora. Não acredito em si, digo eu, fecharam-me aqui para me matarem. Que ideia, diz ela, isto é um hospital não é uma câmara de gás. As câmaras de gás nunca se parecem com câmaras de gás, digo eu, a senhora toma-me por parvo. Eu não o tomo por parvo, diz ela, você é que está aflito: seria bom que descobríssemos o motivo por que está aflito não acha? Não estou aflito, digo eu, só quero que me deixem sair. Tem dificuldade em conversar comigo, diz ela. Não me apetece conversar com ninguém enquanto aqui estiver, digo eu. A médica coça o cabelo com a esferográfica: usa as unhas quase tão compridas como as da mulher que escondia o dinheiro na gaveta. Ainda é muito difícil entrar em relação com este doente, diz ela para o enfermeiro. Não estou doente, digo eu. Estás sim pá, diz o enfermeiro, armaste desacatos lá em casa com a família. Armei o tanas, digo eu, sou um fulano sossegado, pergunte aos vizinhos, aos colegas, a quem quiser. Que desacatos, pergunta a médica ao enfermeiro. Bateu, partiu, sei lá que mais, revela o enfermeiro. Quanto lhe pagaram para espalhar essas mentiras, digo eu. A médica torna a coçar a cabeça com a esferográfica: continua delirante, diz ela, vamos ter de esperar mais algum tempo. Em todo o caso a medicação atira-o bastante abaixo, diz o enfermeiro, dormiu quarenta e oito horas só com uma seringa. As famílias não detectam estas coisas no princípio, diz ela, e depois quem se vê à brocha somos nós. Também ele é só a pele e o osso, diz o enfermeiro, derruba-se de pantanas com um sopro. Mesmo assim, diz a médica, tinha obrigação de estar melhor. Talvez alterar aí a papeleta, diz o enfermeiro, enfiar-lhe uma droga diferente. Acho-o sobretudo ansioso, diz a médica. Não estou ansioso, digo eu, quero é pôr-me no pira. Já cá esteve a família, pergunta a médica. Vêm todos os dias, diz o enfermeiro, por aí não há azar. Bom, diz a médica, agora queria ver o Martins. O enfermeiro abre a porta, grita lá para fora Martins e um homenzinho de nariz vermelho entra a cumprimentar efusivamente toda a gente. Deixa sentar o Martins, diz o enfermeiro. Já vi que continuamos a beber senhor Martins, lamenta-se a médica, assim não há tratamento que resulte. Alça, diz-me o enfermeiro, vamos voltar para o oó. As pessoas no corredor avançam um passo ao verem-nos. Aguentem um nico, pede o enfermeiro. Uma delas é uma velhota de cabelo tão branco como o cabelo preto nos negativos dos retratos, segura na mão uma sombrinha de cabo de osso, um riso de desculpa paira como uma auréola adiante dos beiços. Desculpe desculpe, diz a velha. O enfermeiro ajuda-me a deitar, puxa-me a roupa para cima, fico a olhar o tecto, os grandes globos de vidro despolido, o arquipélago de nódoas do estuque, as minhas pupilas viajam como insectos na superfície clara, de tempos a tempos um condenado passa por mim a arrastar as pernas no soalho, os pijamas amarrotados flutuam ao redor do corpo como os paramentos dos padres, um rapaz de farripas pelos ombros observa-me. Olá, diz ele. Deves cheirar mal para caraças, penso eu. O tipo aproxima-se, fica de pé com a cabeça quase à altura das lâmpadas esféricas. Acreditas em Deus, pergunta ele. Acredito nos glutões, respondo eu. Se calhar também te apanharam à má fila, diz ele, a mim juraram que era para me desintoxicar da droga. Reparo que a boca é mais idosa do que o resto da cara, mais sabida, reparo nas cicatrizes de acne das bochechas, na barba mal semeada, por nascer, na furiosa docilidade pensativa dos seus gestos, no odor de putrefacção que o envolve como um véu. Estás a morrer em vida, penso eu, pareces uma lebre a agonizar. Um cigarro, oferece ele. Deve ter sido envenenado, prevejo eu,

aposto que fazes parte da matilha. O rapaz assemelha-se a um Cristo feio, a um Cristo meditabundo e doente: daqui a vinte anos o mundo será habitado por esta raça triste, por esta magra raça humilde e ferida. Posso sentar-me, interroga ele. Fica a fumar em silêncio ao pé de mim e de quando em quando puxa um escarro da garganta e estampa-o no chão. Sou estofador de automóveis, diz ele, querem-me dar alta mas eu não vou na fita: sempre se abicha um comprimido aqui e ali, vende-se lá fora no Camões: o truque é um gajo ter licença de sair o resto é caspa: não se atura patrão, comida e dormida à borliú, se há uma semana de ensaio guardam-te a cama, guardam-te o lugar, baratinas o médico. Puxa um escarro formidável das entranhas, fá-lo dançar de uma bochecha para a outra, atira-o por cima do preto para longe. Viste este, exclama ele. Quero ir-me embora, penso eu, quero ir-me embora o mais depressa possível. Nisto um sujeito de pijama passa a voar, de braços abertos, rente às cabeceiras de ferro, a gritar com a boca imitando o ruído de uma hélice, seguido de quatro ou cinco criaturas decrépitas que embatem ao acaso nas paredes como codornizes cegas, derrubam as mesas, zumbem junto aos caixilhos impaciências de vespa. Não trabalho há dois anos, diz muito depressa o rapaz dos escarros, e aparece-lhe na expressão uma vergonha infantil, uma timidez e um pudor inesperados. O homem que voa some-se aos baldões pela janela aberta. A chuva vai dissolvê-lo, penso eu, como a cal viva os ossos dos cadáveres, só o tipo dos cuspos e eu resistimos ainda, a minha família dissolveu-se, a casa que ainda não acabei de pagar dissolveu-se, os electrodomésticos de que me faltam prestações dissolveram-se, o carro hipotecado dissolveu-se, o escritório dissolveu-se, o jogo de futebol aos domingos de manhã com os colegas dissolveu-se, o Natal
— O senhor Valentim vai recitar um poema da sua autoria
a Páscoa e as estações do ano dissolveram-se, tudo se dissolveu, de que serve ir-me embora se não tenho para onde ir, se fora desta sala a chuva cai monotonamente, interminavelmente, numa monótona e interminável planície cinzenta povoada de ruínas. Afinal sempre aceito um cigarro, digo eu. O rapaz procura o maço nos bolsos enquanto procede à barulhenta preparação de um novo escarro

— O senhor Valentim vai recitar um poema da sua autoria
e acaba por extrair uma beata quebrada de um pedaço de papel de prata. Esta é das boas, diz ele, cravei-a mesmo agora a um doutor. Onde é o quarto de banho, digo eu. O banho é à sexta-feira, informa ele em tom solene de gerente de hotel. Era só para urinar, digo eu. Para urinóis é ali à esquerda, diz ele, basta orientares-te pelo cheiro. O meu carro é de certeza uma manchazinha de água sob a água, penso eu, a minha casa um montículo de pedras cinzentas na manhã cinzenta, a minha família um grupo de vultos indistintos como os avós dos retratos. Escorrego devagar para o chão e tropeço a arrastar as pernas, agarrado aos ferros da cama, na direcção do urinol

— O senhor Valentim vai recitar um poema da sua autoria
o piano da chuva nos algerozes torna-se mais forte, mais insistente, mais alto, mais cruel, idêntico a uma dezena de tambores martelando em uníssono a sua raiva azeda: dentro em breve a chuva destruirá o telhado da enfermaria para tombar nas camas o seu peso de seixos, o seu peso de balas, o tecto bombeia-se já, oscila, vai ruir, o quarto de banho é um conjunto de divisórias com uma porta ao fundo para a louça da retrete e um autoclismo paleolítico lá em cima, o vento quebrou um dos caixilhos e a água espalhou-se nos azulejos como uma doença de pele que alastrasse

— O senhor Valentim vai recitar um poema da sua autoria
trazemos-te estas pêras francesas, estes sorrisos, estas pancadinhas no ombro, esta hipócrita ternura, escorrego ao longo da parede até as nádegas se me espalmarem nos azulejos, a chuva cai-me no pescoço, na nuca, nas espáduas, sinto-a escorrer-me no canal das costas, deslizar-me nos flancos, nas virilhas, alargar-se-me em leque pelas coxas, a minha mão encontra um pedaço triangular de vidro da janela

— O senhor Valentim vai recitar um poema da sua autoria
ergo-o ao nível dos olhos e observo, através dele, as camas, o candeeiro redondo, o preto estendido no seu leito, observo o mundo distorcido, o mundo branco, o mundo morto do matadouro, o mundo branco e morto do matadouro, o rapaz de madeixas compridas que se instala ao

meu lado sob a chuva, sem falar, e cuja boca envelhecida se aparenta a uma cicatriz pálida e selada, uma prega de pele, observo através do vidro o meu próprio rosto dissolvido, sem substância, os traços difusos, quase completamente inexistentes, do meu rosto, dos meus olhos, da curva grossa do nariz, o rapaz das farripas compridas vai desaparecer também a pouco e pouco, os pés dele, por exemplo, evaporaram-se e agora são os tornozelos, as pernas, os joelhos que lentamente se diluem, a água arrastará os testículos desfeitos para longe, o umbigo apagou-se, a saliência do ventre desfez-se, o conteúdo espalha-se, amolecido no sobrado,

— O senhor Valentim vai recitar um poema da sua autoria

as próprias órbitas com que me fita adquirem o tom baço e rugoso do gesso, o tom liso, unido e cego do gesso, encosto de leve o vidro ao pulso, aos tendões e às veias salientes e tenras do pulso

— O senhor Valentim vai recitar um poema da sua autoria

sinto o braço dele contra o meu braço, o ombro dele contra o meu ombro, não existe família, não existe emprego, não existe casa. Dê aqui uma ajuda digo eu a apontar o vidro com o queixo, dê aqui uma ajuda que isto sozinho não vai lá.

## 10.

— Porque é que as pessoas se matam? — perguntou o alferes.

Estávamos no quartel de Mangando, no pobre quartel de Mangando junto à fronteira com o Congo: mais alguns quilómetros e via-se, sobre o rio, o acampamento do MPLA do outro lado, lá em baixo, os edifícios que a distância tornava minúsculos, uma ou outra camioneta microscópica cujos guarda-lamas brilhavam ao sol, a trepar penosamente a crista boleada de um cabeço. Mangando é uma pequena povoação sem importância, tão sem importância que nenhum mapa, nenhuma carta a refere, composta por uma sanzala miserável, um renque de palmeiras desdentadas e calvas, a casa onde o chefe do posto escondia (nunca ninguém a viu) a sua amante negra, e o círculo de arame farpado em torno das barracas de madeira da tropa, onde um pelotão seminu, trémulo de sezões, apodrecia. Eram cinco horas da manhã e o suicida acabara de morrer depois de muito tempo de desesperadas convulsões diante dos nossos olhos espantados. Dentro em breve os coxos, os magros cães da tropa principiariam a inquietar-se na parada, anunciando a claridade turva do cacimbo em que o sol surgia molhado pelo sumo do nevoeiro, idêntico a uma laranja esborrachada. Os vidros dos jipes cobriam-se de uma pele de lágrimas, as árvores embrulhavam-se de um celofane de vapor, brilhante e misterioso como o das pupilas dos doentes que nos fitam das almofadas com a humilde crueldade das crianças. O suicida acabara de morrer e jazia, tapado com um lençol, num cubículo vizinho, entre grades de cervejas vazias e caixotes de latas de conservas que prolongavam, se as cheirávamos, um estranho, denso, concentrado aroma de mar. Eram latas de sardinhas e de anchovas, latas de atum e de cavala, e o odor rodeava o morto como a água os corpos de pau dos afogados, que adquirem a pouco e pouco a consistência torturada e porosa das raízes. Sentíamos a presença dele como um olhar cravado nas costas, um olhar transparente, oco, repleto de indiferença e de rancor, um olhar de ódio distraído e manso, o olhar de um inimigo que nos detesta e despreza e para o qual o candeeiro inclinava a única pétala da sua chama, numa inquietação de língua em busca do incisivo que lhe falta.

— Porque é que as pessoas se matam? — perguntou o alferes.

Estávamos no quartel de Mangando, sentados à mesa, o alferes, o furriel enfermeiro e eu, de garrafa de cerveja na mão, e os nossos rostos traduziam em cada ruga, em cada traço, em cada vinco das sobrancelhas ou da boca, meses e meses de perplexidade e sofrimento. Uma nuvem de mosquitos enfurecia-se ao redor da luz, idêntica a uma chuva de palhetas prateadas que de quando em quando se esmagavam contra a rede em brasa numa crepitaçãozinha de fritura. Alguns pratos e copos empilhavam-se numa prateleira. As viaturas lá fora adquiriam a configuração fantasmagórica dos sonhos, e a sombra das palmeiras, da casa do chefe do posto, da mata em volta, possuía a profundidade sem limites da tristeza. O olhar do suicida, cheio de indiferença e de rancor, perfurava o tabique da parede e poisava em nós como o passo leve, oblíquo, atento, de um gato.

Talvez que tivéssemos bebido demais (havia várias garrafas vazias ao alcance do braço), talvez que a demorada agonia do soldado e o seu trágico acompanhamento de estertores e de vómitos acendesse em nós a secreta, febril angústia que diariamente escondíamos, talvez que tantos meses de guerra nos transformassem em criaturas indecisas e inúteis, em pobres bêbados sem préstimo aguardando a palidez da manhã, para depois aguardarem a tarde e a noite na mesma renúncia desinteressada. O alferes encontrava-se nu da cintura para cima, em calções e sapatilhas, e as suas mamas amarelas e pendentes de gordo assemelhavam-no a uma dessas velhas de Goya que o pintor desenhava, no fim da vida, numa repugnância apaixonada e furiosa. O furriel enfermeiro e eu havíamos chegado ao crepúsculo, no jipe da Pide (o agente que nos conduzira ressonava num canto, de boca aberta) e trazíamos ainda na lembrança as corujas imóveis na picada, a fixarem os faróis com os carvões gigantescos e vermelhos das órbitas. O odor gorduroso do petróleo e da comida fria pairava na sala.

— Porque é que as pessoas se matam? — perguntou o alferes, com um bigode de espuma de cerveja a esbranquiçar-lhe o lábio.

— Os animais presos — disse eu — preferem muitas vezes morrer e nós não passamos de animais presos: nunca nos deixarão sair daqui. Têm medo, em Luanda, que a gente saia daqui: com que cara os tipos bem fardados, bem alimentados, bem dormidos nos enfrentariam? Somos o remorso deles.

— Suponha — disse o furriel enfermeiro — que entrávamos no quartel-general com os caixões às costas: os majores e os coronéis piravam aos gritinhos, apavorados, a tilintarem os pingentes de lustre das medalhas.

— Não há perigo de entrarmos no quartel-general — suspirou o alferes a espiar de soslaio o pide que dormia no seu canto. — Ficamos à porta, de boina na mão, como os mendigos.

— A gente mata-se porque somos os mendigos desta guerra — declarei eu. — Até os que já estão mortos se matam.

O alferes levantou-se (a cadeira tombou para trás e o pide, aflito, estremeceu no seu sono), retirou um espelho oval do prego da parede, um desses pequenos espelhos de barba com cercadura metálica, e examinou-se passando a mão desiludida nas bochechas moles:

— Já estou morto — disse ele. — Morri no Mussuma, no Leste, quando encostei à cabeça o indicador direito e disparei. Vocês não calculam o estampido de um dedo ao disparar.

Eu conhecia o Mussuma, a dez quilómetros da Zâmbia. Fora lá muitas vezes, de avioneta, levar comida fresca e medicamentos a um grupo de homens maltrapilhos, de espingarda, metidos num buraco como ratos. De longe, os telhados de zinco cintilavam ao sol. Não tinha os eucaliptos de Cessa ou de Ninda, nem o horizonte ilimitado de queimadas, vermelho e azul, no Chiúme: era uma cova de caixão do tamanho de um corpo inerte, de um corpo fatigado. Entrava-se no arame e a boca enchia-se de terra como a dos defuntos, que se mastigam a si próprios no silêncio de mogno dos caixões.

— De qualquer forma — disse o furriel enfermeiro — o tipo aqui ao lado é a segunda vez que morre. Não sabia que os mortos se matavam.

— Os mortos gostam de morrer — disse eu —, gostam de tornar a sentir os sobressaltos desesperados da agonia.

— Nós os mortos somos muito estranhos — declarou o alferes pendurando o espelho no seu prego. — Qualquer dia levo de novo o dedo à têmpora e disparo.

E acrescentou baixinho à procura de uma garrafa sob a mesa:

— É a mesma coisa que usar uma espingarda.

O primeiro cão magro e coxo introduziu o focinho pela porta aberta e aspirou de leve o fumo escuro, cor de ferrugem, do petróleo: a sua cabeça humilde e larga fixava-nos com uma expressão de dolorosa piedade, de compassiva e melancólica compreensão. As barracas tornavam-se mais claras, mais nítidas, as viaturas no pátio de terra perdiam a pouco e pouco a sua esquisita densidade, um nevoeiro húmido e pegajoso, um nevoeiro de cozinha, aderia-nos à pele suada do pescoço. As palmeiras inclinavam os quadris para o nascente como grandes girassóis inesperados.

— As pessoas matam-se porque estão fartas — disse o furriel enfermeiro a abrir a tampa de uma garrafa com os dentes. — Fartas de não perceberem porque é que morrem.

Era um óptimo enfermeiro e entendíamo-nos bem: normalmente trabalhávamos sem falar porque ambos percebíamos o que o outro queria, o que o outro necessitava, nos feridos, nos partos, nos doentes. Antes da guerra angariava seguros mas possuía as mãos doces e lépidas, infinitamente delicadas, de um cirurgião. Os objectos vibravam nos seus dedos como se palpitasse neles um coraçãozinho oculto e ansioso.

— Estamos fartos de estar mortos — proclamou o alferes produzindo com a língua o som de uma pistola que se carrega e erguendo-a lentamente à altura da nuca.

— Pum — disse ele com um sorriso.

Apaguei o candeeiro. Uma claridade turva de água suja penetrava obliquamente no compartimento, revelando uns aos outros os nossos rostos amarrotados e exaustos, enovelados de rugas, de veias salientes, de pequeninas pregas: nenhum de nós completara ainda trinta anos e todavia assemelhávamo-nos a seres antiquíssimos, sem idade, gastos por intermináveis e terríveis dias.

— Pum — disse o furriel enfermeiro imitando-lhe o gesto.

— Pum — disse eu a apontar o polegar à orelha esquerda, aquela que de quando em quando me operavam para extrair do lóbulo quistos redondos e brancos como ovos de insectos.

— Pum para ele — disse o alferes designando com o queixo o pide adormecido.

— Pum — repetimos nós olhando o homenzinho torcido na cadeira desconfortável de pau, de revólver à cintura, a soprar pela boca aberta o assobio desprotegido e rosado dos meninos.

Sem querer levantei a cabeça e contemplei o espelho: reflectia a manhã doente, a manhã miserável, a manhã parda de Mangando, o véu do cacimbo que se enleava nas árvores como uma teia de água. Reflectia as cubatas da sanzala de cujo interior surgiam, uma a uma, as insignificantes galinhas de África, magras e pernaltas, de que as patas hesitam um segundo antes de tocar o chão como se um perigo qualquer as ameaçasse. Reflectia talvez o suicida estendido no compartimento ao lado, entre as caixas de latas de sardinhas que desprendiam o perfume ácido e violento do mar, o mar parado acima das palmeiras, suspenso sobre as nossas cabeças como a lisa toalha de água do outono, sem vazantes nem enchentes, deslizando no céu à maneira de uma nuvem de leite. Um soldado pousara a arma contra um banco para se lavar de um balde de água na parada, e três, quatro, cinco, seis cães famélicos, seis cães ferrugentos e coxos, sentados nas patas traseiras, seguiam-lhe os mínimos gestos numa admiração humilde. A tangerina fria, de papel pintado, do sol, não iria lograr romper a cortina de gesso baço da bruma.

— Não me sinto à vontade com o pide aqui — disse o alferes levantando-se. A sombra da barba escurecia-lhe a cara, cavando as bochechas e esticando a pele amarela sobre os ossos. Reparei que a insónia lhe adensava as pálpebras à laia de tumores redondos, com o pequeno caroço azulado das pupilas dentro. Na pista de aviação por capinar, a manga branca e vermelha pendia, murcha, no seu mastro. O alferes bateu na própria coxa com o pingalim de cabedal:

— Ainda ninguém me soube explicar porque é que as pessoas se matam — protestou ele. O soldado enxugava-se agora com uma toalha lilás, que fazia correr sob os braços como se passasse lustro aos sovacos transidos. Tinha na cabeça o boné do camuflado, com a pala quase a tocar o nariz, e eu pensei de repente, ao ver-lhe os arcos de barrica das costelas cobertos pela nodosidade dos músculos que se afilavam e engrossavam consoante os movimentos dos seus ombros Estamos bêbados. Pensei Estamos bêbados como cachos depois de três horas ininterruptas de cerveja em torno da luz fumarenta do candeeiro, que cuspia de quando em quando labaredazinhas irritadas de petróleo.

Pensei Estamos bêbados, e a manhã de Mangando alastrava no pátio, nas árvores, nas casernas tortas de madeira, o seu vapor molhado de anemia. Não se tratava de uma bebedeira leve, alegre, gasosa como o vento sem peso de agosto nos pinheiros: era algo de melancólico, de desagradável e de espesso, a que a vizinhança do tropa morto conferia um sabor ácido e repugnante de vómito, algo de agitado, de inquieto, de profundamente apavorado. Pensei que a única coisa que nos restava na guerra era a espera da morte e a cerveja, sentados à mesa com um pide adormecido, de pistola à cintura, a ressonar ao canto, enquanto a claridade de osso da manhã penetrava obliquamente pela porta aberta. O alferes deu alguns passos na parada afugentando os cães. Os seus ombros, cobertos de borbulhas, estremeciam:

— Mais alguém se quer suicidar? — berrou ele na direcção da caserna, do paiol, do refeitório, da arrecadação, dos arbustos entrelaçados da mata. — Mais alguém se quer suicidar? — repetiu ele para nós, os intrusos de Marimba, de garrafa vazia na mão como os alcoólicos das anedotas, chegados ao crepúsculo munidos de uma arte sem préstimo. Os habitantes da sanzala aproximavam-se prudentemente do arame, intrigados. O furriel enfermeiro tentou agarrar-lhe o cotovelo:

— Meu alferes.

O alferes sacudiu o braço, com tanta força que quase se estatelou no chão:

— Meu alferes o caralho.

E aos gritos para o silêncio enevoado da manhã, que as silhuetas moles dos soldados a pouco e pouco povoavam de manchas esverdeadas e confusas, idênticas às nódoas de musgo, sem membros nem cabeça, da lua:

— Quem se suicida a seguir que se apresente.

Na casa do chefe do posto uma sombra secreta espreitava das cortinas, os sentinelas mudavam lentamente de turno.

— Meu alferes — avisou o furriel enfermeiro — olhe que acorda o pide.

O alferes endireitou-se a custo e enviou-lhe em resposta o mais régio e profundo dos seus olhares de desdém:

— Quero que o pide se foda.

E atirando a indignação espalmada dos dedos contra o peito:

— Aquele morto pertence-me.

É impossível argumentar com um bêbado, pensei, quando se está bêbado também, quando as pernas nos falham, o corpo se debate consigo mesmo para lograr um equilíbrio que se empertiga, a cabeça flutua à deriva numa espécie de nuvem, semelhante a um balão desgovernado. Empurrei uma porta, entrei, sentei-me num caixote: um odor insuportável de peixe e de mar flutuava no compartimento, e à medida que os meus olhos se habituavam à penumbra compreendi que me encontrava quase encostado ao morto (o lençol que o tapava roçava-me na mão) entre grades de cervejas vazias e latas de conserva. A voz do alferes gania no pátio

— Quem se suicida a seguir que se apresente

mas eu começava a sentir-me muito longe dali, muito longe de Mangando, de Angola, da guerra, muito cansado na manhã que me furava a pele das suas mil agulhas húmidas de bruma, cansado dos defuntos e dos vivos e principalmente cansado de mim mesmo, da minha insónia, da minha angústia, da minha esperança indignada e amarga. Apoiei a nuca na parede e fechei os olhos: discos coloridos giravam-me diante do nariz, o cérebro rodopiava como um volante no interior do crânio. Sobrava um resto de cerveja na garrafa: ofereci-o ao soldado estendido ao pé de mim e, como ele não dissesse nada, bebi-o de um gole.

Entrava em Lisboa vindo do Algarve e o corpo doía-me como nessa aurora de Mangando, cheia de raiva e de azedume. Devia ir à Praia das Maçãs buscar os meus livros, a minha roupa, os meus papéis, e regressar no dia seguinte ao hospital e ao meu trabalho de carcereiro, monótono e inútil. As centenas de focos da cidade, que se dobravam e desdobravam na minha frente em caprichosas espiras, assustavam-me. As pessoas agitavam-se nas esplanadas, conversando veementemente por gestos como os surdos-mudos. As montras acesas aproximavam de mim as suas bocas enormes, o néon derramava-se no passeio em manchas voláteis de mercúrio. Por vezes, numa esquina, uma rua sombria ameaçava-me como a entrada oca e negra de um poço. Os sinais luminosos das passagens de peões (homenzinhos encarnados e verdes em pequenas molduras de metal) declaravam

— Quem se suicida a seguir que se apresente

na voz miudamente nítida dos interlocutores telefónicos. Parei o carro junto ao bar onde de tempos a tempos, nos intervalos da escrita, chupava um vodka pensativo a mastigar uma frase, uma ideia, a alteração de um capítulo, premi a campainha e esperei.

    Devia ser meia-noite ou uma hora mas o fumo que pairava sobre as mesas ou junto ao tecto assemelhava-se ao nevoeiro pegajoso das auroras de cacimbo, que adere aos objectos, aos acenos, às feições, como cola líquida e opaca. As garrafas nas prateleiras, por detrás do balcão, idênticas a árvores confusas que a bruma desfocava, escorriam a resina lenta do uísque pelas paredes molhadas. As vozes adquiriam a tonalidade aguda, dilacerante, da madrugada, rasgando-me os ouvidos como pequenas facas cruéis. Os rostos baloiçavam como gordas luas anémicas que o ramo de um carvalho aprisionou. Procurei às apalpadelas um banco: os meus dedos tocaram sem querer no rebordo da mesa, e por instantes cuidei que um odor de peixe e de mar me procurava.

    — Senhor doutor — chamou um murmúrio à minha esquerda.

    O soldado morto sorria-me. Empunhava um copo de cerveja e sorria-me: sempre que inclinava a cabeça para trás a fim de beber, o orifício redondo da bala aparecia junto à maçã-de-adão, cercado pelas escamas cristalizadas do sangue. Emagrecera um pouco nestes últimos nove anos, alguns cabelos brancos corriam-lhe sobre as orelhas, mas sorria. Instalado em frente dele, o pide, de pistola à cintura, continuava a dormir.

    — Estamos cá todos — informou o soldado. E com efeito os perfis indecisos do bar tomavam a pouco e pouco os contornos, a forma, a maneira de andar ou os tiques dos homens do pelotão de Mangando, a conversarem baixinho na manhã postiça das lâmpadas, cujos abajures lhes emprestavam uma tonalidade de aparições. O furriel enfermeiro distribuía preventivos contra o paludismo cercado pelos cães magros e coxos do quartel, os humildes cães ferrugentos da tropa, alapados nas patas traseiras, a escorrer pelos beiços o cuspo vagaroso da fome.

    — Senhor doutor, senhor doutor — diziam eles a sorrir.

O cheiro do mar, o cheiro das conservas de atum e de sardinha, aproximava-se e afastava-se ritmicamente de mim como a respiração de um corpo abandonado. Era um mar de brinquedo contido no azeite amarelo e verde das latas, um mar sem ondas, sem gaivotas, sem barcos, reduzido à salgada doçura do perfume que se escapava dos caixotes como o eco do vento das orelhas concêntricas dos búzios.

— Porque é que as pessoas se matam — perguntou-me de repente o alferes.

Debruçado de tronco nu para mim, agitava-me diante do nariz uma cerveja vazia. Também ele envelhecera: grandes parêntesis de rugas fendiam-lhe as bochechas moles, o umbigo tombava sobre os calções num avental murcho de gordura. Apenas os olhos permaneciam vermelhos e agudos como dantes, as pupilas apavoradas de um homem que agoniza sem saber porquê.

— Nunca me chegaste a explicar porque é que as pessoas se matam — insistiu ele cravando-me no peito o pingalim de cabedal.

Chegar daqui a nada à Praia das Maçãs, pensei eu, meter a chave à porta e encontrar-me morto na sala, de pulsos cortados, como o tipo que se suicidou com um pedaço de vidro na casa de banho da enfermaria, quando toda a gente assistia, lá em baixo, à festa de Natal do manicómio: o sangue, que a chuva entrada pela janela aberta diluía, avançava pelo soalho como uma espécie de cobra buscando o seu caminho pelos intervalos das tábuas. Um rapaz fumava tranquilamente, em silêncio, ao lado do defunto, sem olhar para nós como se nos odiasse, um ódio feito de indiferença e de nojo.

— Aquele gajo despreza-nos — disse o enfermeiro. À porta do urinol, de sapatos numa poça rósea que crescia, fitávamos estupefactos o cadáver de cabeça inclinada, como numa imagem religiosa, para o ombro encharcado do outro.

— Todos os gajos nos desprezam — disse eu. — Todos os gajos que aqui estão têm razões de sobra para nos desprezar.

— De que te serve seres médico? — berrou o alferes oscilando ligeiramente nas pernas sem força. O pingalim roçava-me o peito numa carícia áspera de couro. — De que te serve seres médico se não percebes raspas da gente?

— Não queria ficar cá — explicou o enfermeiro. — Não queria ficar cá nem dourado. Assim que levantava cabelo tínhamos que o injectar outra vez.

— Se era por causa disso — respondi eu — já se foi tão embora que ninguém consegue interná-lo.

O rapaz que fumava rodeava-lhe os ombros com o braço. A certa altura juntou cuspo na boca e escarrou com toda a força para os azulejos, na direcção das nossas pernas: o sangue principiou de imediato a dissolver a amiba escurecida da saliva.

— Senhor doutor, senhor doutor — exclamavam os soldados de Mangando a sorrir. A madrugada das lâmpadas parecia aumentar de intensidade, o renque das palmeiras distinguia-se ao fundo, nítido, contra o céu cor de café com leite do cacimbo, as cubatas assemelhavam-se a estranhos mamilos de adobe, a mamilos de palha e terra agrupados em torno do quimbo claro do soba. Da chaminé do chefe do posto erguia-se um fumo branco de eleição papal. O pide assomou na parada a espreguiçar-se:

— Tempo de merda — disse ele.

Era um homem sem idade como todos os carrascos, como os médicos, os psicólogos, as assistentes sociais do hospital, os que suicidam os seus prisioneiros com cacos de vidro, com pedaços de corda, os que os ajudam a lançar-se, estrebuchando, pelas janelas do andar mais alto do asilo. A chuva tombava violentamente sobre os dois corpos estendidos. Um odor a mar, a mar sem ondas, sem gaivotas, sem barcos, subia dos pijamas alagados.

— Vamos levá-los daqui — propus eu ao enfermeiro.

De tempos a tempos o vento trazia até nós farrapos de música e de vozes da festa, distorcidos pelo eco de balde dos microfones e pela zanga da chuva. Os plátanos curvavam-se no pátio, despidos de folhas como crânios calvos. Os prédios de Lisboa reduziam-se à geometria oca dos contornos à maneira de máscaras de carnaval desabitadas, e pareciam afastar-se de nós, devagar, ao longo dos esqueléticos, duros rios das avenidas desertas. O alferes bombeou o ventre numa altivez desafiadora de peru:

— Quem se mata a seguir ponha o dedo no ar.

O enfermeiro agarrou o cadáver pelos sovacos, eu segurei-o pelas coxas. O tecido do pijama desfazia-se nos nossos dedos em grumos ensopados. O cigarro do rapaz apagara-se e ele jogou-o fora, em silêncio, como se não nos tivesse visto, como se de facto não existíssemos, como se lhe fôssemos completamente alheios, transparentes: o seu desprezo doía-me como uma ferida infectada, como a cruel confirmação do meu ofício de guarda, de vigilante, de polícia. Quis falar com os soldados, responder aos seus sorrisos, às suas palavras, abri a boca e a voz ensonada do pide saiu-me, a espreguiçar-se, da garganta:

— Tempo de merda.

— Tempo de merda — disse eu ao enfermeiro.

Levantámos o defunto e transportámo-lo para uma cama vaga, no ângulo da sala, uma cama que se pudesse ocultar com os biombos de ferro e de pano com que nos hospitais se esconde envergonhadamente a prova da nossa impotência, da triste inutilidade dos nossos aparelhos, dos nossos medicamentos, da nossa técnica. O corpo, que principiava a endurecer, aparentava-se a um pedaço rígido, torcido, de raiz, áspero e poroso, muito leve, sem sangue nem sombra, uma folha ressequida entre as páginas de um livro. A chuva escorria-me das costas, dos cotovelos, dos joelhos, encharcava-nos as peúgas, alagava-nos os sapatos, pegava-nos à testa os limos viscosos do cabelo. Um líquido róseo saía também de nós, lentamente, formando ao redor dos calcanhares uma poça oval que crescia.

— Porque é que as pessoas se matam? — perguntou o alferes a regular o pavio do candeeiro. Tinha tirado a chaminé de vidro e um rolo de fuligem disseminava-se no compartimento em pequenas partículas carbonosas que flutuavam um instante junto ao tecto, hesitavam, e acabavam por tombar sobre nós como uma espécie de neve. A espuma da cerveja ganhava um gosto estranho de queimado.

— Senhor doutor — disse o soldado defunto a sorrir-me. O orifício da bala aparentava-se a uma órbita cega, uma órbita vazada, sem pupila, que parecia mirar-me numa espécie de triste queixume, de silencioso remorso.

— Vamos buscar o outro — sugeri eu ao enfermeiro.

O rapaz, sentado no chão, cuspia no urinol alagado. Acendera uma beata que lhe pendia desdenhosamente, desafiadoramente, dos beiços, e tossia de tempos a tempos para aperfeiçoar os escarros futuros. Os ossos saídos das canelas emergiam da cartolina informe dos sapatos.

— Anda daí pá — pediu-lhe o enfermeiro. — Já não podes fazer nada por ele.

— Tempo de merda — espreguiçou-se o pide.

— Queres apanhar uma pneumonia? — interroguei eu.

Do edifício principal do asilo vinha por baforadas um diálogo guinchado de marionetes, aos uivos como os robertos na praia, a martelarem-se a cabeça numa histeria de pauladas. Um ratinho branco trotava no pescoço do comparsa, que do lado de fora da lona dialogava com os bonecos aconselhando-os, elogiando-os, insultando-os, estendendo no final o pires de folha à assistência, de cigarro escondido por educação na mão em concha. Depois de as pessoas dispersarem saía da barraquinha um segundo sujeito mal vestido, de aspecto vulgar, com uma caixa sob o braço, que desarmava a tenda, conferenciava com o colega, embolsava o dinheiro e recomeçava, cem metros à frente, a sua carnificina sonora.

— Vá lá sócio — disse o enfermeiro. — Não queres que a gente passe aqui o dia todo, pois não?

Acocorado no minúsculo compartimento de Mangando, quase a tocar com as pernas no finado, ouvia os berros do alferes na parada como se os gritos se passassem muito longe de mim, num outro local, num outro mundo, numa manhã de que a cerveja me excluía, trepando-me no interior da cabeça numa suave vertigem, num contentamento infantil. Trabalhara durante horas e horas, apetecia-me dormir, e o odor marinho das conservas envolvia-me à laia de um sudário, de um véu de espuma, da cortina de água que um recife levanta e se enrola, cinzenta e azul, em torno do corpo despedaçado de um náufrago. O capim sussurrava de leve a sua harpa misteriosa, a terra amarela fedia o suor açucarado do cansaço.

— Levanta-te — pedi eu ao asilado. — O senhor enfermeiro traz-te uma toalha para te secares: não dás vida a ninguém ficando aí.

Esta chuva sacana chegará realmente a parar?, pensava eu. O pátio do manicómio tornara-se num terreiro enlameado, numa sopa glauca onde as pernas se enterravam, num pântano no qual os edifícios, oblíquos, mergulhavam lentamente como os navios se afundam, desaparecendo janela após janela, andar após andar, telhado após telhado, sem rumor, do mesmo modo que as nuvens se dissolvem na aguada lisa, sem limites, do céu.

— Dá um jeitinho antes que eu me chateie — disse o enfermeiro de toalha pendurada no braço como um empregado de café impaciente.

O alferes debruçou-se mais para mim. As mamas dele, pendentes, estremeciam. As nossas caras encontravam-se tão próximas que lhe distinguia, uma por uma, as imperfeições da pele, as borbulhas, os sinais, os pontos negros, os poros dilatados do nariz:

— Porque é que as pessoas se matam? — insistiu. A sua angustiada pergunta, formulada numa voz aguda de criança, recordava-me a época em que aos catorze ou quinze anos, desesperado de rancorosa solidão, me estendia na cama, fixava no tecto as pálpebras inchadas de febre, e repetia furiosamente no interior de mim mesmo Quero morrer, gozando dessa forma uma espécie estranha de vingança. Ou sentava-me nos degraus de pedra no quintal sob os frutos leitosos da figueira (os meus braços coalhavam-se de reflexos verdes de nata) e imaginava-me a apontar à testa a pequena espingarda de pressão de ar dos meus irmãos, com que assustávamos os gatos que pulavam o muro em saltos leves de seda. Os robertos deram lugar, sem transição, às tremuras esganiçadas de um fado: o servente está de certeza na primeira fila, calculei eu, temos que gramar este pastel sozinhos. O Herculano entrou com a mulher na consulta do Bombarda e disse:

— Já não nos vemos desde a guerra, senhor doutor, desde Mangando.

— Estação de merda — repetia o pide indignado. — Este cacimbo dá-me cabo dos nervos.

O chefe do posto fechava a porta à chave para que a mulher enclausurada não saísse: de tempos a tempos, por detrás das cortinas, deslizava um contorno indeciso de aparição.

— Sou condutor de metropolitano, senhor doutor — explicou o Herculano do outro lado da secretária, a apontar para mim o nariz grande de pássaro. — Agora quem está na mesma é o senhor doutor.

O nevoeiro da manhã fazia flutuar as árvores, as cubatas, as barracas de madeira, como peixes que vogassem numa atmosfera irreal, luzindo o brilho baço, lodoso, das escamas.

— A minha esposa perde a cabeça por tudo e por nada — adiantou o Herculano. — Moramos num quarto e os restantes hóspedes queixam-se.

— Bom — disse eu ao enfermeiro —, trate você do morto que eu resolvo a questão com este amigo.

— Faz amanhã oito dias pegou-se à porrada com o senhorio. Ao preço que a vida anda eu não ganho para alugar uma casa, o senhor doutor sabe como é.

Estendia-me na cama, colava no tecto as pálpebras inchadas de febre, e repetia furiosamente no interior de mim mesmo Quero morrer. A chuva sumira já por completo a mancha rósea de sangue, e continuava a tombar sobre nós através dos caixilhos quebrados da janela. O doente fechou um olho, fez pontaria aos próprios sapatos, e espalmou um escarro na biqueira

— Isto assim não tem graça nenhuma — disse eu. — Anda conversar comigo ao gabinete.

— Deu-lhe um estalo, puxou-lhe os cabelos, queria-lhe bater com a cabeça na parede. O homem é velho, foi fazer queixa à esquadra.

— Meta o gabinete no cu — disse o rapaz.

O enfermeiro despiu o cadáver, ligou-lhe os pulsos, embrulhou-o cuidadosamente no lençol como uma prenda de anos: Com um lacinho azul ficava perfeito, pensei eu, um lacinho azul e papel de estrelinhas: para os meus queridos psiquiatras com muitos beijinhos e os desejos de um Natal feliz.

— Não consigo dormir — disse a mulher do Herculano. — Não consigo dormir e depois não sei o que me passa na ideia.

O alferes acenou-me para que lhe deixasse livre uma ponta de banco e sentou-se pesadamente ao meu lado: cheirava a mar também, ao mar oleoso e imóvel das conservas.

— Ainda levo outra vez o dedo à têmpora — segredou-me ele. — Vais ver o fogo de artifício que os meus cornos dão.

— Pum — disse o soldado morto a sorrir.

A minha cara desarrumou-se de repente num acesso engasgado de tosse: o fumo que se acumulava no bar, a chuva, a manhã de Mangando.

— Se não piras daí ponho-te a tromba num oito — avisei eu para o doente.

— Um pontapezito nos tomates nunca fez mal a ninguém — esclareceu o pide ao almoço. — Não há como um bom cartão de visita para a gente se entender.

Vamos regressar a Marimba com o soldado morto nas traseiras do jipe, aos solavancos na picada, e olhávamos pela porta aberta a névoa de maio. O alferes, muito pálido, dissolvia numa colher as aspirinas da ressaca. Os cães estendidos no pátio aguardavam humildemente os restos de comida, os pedaços de arroz e de carne que os soldados lhes davam, raspando os pratos com os dentes de alumínio dos garfos. A presença do morto, no entanto, inquietava-os: batiam as caudas na areia, espichavam as orelhas na direcção do jipe, e, de quando em quando, erguiam os narizes para uivar: eram lamentos roucos e tristes, breves como o apelo podre, alarmado, dos mochos.

— Ah, os cães — suspirava, o alferes a limpar o suor da testa com o braço.

O odor adocicado, o odor misterioso do sangue assustava-os e atraía-os: sempre que chegavam feridos ao quartel os cães aproximavam-se a medo, em círculos, e as rodelas de gelatina dos olhos velavam-se de interesse e de terror: farejavam os homens nas macas, lambiam-lhes os braços, o pescoço, a cara, e a seguir afastavam-se, apoiavam o tronco nas patas traseiras, levantavam o focinho e principiavam a latir no estrepitoso silêncio terrível da guerra.

— Ah, os cães — suspirávamos nós a limpar o suor da testa com o braço.

O pide encaminhou-se para a porta, desencaixou a pistola da cintura, disparou: um bando de pequenos pássaros negros soltou-se das palmeiras, descreveu uma hipérbole desordenada no ar, sumiu-se para as bandas da sanzala. O eco do tiro aumentava e diminuía campos fora, como um grito que inumeráveis paredes reverberavam e ampliavam, fragmentando-o numa infinidade de sons. Mas os cães permaneciam imóveis na parada, batendo as caudas na areia e espiando de viés, melancólicos e intrigados, a silhueta branca do morto. O pide, despeitado, guardou a arma, sentou-se e recomeçou a comer.

— Tudo tem medo da Pide — disse eu. — Os homens, as mulheres, as sanzalas, os pássaros. Até os pássaros têm medo, medo das vossas prisões, das vossas torturas, das vossas pistolas, dos vossos tribunais, dos vossos esbirros. Todos têm medo de vocês excepto os cães. Quando nos tornarmos num povo de cães deixaremos de ser escravos.

— Os cães têm medo dos espectros — revelou o alferes em voz baixa. — Quando formos cães a Pide arregimentará decerto um exército de espectros. Andarão pelos cemitérios, à noite, a aliciar os espectros que se evaporam dos túmulos e vagueiam à sorte, na cidade, em busca da casa que habitaram.

— Os espectros são fáceis de comprar — disse o pide. — Tão fáceis de comprar como as pessoas.

— Os espectros são tristes e fúnebres como os cães — contrariei eu. — Não têm receio do sofrimento nem da morte. Não têm sequer receio de si próprios. Não se pode comprar quem não tem receio de si próprio.

— Veremos quem ganhará a batalha — disse o pide depositando delicadamente um osso no rebordo do prato. — Se nós, se os espectros.

— Até agora os espectros não perderam nenhuma — respondeu o furriel enfermeiro. — Se enviássemos para Angola companhias de espectros tínhamos acabado com a guerra há muito tempo.

— Não consigo dormir — disse a mulher do Herculano. — Não consigo dormir e depois só me passam pensamentos maus pela ideia.

Agarrei o tipo pela gola do pijama e tentei arrastá-lo ao longo dos azulejos para fora do urinol. O rapaz segurou-se com força às divisórias de pedra. A beata pendurada na boca era um cilindrozinho murcho de lama.

— Assassino de um cabrão — sibilou ele.

— O senhor Valentim vai recitar outro poema da sua autoria — declarou uma voz oca, muito longe, trazida na corrente do vento do mesmo modo que a água das sarjetas arrasta palhas, pedacinhos de madeira, bocados de jornal, inutilidades confusas que flutuam.

— Senhor doutor — disse o soldado defunto a sorrir.

— Hás-de sair daqui meu grande filho da puta — berrei eu de cabeça perdida, tentando pisar-lhe as mãos com os sapatos.

— Nós já somos espectros — informou o alferes. — Somos os mais nojentos, os mais rascas, os mais miseráveis dos espectros. O barco que nos levar para Lisboa leva uma pilha de cadáveres de tal modo bem embalsamados que as famílias não vão notar a diferença.

— Da sua autoria — repetia o vento no bisel quebrado dos caixilhos.

Uma das minhas pernas escorregou, perdi o equilíbrio, tentei recuperá-lo num molinete aflito dos braços, e acabei por estatelar-me, desamparado, corpo contra corpo, cara contra cara, olhos contra olhos, sobre a forma estendida e tensa do doente. Não conseguia mover-me e a chuva que caía violentamente sobre mim, furibunda e raivosa, cheia de ódio, de nojo, de desprezo, assemelhava-se a um jacto ininterrupto de escarros.

**11.**

De modo, Joana, que saí de Lisboa em direcção à praia como a Margarida do Hospital Miguel Bombarda para o cabeleireiro onde trabalhava. As árvores e as casas assemelhavam-se aos animais inventados dos sonhos, que se escondem de manhã, como ratos, por debaixo dos móveis, para reaparecerem ao apagar da luz à maneira dos pássaros desconhecidos que povoam o mar se nos voltamos. Os faróis do automóvel tocavam de leve a pele lisa da noite, e ela mexia-se e protestava devagarinho como um corpo interrompido no seu sonho. Deviam ser três horas da manhã e o céu a oriente, do lado oposto ao mar, adquiria a profundidade, a inquietação, a transparência de água que antecede a aurora, algo do brilho extasiado, quase doloroso, dos olhos das mulheres, se o desejo ou a alegria os iluminam. Um comboio correu por momentos paralelamente a mim, e assaltou-me a sensação de ser perseguido por um prédio de incontáveis janelas, mugindo como um boi de cimento ao longo do seu passeio de carris. Quando eu era pequeno adormecia como tu, no banco de trás por alturas do Cacém, ou fixava a nuca do meu pai com órbitas redondas como pratos até ele se dobrar incomodado sobre o volante, a coçar o pescoço, afligido de comichões inexplicáveis. Em São Pedro a claridade doce da vila entorpecia-me lentamente, e as pálpebras desciam sobre um cenário de palácios e de vivendas desertas à maneira de uma cortina num palco onde nada aconteceu. E as minhas mãos fechadas de criança encontravam vinte anos depois, nas tuas, um prolongamento comovido que me conferia uma inesperada impressão de eternidade.

As três da manhã eram o seu Cabo Bojador quotidiano, sobretudo sem o uísque de um colete de salvação a bordo que o ajudasse a flutuar, à tona, nos limos negros da angústia. Normalmente em casa apagava os candeeiros, desligava o gira-discos e a telefonia, acocorava-se num canto da sala como as múmias incas, que engolem os joelhos com as bocas sem dentes nas fotografias a cores das enciclopédias, e ficava em silêncio, perto de um vaso de plantas inocentes cuja respiração de súbito carnívora julgava ouvir nas trevas, a observar o rio de que a aparente tranquilidade escondia, como a dele, uma tumultuosa agitação sem possível sossego. Era a hora em que a liberdade e a solidão, conquistadas a pulso em duros anos de querelas ferozes e de separações altivas, lhe apareciam na ideia como vitórias irrisórias, tão vazias como os armários da cozinha em que se acumulava, à falta de alimentos, a poeira descuidada dos celibatários, habituados a comer em pé, como os cavalos, sanduíches em que morava uma lancinante saudade de pastéis de massa tenra e de sopas de pacote. Nos edifícios de Sintra, na aparência desabitados, de jardins descuidados e grades ferrugentas, trotava, como dentro de si, o ruído fugitivo dos passos que já foram, ampliados pelo eco do remorso. E só as tuas mãos fechadas no banco de trás e a sombra das pestanas nas bochechas, me garantiam a possibilidade, problemática embora, de uma espécie de futuro. De forma que trazia constantemente a tua lembrança no bolso, como uma pata de coelho, que tocava de tempos a tempos para me garantir a felicidade em que não acreditava, pelo mesmo motivo, talvez, que levou a Margarida a regressar ao cabeleireiro quando fugiu do hospital, na esperança mirífica de um reencontro inexistente num quarto de que se perdeu a chave e o nome da rua.

Não se via o mar e porém ele existia seguramente em qualquer lado, à esquerda, a remexer os arbustos de Galamares em longos conciliábulos de folhas no nevoeiro, ramos de trepadeira acenando a compasso sobre muros leprosos, gastos por um hálito longínquo de vazantes. A linha do eléctrico cruzava de repente a estrada, embora nenhuma carruagem bamboleasse no alcatrão as ancas fatigadas de peru. Nos chalés desertos, de janelas cegas como órbitas mortas, fantasmas de senhoras velhas espreitavam das cortinas, apertando contra o peito o rápido coração metálico das agulhas de crochet, prestes a uma hemorragia de naperons. Na minha infância antediluviana senhores carecas jogavam solenemente xadrez nas mesas de café, com um vinco pensativo na testa tão fundo como uma prega de virilha. Os faróis arrancavam brutalmente da sombra portões fechados como caretas de polícia preenchendo uma multa. E o céu aclarava-se mais do lado da manhã, redondo e cor-de-rosa como nádegas nuas de banhista.

Em Colares uma língua de rio desliza sob pensões medíocres, nas quais seios quinquagenários cochicham sobre chás de pacote, insonsos como beijos de padre. Nos quartos, casais unidos por trinta anos de pacientes ódios mútuos, despem-se sem se olhar, certos de que os seus corpos acabaram, com o tempo, por adquirir a esquisita similitude que faz por exemplo com que os cães se pareçam quase sempre com os donos, dividindo entre si os bolos de creme nas pastelarias, num diálogo arrulhado de latidos. As molas da cama suspiram de resignação quando duas cabeças grisalhas repartem o jornal sob um candeeiro que se assemelha a uma lamparina de azeite destinada a iluminar resignações de pagela. As cabeças aproximam-se para as palavras cruzadas, afastam-se de novo para a política internacional, voltam a juntar-se para um acidente de avião, se o número de cadáveres justifica essa aparente ternura, feita na realidade de um gosto em comum de passageiros mortos. Os roupões pendurados lado a lado nos grampos da porta, debaixo do preço da diária encaixilhada como um retrato de família, prolongam uma ilusão de vida a dois que as dentaduras, pousadas sem vergonha na mesa de cabeceira, desmentem cruelmente com os seus risos de plástico. E quem se encontra mais perto do interruptor apaga de súbito a luz, deixando o outro a meio dos infortúnios amorosos de um armador grego ou de uma princesa inglesa, a resmungar no escuro dos lençóis como um gorila despeitado numa floresta que desconhece.

Àquela hora da noite, no entanto, Colares oferecia-lhe o rosto uniformemente opaco de um psicanalista em sessão, fixando o seu cliente com a lúcida agudeza de um Sherlock Holmes dos Édipos, que se facilita a si próprio a tarefa considerando ser sempre o assassino aquele que paga, e os suspeitos inocentes o pai e a mãe de uma mitologia vienense da época das valsas, espartilhada pela rigidez de costumes dos bigodes encerados. A língua do rio, sem brilhos nem reflexos, deslizava debaixo das casas à laia de uma raiz de trevas, insignificante entre as madeixas dos caniços. Através dos vidros das pastelarias fechadas percebiam-se as cadeiras em pino sobre as mesas, a aguardar a serradura da manhã. A vila afigurava-se-lhe mais insignificante, mais pequena, engelhada como um fruto murcho na copa. Um pescador obstinado e solitário deixava pender da varanda de ferro o cordão umbilical de um fio de nylon que o ligava ao bebé improvável de uma enguia. Árvores de que ignorava o nome formavam sobre a sua cabeça uma cúpula móvel de sombras. O caminho da serra enrolava-se para a esquerda numa serpentina de alambique, até ao ponto onde se avistava a lâmina lisa, perpendicular, de verniz, do mar. Um grande pássaro cinzento passou rente aos telhados na direcção da manhã. E ele sentia-se estrangeiro em relação a si próprio como a Margarida ao ultrapassar o portão do hospital e ao achar-se, de repente, na cidade de que se desabituara, e que respondia aos seus soslaios ansiosos com a seriedade impenetrável das fachadas.

Tirando as estátuas, quietas nas peanhas em cãibras heróicas, ninguém prestava atenção, às três da tarde, a uma camisa de dormir, que os caprichos cíclicos da moda aproximavam, com um pouco de miopia ou de benevolência, de um vestido de verão ao qual a bainha descosida acrescentava uma nota de desleixo de surpreendente modernidade. Os cisnes do Campo de Santana continuavam a flutuar à vela no lago de brinquedo, e o vulto de bronze do doutor Sousa Martins chamava os espíritos para junto da Morgue, onde os defuntos aguardavam nos frigoríficos a convocatória formal de uma mesa de pé-de-galo, a fim de poderem exprimir os seus desabafos soturnos para uma roda de fiéis, escrupulosamente respeitosos como os amantes de música de câmara. O guarda do mijadoiro subterrâneo fumava encostado à porta, no fundo de uma escada em espiral, o seu cigarro de mineiro: a cidade navegava tarde fora num ritmo imperturbável a caminho de jantares de família e de aborrecidos serões corajosamente suportados diante do lausperene da televisão, absorvendo programa após programa do mesmo modo que os avestruzes engolem parafusos e chaves inglesas num apetite monótono. As pessoas escorriam diante dela os rostos ocos e sérios, de cartolina, com órbitas substituídas por orifícios idênticos aos que os pregos abandonam na caliça das paredes, e a Margarida tomou o pulso à sua solidão por intermédio daquele carrossel de feições vazias como máscaras negras, em equilíbrio no único pé dos colarinhos. No seu quarto o despertador dividia impiedosamente o tempo em rodelinhas que se espalhavam no soalho à maneira de pedras de damas perdidas pelos cantos, obrigando-a ao recurso da caixa dos botões para poder enfrentar com relativas hipóteses os truques e os subterfúgios do futuro. A imobilidade da boneca espanhola em cima da cama, apoiada ao travesseiro, de braços abertos numa bênção papal de celulóide, alarmava-a como os retratos da infância onde os sorrisos se prolongam indefinidamente à laia dos diapasões do canto coral. Na prateleira dos livros, um cãozinho de loiça, de fita de veludo ao pescoço, baixava o nariz rachado na sua direcção num pedido impossível de descodificar, como a angústia que por vezes, sem motivo, começava a inchar dentro dela, de baixo para cima à maneira da água nos autoclismos, até rebentar violentamente num fogo de artifício de lágrimas. As tampas de embalagens de bombons que colava por cima da cama (cenas de caça, o Moulin Rouge, ondas a arregaçarem as saias de espuma para não molhar a areia) doíam-lhe como as feridas para sempre abertas das decepções da meninice. Havia a fotografia de um homem à cabeceira, de sorriso incongruentemente jovial contido a custo pelos limites da moldura, que se apoderava de tal forma do quarto, da escova ao porco-mealheiro, imóvel no seu naperon sobre a arca de cânfora destinada a um enxoval inexistente, que desceu as escadas e tomou um táxi para o cabeleireiro, na esperança de que o vapor morno que cresce, em círculos concêntricos, das cabeças lavadas, lhe acordasse os sentimentos de ilusória cumplicidade que acompanham de ordinário as terrinas da sopa.

No interior do carro vários pequenos letreiros a tinta da china, dispostos em locais estratégicos (no tablier, nas palas contra o sol, nas costas do banco do condutor, no forro das portas e mesmo no tejadilho, à direita do espelho) pediam que se não fumasse numa insistência azeda em que se adivinhava o mau humor minucioso do chofer, abraçado ao volante num coito furibundo. O taxímetro sacudia-se a intervalos regulares em sobressaltos de soluços, e os números sucediam-se no pequeno mostrador como pálpebras metálicas pestanejando sobre pupilas de cifrões que aumentavam. O inimigo do tabaco, pequeno, magro, agitado, manejava a alavanca das mudanças como quem escarafuncha a cera da orelha com uma cotonete raivosa, e descia de quando em quando o vidro para denegrir a parentela dos peões em latidos agudos de caniche. Os prédios escorriam, líquidos, de um e outro lado do capot como a água fendida pela proa de um barco: Lisboa assemelhava-se a uma Veneza de mau gosto que um pomar de semáforos plantados nas esquinas embelezava em vão: o condutor desdenhava os limões do amarelo e detinha-se, zangadíssimo, nas laranjas do encarnado, trepidando a sua impaciência de gondoleiro a gasóleo. A buzina do automóvel, solidária com o fel do dono como um bicho ensinado, mugia para as fachadas ameaças tenebrosas. Uma camioneta gigantesca rolava penosamente à frente deles, apoiada nas muletas trémulas dos pneus.

— Só à metralhadora — disse de súbito o chofer designando com a unha suja não se sabia o quê, talvez a maternidade que à sua esquerda preparava, num silêncio de incubadora, uma imensa ninhada de peões.

Os cabeleireiros de bairro, Joana, são uma mistura de casa de banho e sala de estar, a que os capacetes de bombeiro ou astronauta dos secadores conferem uma falsa coloração interplanetária que as revistas de fotonovelas desmentem, reduzindo a grandiosidade das galáxias a desventuras em quadradinhos. Raparigas de bata azul alimentam em segredo insensatas esperanças televisivas (O nosso programa de hoje está a chegar ao fim: apresentaremos amanhã...) povoando de rolos, como para um electroencefalograma, os crânios semicalvos das senhoras das redondezas, esposas de segundos-oficiais que já nenhum sonho habita. O marido da proprietária, reformado da Carris, toma conta da caixa para evitar as más companhias da leitaria, preso pela trela do olhar imperioso da mulher à gaveta das notas, enquanto os amigos, na sombra das latas de bolachas e das garrafas de rosé, lubrificam de bagaço as biscas da sueca. Os recortes de penteados colados nos vidros das janelas desbotam-se como os entusiasmos antigos, de que se conserva uma recordação sépia em qualquer gaveta esquecida da memória. O odor de champô transforma a tarde num doce aquário perfumado, onde se navega entre divórcios de princesas, casamentos de actrizes e entrevistas de cantores que os emigrantes da Venezuela tendem a confundir com Sinatra numa louvável guinada de patriotismo.

— Todos mortos — insistia o chofer a distribuir manguitos frenéticos para um trânsito indiferente como uma manada. E ela lembrou-se de que costumava desculpar os condutores de táxi imaginando que sofriam congenitamente de uma borbulha infectada na virilha.

— Dona Carmo — disse uma empregada em pânico —, a Margarida está lá em baixo na rua a olhar para aqui.

A patroa, debruçada na espuma até aos cotovelos, a esfregar energicamente como num tanque de lavar roupa uma nuca submissa, considerou sem alarme aquela informação assustadora: durante vinte anos pegara de caras o touro da aguardente conjugal e lograra torná-lo numa choca triste mas abstémia, fixando-a da caixa registadora em soslaios amedrontados de vassalo: esse longo combate forneceu-lhe o sangue frio dos peixes das grandes profundidades, acostumados à escuridão cheia de arestas dos quotidianos imprevistos.

— A Margarida está no hospital — resmungou. — Viste os bombeiros levarem-na daqui quando ela quis refazer o milagre das rosas transformando as tesouras em espanadores. Vinha embrulhada num lençol, com uma coroa de papel de prata no toutiço.

O chofer de táxi arrancou sem a olhar num vómito precário do motor: o carro deu três pulos, arrotou, tossiu a sua bronquite antiquíssima de dinossauro de pneus, e desapareceu na esquina a soprar fumos nauseabundos pelas narinas do escape.

— Só à metralhadora — berrava o tipo lá de dentro, apontando com a unha suja o rosto cinzento e opaco, cego, dos prédios, a capelista, a loja de fruta, a pastelaria de gaveto onde um marreco velho servia cafés com os dedos finos, compridíssimos, de aranha, manchados pelas sardas da idade.

— Dona Carmo — garantiu a empregada —, a Margarida vai subir cá acima.

A nuca que a patroa lavava estremeceu de terror na sua espuma, erguendo da água uma nuvem de flocos sem peso que flutuaram no estabelecimento como o conteúdo de um edredão esventrado.

— Ó dona Carmo pela sua saúde chame os bombeiros.

As esposas imóveis sob os secadores suspenderam o divórcio da princesa no preciso momento em que o toureiro fatal aparece no iate régio, rebolando em torno órbitas irresistíveis de bovino.

— É uma maluca do Bombarda que esteve aqui a trabalhar — informou alarmadíssima a viúva de um tenente para uma dama de aparelho auditivo na orelha, a qual lhe respondeu com o sorriso vago dos surdos.

— Se vem com as fúrias assassina-nos a todos — gemeu a proprietária da charcutaria, entendida em facas e em sangue. — Não quero nada com doidos.

Duas catequistas que aguardavam vez principiaram a rezar o Padre Nosso em voz alta. Uma criatura gorda, eriçada de ganchos, ajoelhou-se arrastando na queda a mesinha da manicura, cujo tampo de vidro se escacou com estrépito.

— Chame os bombeiros dona Carmo — pedia a nuca à beira do desmaio.

— Os olhos dela devem brilhar como os ponteiros dos despertadores — afiançou a viúva do tenente a procurar o terço na carteira.
— Vi num filme outro dia.

— Ouvem-se os passos na escada — disse baixinho uma mulher idosa, de madeixas exuberantes, apertando contra o peito um cão minúsculo que já possuía uma lápide com retrato, à espera, no cemitério do Jardim Zoológico.

O estabelecimento inteiro comprimiu-se num silêncio tenso de que os espelhos pareciam participar também, ampliando os rostos desfeitos de medo numa nitidez exagerada.

— Enquanto não apanham uma pessoa a jeito e a estrafegam não descansam — murmurou a calista, de bochecha encostada ao travesseiro de um tornozelo inerte.

Os relógios tricotavam avidamente o tempo infindável, tecendo um cachecol aflito de segundos. Os objectos (escovas, limas, pinças, pentes, secadores) adquiriam a importância estranha, quase dolorosa, do pavor ou da esperança, em que os contornos das coisas possuem a precisão sem sombra dos momentos grandiosos. Só o marido ao fundo, na caixa, se alheava ao terror comum, sonhando martinis secos bebidos virilmente junto às bolachas da leitaria: alguém baralhava as pedras na mesa do costume, o contínuo do liceu arrotava atrás da mão em concha a fim de conter o entusiasmo da partida nos limites toleráveis de uma baforada de alho. O tabeneiro espiava o jogo por cima dos ombros curvados dos atletas, mastigando a pastilha elástica do palito no nervosismo paternal dos treinadores. O público, de cálice em punho, mantinha a educada reserva das plateias de ténis, sublinhando a posteriori os lances mais significativos com socos amigáveis nas omoplatas dos virtuosos do dominó, que recebiam estas homenagens cuspindo modestamente nos lenços o suor dos brônquios. No intervalo recordavam-se as proezas de desportistas célebres que haviam iluminado a loja com o fulgor da sua inspiração inesquecível. E atingia-se a hora do jantar na exaltação ligeiramente entontecida dos colegiais em férias, para quem o presente possui a elasticidade miraculosa de uma alegria sem manchas. Ancorado na sua cadeira pelo sobrolho da esposa, o reformado batia no teclado da máquina a resignação humilde das condenações perpétuas naquele Sing-Sing de champôs.

— Não posso ter alta, senhor doutor — disse o Hélder. — Quem é que me recebe lá fora?

— Precisamos da tua cama — disse eu. — Há por aí malta pior do que tu.

— Não faça isso, senhor doutor — disse o Hélder. — Ninguém me quer em casa. Olham para mim como se eu fosse um bicho.

— Já mexo outra vez nas estrelas — informou o Valdemiro a desdobrar-se num sorriso imenso.

— Se me manda lá para fora eu adoeço — disse o Hélder. — Começo outra vez a ouvir os israelitas falarem-me ao ouvido.

— Ou me internam aqui ou peço asilo político em São José — declarou o noivo.

Tenho uma secretária, uma agenda e o horrível sentimento da inutilidade disto tudo, pensou ele diante do cruzamento para o Mucifal, onde lá no alto, entre os pinheiros, vira uma ocasião cantar os primeiros galos da manhã: as suas vozes, que se chamavam e respondiam, rasgavam o papel de seda embaciado do céu e alarmavam os cães ocultos no escuro, por detrás dos portões das casas reduzidas a cubos maciços de trevas, a pulsarem ao ritmo apressado do seu sangue. O vento produzia nas copas o queixume de uma gaivota enorme, um grande pássaro lento, terno e triste.

— Vou voltar a trabalhar — alegrou-se a Margarida à entrada do prédio.

— Olhe para isto — ordenou o Hélder. — Quem é que compra pensos rápidos?

— Chame os bombeiros dona Carmo — pedia a nuca de pé no meio da sala, com a espuma a descer-lhe pelo pescoço, pelos braços, pelas costas. — Chame os bombeiros antes que a gente morra toda aqui.

— Já a oiço — informou uma empregada imóvel numa atitude de escuta, inclinada para um dos lados como um manequim de montra.

A viúva do tenente tentou abrir a janela para pedir socorro, mas o fecho, avariado, ficou-lhe nas mãos. Bateu com os nós dos dedos nas vidraças: os homens que descarregavam bilhas de gás na rua, empoleirando-as nos ombros numa energia fácil, nem sequer olharam para cima: o bairro entorpecia no clima tranquilo que antecede as tragédias: Fugida De Um Hospital Psiquiátrico Assassina Doze Pessoas Num Cabeleireiro:

— Ai meu Deus — sussurrou a pedicura, agarrada como a um amuleto ao tornozelo da cliente.

— Se me dá alta para onde é que eu vou? — perguntou o Hélder. Tinha os beiços secos dos medicamentos, a língua empastada, mole, sem saliva. A sombra de uma angústia informe vibrava como uma borboleta na ausência de claridade do seu rosto.

— Liga para os bombeiros — ordenou a dona Carmo ao marido, arrebanhando à pressa tesouras, pinças, limas, ganchos, instrumentos metálicos que guardava no bolso de ramagens do avental. — Liga para os bombeiros que eu não quero a loja nos jornais.

As caras das pessoas tornaram-se nas feições paradas, a preto e branco, das vítimas das catástrofes ferroviárias, que observam o leitor com as órbitas globulosas e ocas, ausentes, dos defuntos.

O marido agarrou o telefone num gesto mole, como se o pulso fosse uma tromba de elefante aborrecido: o conteúdo de uma garrafa de bagaço cintilava-lhe, transparente, na ideia.

— Dou-te alta para a semana — decidi eu. — Tens até lá para arranjar um quarto.

— Os hotéis de luxo andam cheios de lugares vagos — respondeu o Hélder. — O senhor doutor paga?

A Margarida subia os degraus devagarinho: a dona Carmo, as colegas, as clientes, sorriam-lhe em uníssono, encantadas, do patamar.

— Nem o cachorrito escapa — chiou a senhora do cão minúsculo tentando esconder aquela espécie de rato no decote: o focinho agudo do bicho emergia, sufocado, do intervalo dos seios, e ela empurrava-o para dentro com o indicador, como se carregasse numa campainha de pêlos.

— Servem o pequeno-almoço na cama e tudo — insistiu o Hélder numa gargalhadinha feroz. — O serviço social avança o bago?

— Isto sem ti não é a mesma coisa — declarou a dona Carmo para a Margarida. — Queria oferecer-te uma quota no estabelecimento.

As catequistas engrenaram o último recurso da oração ao Menino Jesus de Praga, acompanhadas pela criatura gorda e pela proprietária da charcutaria: o naufrágio do Titanic perfilava-se em contraluz dos espelhos, conferindo a Benfica uma dimensão de drama grego que o tilintar das bilhas de gás na rua esvaziava cruelmente. Na varanda fronteira uma mulher batia tapetes com uma raqueta de vime.

— Os bombeiros? — perguntou ansiosamente a dona Carmo.

— Devo ter-me enganado no número — gaguejou o marido lá do fundo. — Atendeu uma agência funerária. Os preços dos enterros estão pela hora da morte.

— Ai credo — sussurrou a pedicura, trepando pela perna acima como por uma corda salvadora.

— Experimentem o Divino Espírito Santo — aconselhou a viúva do tenente para as catequistas. A dama surda sorria sem compreender, ligeiramente intrigada por aquele frenesim insólito.

— Algum problema? — perguntou ela.

— Vamos morrer aqui todas — berrou-lhe a vizinha no ouvido, vermelha do esforço de gritar.

— Por mim prefiro o Ritz — disse o Hélder. — O senhor doutor pode mandar preparar as minhas malas.

— O que é que se passa? — interrogou a dama surda a ajeitar o aparelho do ouvido.

— Uma louca que nos quer matar a todas — berrou de novo a vizinha, quase roxa, com as veias do pescoço a pularem sob a pele.

— Liga para os bombeiros, chiça — ordenou a dona Carmo a despejar as tesouras na pia. Plof plof plof faziam os instrumentos a tombar na água.

A Margarida chegou ao topo dos degraus, diante da porta de vidro fosco do cabeleireiro onde se inscreviam diagonalmente, a azul, as palavras Instituto De Beleza Flor De Benfica, de que um dos F, o segundo, havia caído há muito tempo, e aspirou com satisfação o odor dos champôs, das lacas, dos perfumes, das loções e do verniz das unhas, que se escapava sob o vidro num bafo delicado e ligeiro. As suas clientes aguardavam decerto em fila na sala de espera, alguém colocara uma suave, adocicada música de violinos no gira-discos. Depois da indiferença neutra do asilo e dos seus brancos fantasmas aterradores, depois do seu quarto que a expulsava e da cidade alheia, opaca, hostil, o Instituto De Beleza Flor De Ben ica surgia-lhe

— Bardamerda mais o Ritz — disse eu ao Hélder. — E de caminho vai gozar a tua avó.

como um agradável cais onde ancorar a angústia de tantos dias, o barco triste e fúnebre do seu delírio habitado por estranhas e antiquadas imagens, de olhos bizarros e loucos como as íris dos mortos, que nos espiam do fundo dos caixões, sob os lenços, numa inveja amarga. Deitada na cama do manicómio via, à noite, grandes cães negros pularem na parede, de boca aberta, entredevorando-se em silêncio, e chamava aos gritos a enfermeira, que surgia do seu cubículo iluminado armada de uma seringa de calmantes. Durante o dia espiava o rio pela janela, as casas, as árvores,

— Tens de compreender as coisas pá — disse o servente ao Hélder. — Não podemos ter-te aqui mais tempo.

os pássaros de que não sabia o nome e a tarde azul e verde em torno, e pensava Estão à minha espera no cabeleireiro, vou voltar para o cabeleireiro porque estão à minha espera lá, de modo que abriu a porta com um pedaço de arame, saiu confundida num grupo de visitas, alcançou o gradeamento franqueado por colunas gémeas de pedra, e achava-se agora diante do Instituto de Beleza Flor de Benfica, de braço estendido para o puxador.

— Ninguém responde dos bombeiros — informou o marido.

— Ela cortou a linha de certeza — garantiu a proprietária da charcutaria. — Os malucos são assim: não dão ponto sem nó.

— Não há outra saída, dona Carmo? — perguntou a senhora gorda, de toalha ao pescoço e carteira na mão, a estremecer como uma égua antes do galope final.

— Só se nos escondermos todas em minha casa — disse a dona Carmo correndo uma cortina de folhos para uma sala de jantar quinane, de enorme televisor vermelho sobre o aparador, com uma jarra de flores em cima. O bico de um naperon de borlas tombava majestosamente até meio do écran.

— De qualquer maneira — disse o Hélder —, mesmo que tivesse mala não tinha nada para lhe pôr dentro.

— Metes as peúgas sobresselentes nos bolsos e toca a andar — ordenei eu. — A gente precisa hoje da tua cama.

A Margarida empurrou a porta e penetrou no estabelecimento deserto. Por detrás da cortina uma pilha apavorada de clientes, de rolos na cabeça, evitava cuidadosamente respirar. A espuma das madeixas pingava no carpélio. A dama surda continuava a sorrir vagamente em redor, sem entender.

— Tapem-lhe a boca — segredou a dona Carmo. — Se ela torna a perguntar o que se passa estamos fritas.

— O senhor doutor acha que não pode mesmo dar um jeito? — pediu o Hélder.

Se fosse um bocadinho mais cedo ia ver o mar à Praia Grande, pensou ele, ver as ondas lilases, cor de sangue, da manhã, o vento frio que remexe e desarruma os caniços, ia ver a areia prateada antes da aurora, formando como que um espelho que reflecte o cinzento turvo, cada vez mais claro, do céu, onde as estrelas se apagam uma a uma como lâmpadas fundidas. Ia ver o nevoeiro que sobe da água e se espalha à maneira de uma teia muito ténue na pele húmida, arrepiada, das casas. Se fosse um bocadinho mais cedo saía do carro, descia os degraus para a praia e sentava-me no exacto ponto onde a areia seca e a areia molhada se tocam e confundem, a ouvir o ruído manso, longínquo, quase espantado das ondas. Ou instalava-me na esplanada do pequeno café deserto, a fumar em silêncio, com a ideia de uma cerveja ao alcance dos dedos e a cabeça cheia de antigas lembranças alegres e tristes, enquanto os derradeiros pássaros da noite roçam o vértice negro das árvores na direcção do pinhal, em que as trevas, assustadas, se concentram. Sentava-me na esplanada do pequeno café deserto como outrora me debruçava da muralha, perto do restaurante, cheio das grandes viagens que não faria nunca e o musculoso sopro das partidas a bater-me, aprisionado, no peito: lá em baixo a agitação dos domingos fervia na praia, a agitação corada, suada, cansada dos banhistas de domingo, que ao fim da tarde formavam, junto à paragem da camioneta, longas bichas vermelhas e exaustas. Eram homens e mulheres gordos e moles, de chinelos, com camisolas interiores e ridículos bonés de palha que os aparentavam a palhaços pobres para récitas de província, aprestando-se a regressar a casa após o seu velho número sem graça. Sentado na esplanada do pequeno café deserto, a fumar em silêncio, imaginava uma multidão de mulheres e homens gordos e moles comendo percebes nas mesas vizinhas, com o líquido dos mariscos a escorrer-lhes pela flacidez viscosa dos queixos, ou batendo em caranguejos com martelos de madeira, a fim de lhes extraírem do interior a carne branca e tenra, ligeiramente fibrosa, do mar. Porque a carne do mar é como a carne dos seus estranhos bichos, dos seus crustáceos, dos seus moluscos, dos seus inimagináveis animais, que conversam connosco, através das espirais dos búzios, a linguagem musical de um bafo oco e rombo idêntico à fala dos operados da garganta, que nos chamam por um tubinho metálico engastado no pescoço, de pálpebras arregaladas por um indizível terror.

 Ninguém a esperava no cabeleireiro vazio. A Margarida olhou as mesas tombadas, os vidros quebrados, os espelhos ocos como as noites sem termo do hospital, os objectos abandonados ao acaso pelo chão. Nenhum sorriso pairava na sala como uma flor esquecida, a sombra de uma flor esquecida que a aguardasse. Os secadores alinhavam-se contra a parede à laia dos capacetes de uma expedição estelar interrompida, rolos e ganchos espalhavam-se em desordem no soalho. Os cabides das batas balouçavam no armário aberto.

— Vais ver que não há-de haver azar — disse eu ao Hélder a empurrar-lhe as costas. — Aparece de vez em quando a visitar o pessoal.

— Assim que saem esquecem-se logo de nós — gracejou o enfermeiro. — A gente com vocês nas palminhas e moita carrasco não sei quem são.

O Hélder afastou-se pelo corredor fora a caminho da porta. Arrastava os sapatos sem atacadores nas tábuas do sobrado, e levava, pendurado na mão, o pequeno saco de plástico dos pensos rápidos. A nuca dele entalava-se nos ombros maciços como se tivesse sido atarraxada com demasiada força. Madeixas penugentas e sujas raspavam a gola sebosa do casaco. Quando ele desapareceu na esquina para o pátio, voltei para o gabinete e fechei a porta:

— Deste já estamos nós livres — disse eu. — Quem é o sócio que se segue?

O hospital, pensou a Margarida, modificou o mundo: expulsou as pessoas risonhas, cúmplices, amáveis, protectoras de outrora, e substituiu-as por uma cidade azeda, opaca, inimiga, uma cidade que não era a sua, que não conhecia, que de toda a parte a escorraçava numa raiva doente, a escorraçava não sabia para onde por não existir sítio para ir. Sentia-se emparedada

— Temos aqui um homem com tentativa de suicídio e alta há dois dias da vossa enfermaria — explicou a voz ao telefone. Tomou de um bochecho os remédios que lhe deram para casa.
no interior de si mesma como numa cela minúscula, custava-lhe respirar, uma espécie de desconforto, de aflição, de picada, de dor, apertava-lhe o peito, as veias do pescoço, os miolos da testa.

— O que está ela a fazer? — ciciou a proprietária da charcutaria para a senhora gorda, que ao mesmo tempo que tapava a boca da surda com a mão espreitava dobrada em duas pelo intervalo das cortinas.

— Nada — respondeu a outra, a olhar. — A cara dela faz medo.

— Ele sai do Banco amanhã — insistiu a voz. — Não mandam cá ninguém?

— Deus queira que não me parta tudo — pediu a dona Carmo à Última Ceia em relevo que ocultava o contador do gás. Um retrato dela, muito mais jovem, de vestido de pintinhas, fitava com desconfiança o marido que observava interessadíssimo pela janela as idas e vindas da leitaria: a pouco e pouco, de beata pendurada dos beiços, os atletas ingressavam no estádio. Um velho de boina e bengala, campeão indiscutível, aproximava-se a coxear cumprimentado pelo homem da loja das frutas, de pé sob o toldo, no meio de caixotes de melões e de pêssegos. As catequistas atacaram a nona Salve Rainha seguida sem respirar, soltando pelas bocas pálidas bolhinhas de mergulhador: a botija de oxigénio da novena da véspera auxiliava-as.

— O Hélder arranjou uma maneira porreirinha de nos chatear — disse eu ao enfermeiro. — Meteu não sei quantas pastilhas no gargalo.

A Margarida, no cabeleireiro vazio, continuava a olhar em torno sem saber o que fazer: qual é a solução quando nem os cabeleireiros funcionam? Nos lavatórios a derradeira espuma sumia-se nos ralos, girando lentamente. Um secador zumbia no chão. Alguma coisa murmurava em qualquer ponto mas tão baixinho que se não distinguiam as frases, as palavras, as sílabas. Parecia que várias pessoas conversavam em voz abafada para além da cortina de folhos, mas isso era o que os médicos, no manicómio, chamavam a doença dela, um produto insólito, irreal, sem importância, da sua imaginação. Não existia, nunca existira, não podia existir conjura alguma: ninguém, haviam-lhe provado, a perseguia

— O senhor doutor vai até lá? — perguntou o enfermeiro.
de modo que se instalou numa das cadeiras do estabelecimento deserto

— E agora? — ciciou a proprietária da charcutaria a tremer de medo.
encostou a cabeça para trás, cerrou os olhos e ficou à espera. Demorasse o tempo que demorasse ficaria à espera.

— Quero que o Hélder se lixe — disse eu.

**12.**

Quando eu era pequeno e havia jogos de hóquei no rinque da Praia das Maçãs e o público se acumulava à espera na única bancada em frente ao mar, uma bancada de pedra voltada para o sol da tarde caindo sobre o mar, um homem vestido com um casaco enorme, de expressão apatetada e membros desarticulados como os dos bonecos, principiava a correr à volta do cimento agitando os membros nas mangas gigantescas, assobiado e aplaudido pelas pessoas que se riam de troça umas para as outras, e o encorajavam com exclamações, apupos, gritos, gargalhadas, berrando

— Anda Rui. Depressa Rui

numa alegria perversa e cruel. O sol, oblongo, descia para o mar envolto num ligeiro celofane de bruma, as casas, iluminadas de viés, pareciam incendiar-se de labaredas vermelhas que a pouco e pouco desmaiavam, e nas janelas das quais morava já uma fina película de sombra anunciando a noite, as ondas tingiam-se de um roxo pálido de olheiras como se a pele da água, cansada, desistisse de ver, de nos perseguir com o seu rosto atento e triste apertado pelos punhos dos rochedos, os caniços por detrás do rinque, no pequeno morro de areia junto aos circos ambulantes e à sua miséria disfarçada de pó-de-arroz e acordeons, inquietavam-se do sussurro, seco como dentes, das folhas, e o Rui continuava a correr, exausto, no cimento, encorajado pelo feroz escárnio da plateia:

— Ainda vais para o Benfica, Rui.

Quando ele passava por mim notava-lhe a boca aberta, as órbitas dilatadas, o suor que escorria do queixo para a camisa em tiras, suja como as penas que os perus arrastam, soluçando, no pó das capoeiras, os calcanhares que batiam contra os sapatos soltos, e ria-me também de troça da sua patética inocência, do seu abandono, do seu esforço gratuito e desesperado, ria-me encorajando-o, aplaudindo-o, apupando-o, e gritava como os outros

— Vais de certeza para o Benfica, Rui

até as equipas entrarem no rinque, a atenção se desviar para os patinadores que evoluíam lentamente, em elipses, no piso de azulejos, o fruto oblongo do sol tocar a linha do horizonte, apoiar-se na linha do horizonte, à laia de uma maçã num fio de prata, assemelhando a água às escamas lilases e verdes de um grande peixe morto (como se uma imensa extensão de oliveiras se agitasse, em sucessivas vagas, no silêncio), e o Rui, esquecido, cambalear ao acaso pela noite dentro, arrastando as solas informes ao longo da bancada sem ninguém. Sempre que chego à Praia, sempre que avisto, do lado direito da estrada, encostada ao muro de uma casa, a tabuleta que diz Praia das Maçãs, penso que o Rui continua a correr, no escuro, à volta do cimento, com uma expressão de humilde estupidez, de patética inocência, no rosto exausto.

A Praia das Maçãs, a seguir ao Banzão, é um aglomerado de vivendas leprosas empoleiradas sobre o mar furibundo, raivoso de dor de dentes e de azia, a bater em vão contra a muralha como a uma porta para sempre fechada. Conhecem-se os lojistas pelas alcunhas e os veraneantes pelos roupões que ano após ano se desbotam do mesmo modo que os olhos envelhecem, e adejam de café em café, no nevoeiro perpétuo, numa leveza transida de aparições. A família, corajosamente plantada na areia, na humidade e no frio, sob camadas concêntricas de camisolas para viagens polares, escuta resignada a ronca do farol, voz sem boca a ocupar a bruma com os seus mugidos de touro ferido, distingue a custo a bandeira vermelha que proíbe o banho numa água onde flutuam icebergues à deriva, e escuta sem esperança as frases de estímulo da mãe, que de sob as suas peliças árcticas garante num sussurro que o vento transforma num emaranhado de sílabas:

— Depois da uma levanta.

Mas o farol brame o dia todo, o espectro irreal de um banheiro, esbatido como se visto através de um binóculo desfocado, passa por eles carregando aos ombros a lona inútil dos toldos, os paus de barraca próximos presumem-se, e acabam por regressar a casa às apalpadelas, reconhecendo-se uns aos outros pela tonalidade dos espirros, enquanto a mãe, de panamá heróico na cabeça, repete

— Depois da uma levanta

preparando a distribuição das aspirinas.

Ao almoço percebem-se pela janela copas de pinheiros que assomam da névoa como pontos pretos de uma pele em mau estado, e folheiam-se revistas desconsoladas tarde fora, debruçados para o sol do calorífero num tropismo de girassóis constipados. Na cama os lençóis molhados afligem-nos de arrepios de pneumonia, e quando o corpo começa a dissolver-se no nada escuro do sono, a queixa do farol arranca-nos com brutalidade à paz dos ossos penosamente conquistada, como o erguer de um adesivo dos pêlos aflitos do braço. E mesmo aí, no fundo da noite em que remexem árvores e ondas colericamente brandidas, a vozinha persistente da mãe se diria prosseguir o seu juramento monótono

— Depois da uma levanta

numa teimosia escarninha.

De tempos a tempos, no entanto, agosto amanhece sem chuva, com uma claridade embaciada a conferir às pessoas e aos gestos suspeitas de sombra. Os membros readquirem consistências de carne, nuvens cor de farda empilham-se sobre a serra como sacos mal cheios, vapor de boinas bascas na cabeça de ameias do castelo, uma nesga de azul enche-se de patos acima do mar, e dezenas de roupões convergem, chinelando, para a praia, maravilhados, exclamando uns para os outros a alegria sem nome daquele milagre, num riso de felicidade extasiada:

— Levantou!

O Zé da Felícia, de apito ao pescoço, tenta a audácia suprema da bandeira amarela, estendem-se na areia toalhas vitoriosas, esfrega-se a barriga de uma vingança de cremes, alguns suicidas aventuram o pé, em atitudes de cegonha suspensa, na orla gelada da espuma, confirmando-se mutuamente

— Que beleza de dia

de frases ritmadas pelo bater de queixos do frio, até as nuvens da serra principiarem a encher, a inchar, alastrarem para eles no roldão desordenado e confuso das coisas moles que tombam, as ondas escurecerem como as raízes dos cabelos sem pintura, o nevoeiro engolir os prédios no húmido redemoinho do seu hálito, as primeiras gotas de chuva tombarem o peso de toneladas dos pingos nocturnos das torneiras, recolhem-se à pressa toalhas e cremes a caminho de casa, com a mãe a perguntar atrás deles

— Eu não disse que levantava?

recordando, na circunstância, a epopeia equatorial de outros dias idênticos, vividos na época feliz de uma mocidade ensolarada.

Habituara-se à Praia das Maçãs e aos seus cortejos de colónias de férias vestidos de órfãos tristes, policiados por freiras em cujos gestos se adivinhavam movimentos angulosos de morcego. Habituara-se a laranjadas lentas na esplanada, fumando o cigarro da melancolia solitária entre um grupo de senhoras tricotantes e um casal de velhos circunflexos, a aguardarem em silêncio o aneurisma salvador. Habituara-se à farmácia do senhor Alves e à sapataria do senhor Café como outros se habituam a uma esposa sem surpresas. Habituara-se, sobretudo, aos ditos sem réplica da mãe, que durante o verão, no meio do nevoeiro, da bronquite e do frio, se diria aumentar de tamanho e segurança numa firmeza que o confundia: algum irmão comparecia ao pequeno-almoço com ratés de tosse, pálido de gripe, arrastando no soalho o cansaço custoso dos pés, e logo ela, desdenhando o termómetro, lhe tocava com dois dedos expeditivos no pescoço, decidia

— Estás fresquíssimo

e empurrava-o para a rua na direcção de uma pleuresia triunfal, que se explicava às visitas consternadas com o sorriso de quem exprime em torno uma evidência desarmante:

— Não estão acostumados ao ar forte, sabe? Daqui a nada unto-o com vique vaporube e fica como novo.

A Praia das Maçãs, pensou ele ao ultrapassar a piscina e o seu desagradável odor de pequenino mar domesticado, ao ultrapassar as luzes apagadas da boîte e, mais adiante, a massa clara, feia, do casino e a grande bola reclame do creme nívea, sozinha na planície cinzenta da areia, é ainda para mim o arroz-doce da pensão, o cachimbo almirante do meu pai ordenando as ondas na ponte de comando da esplanada, a respiração de vaca da criada do outro lado da parede, a acordar no meu corpo uma confusão veemente de desejos. Mas sempre que chego à Praia, sempre que avisto a tabuleta à direita da estrada, junto ao muro de uma casa, vem-me à ideia o homem vestido com um casaco enorme, de expressão apatetada e membros desarticulados de boneco, a correr, exausto, no cimento, encorajado pelo escárnio das pessoas:

— Ainda vais para o Benfica, Rui.

Subia a rua do portão dos meus pais, com a fonte, a capela lá em cima, e o pinhal que se estende até às Azenhas, até Janas, até às faldas da serra, e talvez mais para lá ainda, campos fora, na direcção oposta à cidade, um pinhal cor de terra, misterioso e triste, fosforescente na claridade estagnada da manhã, na claridade gordurosa e vítrea da manhã, o motor do carro, submisso e suave, ronronava docemente debaixo dos meus pés, e ele pensou que vinha desde muito longe, como o Rui, que como o Rui galopava sem sentido, obstinado e ridículo, perante o gáudio ou a indiferença de uma plateia deserta. A madrugada conferia aos edifícios um tom de papel pardo, de arestas descarnadas e agudas como ossos, os telhados, mais escuros, assemelhavam-se a crostas de feridas por sarar, o cubo da garagem aumentava de volume como se alguém, do interior, o assoprasse, assoprasse os objectos inúteis que jaziam lá dentro, colchões esventrados, bicicletas estragadas, móveis coxos, teias de aranha, lixo e pó, e ele puxou o travão no pátio depois de encostar o guarda-lamas ao relevo do canteiro (o hálito do mar reduzia as plantas a finos caules de arame que tilintavam, se friccionavam como antenas, como mandíbulas de insectos, como hélitros), abriu a porta e saiu para o nevoeiro de leite pegajoso da manhã, em que os seus gestos pareciam dissolver-se nessa espécie de sangue morno, envenenado, que cobre as auroras de setembro de uma grossa película de pus. Pensei O Rui acabou a corrida e ninguém o aplaude na bancada deserta, ninguém lhe dá pancadas nas costas, ninguém se ri dele, ninguém o assobia na bancada deserta, só o mar que fumega como uma barrela e a inquietação dos caniços o observam, os lagartos que aguardam o dia ocultos nos orifícios do muro e os primeiros pássaros, os primeiros minúsculos e anónimos pássaros, escondidos, a tremer de frio, na cortina verde e amarela dos arbustos. Havia um enorme melro na parte da frente da casa: às vezes, à tarde, quando todos se sentavam cá fora nas cadeiras de lona, um pesado rumor de penas atravessava de repente o ar, direito e afuselado como uma seta, as conversas cessavam, as pessoas erguiam as cabeças, intrigadas, o pai retirava o cachimbo da boca, inclinava o tronco e dizia

— É o melro

na sua voz tranquila em que cada sílaba constituía um elemento (um lago, um rio, um moinho, montes distantes) de uma dessas paisagens italianas ou holandesas que formam o fundo dos retratos a óleo dos nobres, dos dignitários da Igreja, das mulheres e dos homens anónimos que cruzam os séculos para nos fitarem, das suas molduras de talha, com uma altiva indiferença intemporal e triste.

— É o melro — dizia o meu pai, e as pessoas inclinavam a cabeça na direcção do voo, palpando com as narinas o rumor decrescente das asas, que se evaporava nas nossas costas, para as bandas da escola, no som de uma cortina de tule contra o vidro ou de um leve papel que se amarrota.

— O melro — repetiam eles, e os seus rostos parados, atentos, à escuta, afiguravam-se-me por um momento feições impressas nas telas gretadas como peles em mau estado, e de cuja solitária e estranha serenidade se desprende como que o eco inaudível da morte.

Aproximei-me do canteiro, abri a breguilha e comecei a urinar: o jacto era uma trança ocre, uma cobra de vidro, uma mancha negra que fazia entrechocar as antenas metálicas das plantas, as folhas idênticas a pequenas conchas ou a moedas de cobre, as flores murchas como lábios mortos: o casaco, grande demais, flutuava-me nos ombros, as mãos desapareciam nas mangas, as canelas descalças, muito magras, arrepiavam-se de frio nos sapatos. Escutava os risos e os gritos da bancada, do rinque, o entusiasmo vociferante do público. Um resto de pálido limão do sol poente embrulhava-se nos panos translúcidos da bruma.

— O melro — avisou o meu pai apontando com a boquilha do cachimbo os pinheiros da escola, onde um assobio solitário e puro, em duas notas, idêntico ao de uma flauta de cana, soava, agudo, no ar de vidro da tarde.

— O melro — repetíamos nós procurando distinguir-lhe o corpo negro, de verniz, nas ramadas das árvores: e talvez que nessas alturas nos parecêssemos realmente com as personagens de Rembrandt, de Van Dick, de Lucas Cranach, o Velho, e impregnadas, como elas, da dignidade e do pudor da morte, talvez que do nosso círculo de cadeiras de lona, na caruma, nascessem os bigodes, as pêras, os chapéus de aba larga, os sorrisos impalpáveis e sem idade que nos fixam gravemente das paredes dos museus com o sobrolho severo de uma acusação obscura.

O Rui começou à procura da chave da casa pelos bolsos, da chave atada com um cordel que a mãe lhe dera para abrir a porta do andar de baixo, sob uma lanterna de ferro forjado, ao pé da arrecadação das bicicletas e dos triciclos dos sobrinhos. O equinócio aproximava-se e com ele as migrações de patos rente à costa, em grandes triângulos majestosos, fugindo do calor insidioso, traiçoeiro, cor de tabaco assado, do outono, e também da chuva, do granizo, do frio que esse calor transportava escondido no seu bojo, à maneira de um feto glacial, de um bicho disforme, hostil, de que os relâmpagos mostravam de súbito, entre cortinas de nuvens, a ramificação oblíqua das veias.

— Sou médico, cheguei do Algarve, estou na Praia das Maçãs, volto amanhã ao hospital — disse ele em voz alta para si mesmo a fim de afastar a imagem do Rui cambaleando aos tropeções no cimento deserto: amanhecia e a camisa em tiras abanava ao vento. Os vultos dos campistas moviam-se ao fundo da areia, perto da lagoa do esgoto (ou do que se assemelhava a um esgoto) que desagua no mar. Havia roupa a secar em cordas junto às tendas, roupa azul, verde, branca, vermelha, que a brisa húmida da água arrepiava. Levo os livros, disse ele, os papéis, as camisas, as peúgas que me trocam sempre, e volto amanhã ao hospital. Os penedos que separam a Praia das Maçãs da Praia Grande aparentavam-se a um corpo deitado de bruços, de cabeça recolhida entre as espáduas, um corpo inerte, grosso, desmaiado. Um homem a empurrar uma espécie de tabuleiro de chá passou na rua, e vieram-lhe à lembrança os asilados do manicómio que arrastavam as carrinhas do almoço da cozinha para o refeitório, as marmitas de que se escapava o fumo de incenso quente da sopa, evolando-se por um intervalo das tampas de alumínio, veio-lhe à lembrança o Vasco a chorar à sua frente, do outro lado da secretária, enxugando o ranho na manga de riscas do pijama:

— Não percebo o que se passa não percebo o que se passa não percebo o que se passa.

Não percebia o que se passava, explicava-me, porque tudo se encontrava transtornado, esquisito, diferente, porque os rostos familiares, as pessoas que conhecia melhor, o irmão, o tio, o padrinho com quem vivia, tinham mudado subitamente, porque até a casa se havia alterado embora a disposição dos móveis fosse a mesma, os cheiros permanecessem idênticos, os estalos da madeira mantivessem o rangido de outrora, gemendo no silêncio da noite o seu protesto. Algo de indefinível (um franzir de lábios, a coloração do ar, certas palavras na aparência inocentes) o ameaçava, envenenavam-lhe certamente o sangue, quando dormia, com minúsculas agulhas de que encontrava a marca, ao acordar, no braço esquerdo, sob a forma de pequenas sardas, de pequenos sinais na véspera inexistentes, segredavam-lhe aos ouvidos, numa linguagem desconhecida, avisos que não entendia. Para provocar uma resposta qualquer lançou fogo ao colchão da cama depois de lhe abrir o ventre com uma faca, e achava-se agora à minha frente, no manicómio, do outro lado da secretária, a repetir

— Não percebo o que se passa não percebo o que se passa não percebo o que se passa

enxugando o ranho, como as crianças, na manga de riscas do pijama. Paradas à sua volta, de gestos suspensos numa atitude de escuta, as pessoas ouviam o melro, o seu cântico de duas notas, o ruído de páginas de papel bíblia das asas.

Também eu não percebia o que se passava: estava na Praia das Maçãs, na grande e velha casa dos meus pais que emergia da noite dos pinheiros como um enorme barco adornado, e qualquer coisa de diferente, de estranho, de insólito me perturbava. Era uma alteração subtil, imperceptível, relacionada talvez com a minha exaustão, o meu cansaço, com a claridade cerosa e flácida da aurora, a bizarra febre húmida da manhã, algo de inesperado, de esquisito, de absurdo que não lograva elucidar, a diferença de um odor, de uma tonalidade, do balir lamentoso, de cordeiro, do mar. Introduzi a chave na fechadura, empurrei a porta e dirigi-me, às apalpadelas, para o quarto: a respiração dos meus sobrinhos elevava-se e baixava, cadenciada, nas trevas, e eu adivinhava as suas mãos fechadas, os corpos encolhidos nos lençóis à maneira das lagartas nos casulos, os cabelos loiros despenteados pelos dedos do sono, as pálpebras cosidas e rígidas como as pestanas dos mortos. Tropecei numa boneca, numa bola, em brinquedos indistintos que gemiam se os pisava, no tubo cromado de uma bomba de bicicleta que rebolou à minha frente, despedindo cintilações amolgadas de prata. Contornei aos tropeços o relevo do colchão, alcancei o candeeiro e acendi a luz: a lâmpada, apertada num cone amarelo, revelou de súbito as franjas do tapete, os cobertores, uma cómoda de espelho onde o meu rosto, estirado e nu, se reflectia, como aclarado pela chama doente de uma vela. À medida que me despia surgiram o peito, o ventre, os braços, as coxas, e por fim as cerdas ruivas do púbis e o sexo dependurado e mole, o meu corpo de agora, estranhamente vulnerável, suspenso das clavículas em pregas sucessivas como uma gabardine amarrotada de um cabide. Estendi-me nos lençóis (a manhã colava às persianas a barriga gelatinosa e branca de rã, uma barriga branca, estriada do verde dos arbustos, que arfava) e ia apagar o candeeiro quando disseram distintamente

— Boa noite

de um canto do quarto, precisamente aquele para onde lançara o casaco, a camisa, as calças, as meias, as cuecas, e no qual se me afigurava distinguir, na sombra, um relevo geométrico de cadeira, ou o que se aparentava a uma cadeira, encostado à pintura fria, clara, tensa, como um diafragma, da parede.

É a viagem, pensei eu, andei quilómetros a mais, sozinho demais, ao longo deste dia, é o vodka do bar de Lisboa a trabalhar-me na cabeça, são os meus ouvidos que zumbem de cansaço, é o protesto, o gemido, a zanga, a revolta do meu corpo. É o vento do Algarve, o murmúrio dos campos do Alentejo, o rumor das folhas e do mar que se confundem, se combinam, se mesclam, num chamamento semelhante a um apelo ciciado, e que cuido ouvir aqui, deitado no colchão, semi-adormecido na manhã que cresce, sob a forma de uma voz que me desperta.

— Boa noite — disseram de novo.

Sentei-me na cama e voltei o foco do candeeiro na direcção da voz: o meu pai olhava para mim e sorria, sentado na cadeira vermelha, de rabo de bacalhau, do quarto: a minha roupa do avesso, arremessada ao acaso, pendurava-se-lhe dos ombros, dos joelhos, dos braços. Uma das meias tombara-lhe na cabeça e formava como que um chapéu ridículo, de algodão azul, pousado na brilhantina do cabelo. Segurava o cachimbo apagado na mão, de boquilha voltada para cima, e fitava-me. Era a primeira vez que entrava no meu quarto mas parecia singularmente familiarizado com os meus livros, os meus papéis, a minha mala, o meu olhar de incredulidade e de espanto. Calculei que não sentia sequer a peúga que lhe caía sobre a testa à laia de uma insólita madeixa postiça, quase cómica, no topo das feições graves e magras. Deixei-me deslizar para trás no travesseiro até apoiar a nuca no espaldar da cama.

— Escuta — sussurrou ele a apontar com o dedo um som inexistente, que a pouco e pouco se transformou na respiração trôpega do Rui a cambalear no cimento, ofegando em torno do rinque na manhã que crescia. O único espectador presente na bancada, solitário nas escadas de pedra, era o Vasco enxugando o ranho do nariz à manga do pijama, a repetir

— Não percebo o que se passa não percebo o que se passa não percebo o que se passa
de feições transtornadas por uma angústia sem nome. O som do mar lá em baixo confundia-se com a fala confusa dos pinheiros, a espécie de estranha, indefinível reza das copas das árvores, que prolonga em si, na sua respiração inquieta e lúgubre, o eco atenuado das ondas.

— Não percebo o que se passa — disse eu alto, e havia como que um crocito de gaivotas no ruído que me saía da garganta, o crocito rancoroso, surpreso, decepcionado das gaivotas em setembro, quando a ameaça das primeiras chuvas se aproxima.

O cachimbo do meu pai desenhou uma elipse vaga no ar: o odor do tabaco queimado, do tabaco frio, chegou-me às narinas como uma recordação de infância, uma lembrança esquecida revisitada com melancólica surpresa. Um torpor lento corria-me no interior dos membros, ao comprido dos ossos, a empastar-me os músculos de uma moleza inerte. Ouvia os gritos, a troça, os apupos, os encorajamentos, o sarcasmo, as gargalhadas do público sem lhe prestar atenção. Continuava a trotar, em voltas sucessivas, ao redor do cimento, e sentia-me a pouco e pouco liberto do cansaço, do coração opresso, dos pulmões aflitos, do sujo casulo da roupa, como se as solas dos sapatos deixassem de pisar o chão e eu flutuasse, sem peso, na atmosfera livre e abstracta dos sonhos, de tal forma que mal me dei conta de o meu pai se levantar, apagar a luz, dizer

— O melro

na sua voz tranquila em que cada sílaba constituía um elemento (um lago, um rio, um moinho, montes distantes) de uma dessas paisagens italianas ou holandesas que são o fundo dos retratos a óleo dos nobres, dos dignitários da Igreja, das mulheres e dos homens anónimos que cruzam os séculos para nos fitarem, das suas pesadas molduras de talha, com uma altiva indiferença intemporal e triste, e me puxar o lençol, para cima da cabeça, como um sudário.